Contemporánea

Albert Camus, novelista, dramaturgo y ensayista francés, nació en Orán, Argelia, en 1912. Estudió en África del Norte y trabajó en distintas actividades hasta llegar al periodismo. Dirigió, durante la Resistencia, el periódico *Combat* y fue asesor literario de la editorial Gallimard. Entre sus novelas se destacan: *El extranjero* (1942), *La peste* (1947), *El hombre rebelde* (1952) y *La caída* (1956). Su trágica muerte en un accidente en 1960 cortó prematuramente una brillante carrera literaria.

BIBLIOTECA

Albert Camus

La peste

Traducción de
ROSA CHACEL

DEBOLS!LLO

La peste

Título original en francés: *La peste*

Primera edición: octubre de 2020

© 1947, Editions Gallimard Paris
Todos los derechos reservados

© 2019, Penguin Random House Grupo Editorial, S. A. U.
Travessera de Gràcia, 47-49, 08021, Barcelona
© 2020, Penguin Random House Grupo Editorial USA, LLC.
8950 SW 74th Court, Suite 2010
Miami, FL 33156

©Rosa Chacel, por la traducción

ISBN: 978-164-473-290-8

Impreso en Estados Unidos – *Printed in USA*

Penguin
Random House
Grupo Editorial

*Tan razonable como representar
una prisión de cierto género por otra
diferente es representar algo que
existe realmente por algo que no existe.*

DANIEL DEFOE

1

Los curiosos acontecimientos que constituyen el tema de esta crónica se produjeron en el año 194... en Orán. Para la generalidad resultaron enteramente fuera de lugar y un poco aparte de lo cotidiano. A primera vista Orán es, en efecto, una ciudad como cualquier otra, una prefectura francesa en la costa argelina y nada más.

La ciudad, en sí misma, hay que confesarlo, es fea. Su aspecto es tranquilo y se necesita cierto tiempo para percibir lo que la hace diferente de las otras ciudades comerciales de cualquier latitud. ¿Cómo sugerir, por ejemplo, una ciudad sin palomas, sin árboles y sin jardines, donde no puede haber aleteos ni susurros de hojas, un lugar neutro, en una palabra? El cambio de las estaciones sólo se puede notar en el cielo. La primavera se anuncia únicamente por la calidad del aire o por los cestos de flores que traen a vender los muchachos de los alrededores; una primavera que venden en los mercados. Durante el verano el sol abrasa las casas resecas y cubre los muros con una ceniza gris; se llega a no poder vivir más que a la sombra de las persianas cerradas. En otoño, en cambio, un diluvio de barro. Los días buenos sólo llegan en el invierno.

El modo más cómodo de conocer una ciudad es averiguar cómo se trabaja en ella, cómo se ama y cómo se muere. En nuestra ciudad, por efecto del clima, todo ello se hace igual, con el mismo aire frenético y ausente. Es decir, que se aburre uno y se dedica a adquirir hábitos. Nuestros conciudadanos trabajan mucho, pero siempre para enriquecerse. Se interesan sobre todo por el comercio, y se ocupan principalmente, según propia expresión, de hacer negocios. Naturalmente, también les gustan las expansiones simples: las mujeres, el cine y los baños de mar. Pero, muy sensatamente, reservan los placeres para el sábado después de mediodía y el domingo, procurando los otros días de la semana hacer mucho dinero. Por las tardes, cuando dejan sus despachos, se reúnen a una hora fija en los cafés, se pasean por un determinado bulevar o se asoman al balcón. Los deseos de la gente joven son violentos y breves, mientras que los vicios de los mayores no exceden de las francachelas, los banquetes de camaradería y los círculos donde se juega fuerte al azar de las cartas.

Se dirá, sin duda, que nada de esto es particular de nuestra ciudad y que, en suma, todos nuestros contemporáneos son así. Sin duda, nada es más natural hoy día que ver a las gentes trabajar de la mañana a la noche y en seguida elegir, entre el café, el juego y la charla, el modo de perder el tiempo que les queda por vivir. Pero hay ciudades y países donde las gentes tienen, de cuando en cuando, la sospecha de que existe otra cosa. En general, esto no hace cambiar sus vidas, pero al menos han tenido la sospecha y eso es su ganancia. Orán, por el contrario, es en apariencia una ciudad sin ninguna sospecha, es decir, una ciudad enteramente moderna. Por lo tanto, no es necesario especificar la manera de amar que se estila. Los hombres y mujeres o bien se devoran rápidamente en eso que se llama el acto del amor, o bien se crean el compromiso de una larga costumbre a dúo. Entre estos dos extremos no hay término medio. Eso tampoco es original. En Orán, como en otras partes, por falta de tiempo y de reflexión, se ve uno obligado a amar sin darse cuenta.

Lo más original en nuestra ciudad es la dificultad que puede uno encontrar para morir. Dificultad, por otra parte, no es la palabra justa, sería mejor decir incomodidad. Nunca es agradable estar enfermo, pero hay ciudades y países que nos sostienen en la enfermedad, países en los que, en cierto modo, puede uno confiarse. Un enfermo necesita alrededor blandura, necesita apoyarse en algo; eso es natural. Pero en Orán los extremos del clima, la importancia de los negocios, la insignificancia de lo circundante, la brevedad del crepúsculo y la calidad de los placeres, todo exige buena salud. Un enfermo necesita soledad. Imagínese entonces al que está en trance de morir como cogido en una trampa, rodeado por cientos de paredes crepitantes de calor, en el mismo momento en que toda una población, al teléfono o en los cafés, habla de letras de cambio, de conocimientos, de descuentos. Se comprenderá fácilmente lo que puede haber de incomodo en la muerte, hasta en la muerte moderna, cuando sobreviene así en un lugar seco.

Estas pocas indicaciones dan probablemente una idea suficiente de nuestra ciudad. Por lo demás, no hay por qué exagerar. Lo que es preciso subrayar es el aspecto frívolo de la población y de la vida. Pero se pasan los días fácilmente en cuanto se adquieren hábitos, y puesto que nuestra ciudad favorece justamente los hábitos, puede decirse que todo va bien. Desde este punto de vista, la vida, en verdad, no es muy apasionante. Pero, al menos aquí no se conoce el desorden. Y nuestra población, franca, simpática y activa, ha provocado siempre en el viajero una razonable estimación. Esta ciudad, sin nada pintoresco, sin vegetación y sin alma acaba por servir de reposo y al fin se adormece uno en ella. Pero es justo añadir que ha sido injertada en un paisaje sin igual, en medio de una meseta desnuda, rodeada de colinas luminosas, ante una bahía de trazo perfecto. Se puede lamentar únicamente que haya sido construida de espaldas a esta bahía y que al salir sea imposible divisar el mar sin ir expresamente a buscarlo.

Siendo así las cosas, se admitirá fácilmente que no hubiese nada que hiciera esperar a nuestros conciudadanos los acontecimientos que se produjeron a principios de aquel año, y que fueron, después lo comprendimos, como los primeros síntomas de la serie de acontecimientos graves que nos hemos propuesto señalar en esta crónica. Estos hechos parecerán a muchos naturales y a otros, por el contrario, inverosímiles. Pero, después de todo, un cronista no puede tener en cuenta esas contradicciones. Su misión es únicamente decir: "Esto pasó", cuando sabe que pasó en efecto, que interesó la vida de todo un pueblo y que por lo tanto hay miles de testigos que en el fondo de su corazón sabrán estimar la verdad de lo que dice.

Por lo demás, el narrador, que será conocido a su tiempo, no tendría ningún título que arrogarse en semejante empresa si la muerte no lo hubiera llevado a ser depositario de numerosas confidencias y si la fuerza de las cosas no lo hubiera mezclado con todo lo que intenta relatar. Esto es lo que lo autoriza a hacer trabajo de historiador. Por supuesto, un historiador, aunque sea un mero aficionado, siempre tiene documentos. El narrador de esta historia tiene los suyos: ante todo, su testimonio, después el de los otros, puesto que por el papel que desempeñó tuvo que recoger las confidencias de todos los personajes de esta crónica, e incluso los textos que le cayeron en las manos. El narrador se propone usar de todo ello cuando le parezca bien y cuando le plazca. Además, se propone... Pero ya es tiempo, quizá, de dejar los comentarios y las precauciones de lenguaje para llegar a la narración misma. El relato de los primeros días exige cierta minuciosidad.

La mañana del 16 de abril, el doctor Bernard Rieux, al salir de su habitación, tropezó con una rata muerta en medio del rellano de la escalera. En el primer momento no hizo más que apartar hacia un lado el animal y bajar sin preocuparse. Pero cuando llegó a la calle, se le ocurrió la idea de que aquella rata no debía quedar allí y volvió sobre sus pasos para advertir al portero. Ante la reacción del viejo Michel vio más claro lo que su hallazgo tenía de insólito. La presencia de aquella rata muerta le había parecido únicamente extraña, mientras que para el portero constituía un verdadero escándalo. La posición del portero era categórica: en la casa no había ratas. El doctor tuvo que afirmarle que había una en el descanso del primer piso, aparentemente muerta: la convicción de Michel quedó intacta. En la casa no había ratas; por lo tanto, alguien tenía que haberla traído de afuera. Así, pues, se trataba de una broma.

Aquella misma tarde Bernard Rieux estaba en el pasillo del inmueble, buscando sus llaves antes de subir a su piso, cuando vio surgir del fondo oscuro del corredor una rata de gran tamaño con el pelaje mojado, que andaba torpemente. El animal se detuvo, pareció buscar el equilibrio, echó a correr hacia el doctor, se detuvo otra vez, dio una vuelta sobre sí mismo lanzando un pequeño grito y cayó al fin, echando sangre por el hocico entreabierto. El doctor lo contempló un momento y subió a su casa.

No era en la rata en lo que pensaba. Aquella sangre arrojada lo llevaba de nuevo a su preocupación. Su mujer, enferma desde hacía un año, iba a partir al día siguiente para un lugar de montaña. La encontró acostada en su cuarto, como le tenía mandado. Así se preparaba para el esfuerzo del viaje. Le sonrió.

—Me siento muy bien —le dijo.

El doctor miró aquel rostro vuelto hacia él a la luz de la lámpara de cabecera. Para Rieux, esa cara, a pesar de sus treinta años y del sello de la enfermedad, era siempre la de la juventud; a causa, posiblemente, de la sonrisa que disipaba todo el resto.

—Duerme, si puedes —le dijo—. La enfermera vendrá a las once y las llevaré al tren a las doce.

La besó en la frente ligeramente húmeda. La sonrisa lo acompañó hasta la puerta.

Al día siguiente, 17 de abril, a las ocho, el portero detuvo al doctor cuando salía, para decirle que algún bromista de mal género había puesto tres ratas muertas en medio del corredor. Debían haberlas cogido con trampas muy fuertes, porque estaban llenas de sangre. El portero había permanecido largo rato a la puerta, con las ratas colgando por las patas, a la espera de que los culpables se delatasen con alguna burla. Pero no pasó nada.

Rieux, intrigado, se decidió a comenzar sus visitas por los barrios extremos, donde habitaban sus clientes más pobres. Las basuras se recogían por allí tarde y el auto, a lo largo de las calles rectas y polvorientas de aquel barrio, rozaba las latas de detritos dejadas al borde de las aceras. En una calle llegó a contar una docena de ratas tiradas sobre los restos de las legumbres y trapos sucios.

Encontró a su primer enfermo en la cama, en una habitación que daba a la calle y que le servía al mismo tiempo de alcoba y de comedor. Era un viejo español de rostro duro y estragado. Tenía junto a él, sobre la colcha, dos cazuelas llenas de garbanzos. En el momento en que llegaba el doctor, el enfermo, medio incorporado en su lecho, se echaba hacia atrás esforzándose en su respiración pedregosa de viejo asmático. Su mujer trajo una palangana.

—Doctor —dijo, mientras le ponían la inyección—, ¿ha visto usted cómo salen?

—Sí —dijo la mujer—, el vecino ha recogido tres.

—Salen muchas, se las ve en todos los basureros, ¡es el hambre!

Rieux comprobó en seguida que todo el barrio hablaba de las ratas. Cuando terminó sus visitas se volvió a casa.

—Arriba hay un telegrama para usted —le dijo el viejo Michel.

El doctor le preguntó si había visto más ratas.

—¡Ah!, no —dijo el portero—, estoy al acecho y esos cochinos no se atreven.

El telegrama anunciaba a Rieux la llegada de su madre al día siguiente. Venía a ocuparse del hogar mientras durase la ausencia de la enferma. Cuando el doctor entró en su casa, la enfermera había llegado ya. Rieux vio a su mujer levantada, en traje de viaje con colorete en las mejillas. Le sonrió.

—Está bien —le dijo—, muy bien.

Poco después, en la estación, la instaló en el *wagon-lit*. Ella se quedó mirando el compartimiento.

—Todo esto es muy caro para nosotros, ¿no?

—Es necesario —dijo Rieux.

—¿Qué historia es ésa de las ratas?

—No sé, es cosa muy curiosa. Ya pasará.

Después le dijo muy apresuradamente que tenía que perdonarlo por no haberla cuidado más; la había tenido muy abandonada. Ella movía la cabeza como pidiéndole que se callase, pero él añadió:

—Cuando vuelvas todo saldrá mejor. Tenemos que recomenzar.

—Sí —dijo ella, con los ojos brillantes—, recomenzaremos.

Después se volvió para el otro lado y se puso a mirar por el cristal. En el andén las gentes se apresuraban y se atropellaban. El silbido de la locomotora llegó hasta ellos. La llamó por su nombre y cuando se volvió, vio que tenía la cara cubierta de lágrimas.

—No —le dijo dulcemente.

Bajo las lágrimas, la sonrisa volvió, un poco crispada. Respiró profundamente.

—Vete, todo saldrá bien.

La apretó contra su pecho y, ya en el andén, del otro lado del cristal, no vio más que su sonrisa.

—Por favor —le dijo—, cuídate mucho.

Pero ella ya no podía oírlo.

A la salida, en el mismo andén, Rieux chocó con el señor Othon, el juez de instrucción, que llevaba a su niño de la mano. El doctor le preguntó si se iba de viaje. El señor Othon, largo y negro, semejando en parte a lo que antes se llamaba un hombre de mundo, y en parte a un sepulturero, respondió con voz amable pero breve:

—Espero a la señora Othon que ha ido a saludar a mi familia.

La locomotora silbó.

—Las ratas... —dijo el juez.

Rieux hizo un movimiento en la dirección del tren, pero al fin se volvió hacia la salida.

—Sí —respondió—, no es nada.

Todo lo que recordaba de ese instante era un empleado de la estación que pasó llevando un cajón lleno de ratas muertas.

Por la tarde de ese mismo día, al comienzo de la consulta, Rieux recibió a un joven que le había dicho que había venido ya por la mañana y que era periodista. Se llamaba Raymond Rambert. Pequeño, de hombros macizos, de expresión decidida y ojos claros e inteligentes, Rambert llevaba un traje tipo sport y parecía encontrarse a gusto en la vida. Fue derecho a su objeto. Estaba haciendo una información para un gran periódico de París sobre las condiciones de vida de los árabes y quería datos sobre su estado sanitario. Rieux le dijo que el estado no era bueno. Pero quiso saber, antes de ir más lejos, si el periodista podía decir la verdad.

—Evidentemente —dijo el otro.

Quiero decir que si puede usted manifestar una total reprobación.

—Total, no es preciso decirlo. Pero yo creo que para una reprobación total no habría fundamento.

Con suavidad Rieux le dijo que, en efecto, no habría fundamento para una reprobación semejante, pero que al hacerle esa pregunta sólo había querido saber si el testimonio de Rambert podía o no ser sin reservas.

—Yo no admito más que testimonios sin reservas, así que no sustentaré el suyo con mis informaciones.

—Ése es el lenguaje de Saint-Just —dijo el periodista, sonriendo.

Rieux, sin cambiar de tono, dijo que él no sabía nada de eso, pero que su lenguaje era el de un hombre cansado del mundo en que vivía, y sin embargo inclinado hacia sus semejantes y decidido, por su parte, a rechazar la injusticia y las concesiones. Rambert hundiendo el cuello entre los hombros, miraba al doctor.

—Creo que lo comprendo —dijo al fin, levantándose.

El doctor lo acompañó hasta la puerta:

—Le agradezco a usted que tome así las cosas.

Rambert pareció impacientarse:

—Sí —dijo—, yo lo comprendo, perdone usted esta molestia.

El doctor le estrechó la mano y le dijo que se podría hacer un curioso reportaje sobre la cantidad de ratas muertas que se encontraban en la ciudad en aquel momento.

—¡Ah! —exclamó Rambert—, eso me interesa.

A las cinco, al salir a hacer nuevas visitas, el doctor se cruzó en la escalera con un hombre más bien joven de silueta pesada, de rostro recio y demacrado, atravesado por espesas cejas. Ya lo había encontrado otras veces en casa de los bailarines españoles que vivían en el último piso. Jean Tarrou estaba fumando con aplicación un cigarrillo mientras contemplaba las últimas convulsiones de una rata que expiraba a sus pies en un escalón. Levantó sobre el doctor la mirada tranquila y un poco insistente de sus ojos grises, le dijo buenos días y añadió que esta aparición de las ratas era cosa curiosa.

—Sí —dijo Rieux—, pero ya va terminando por ser irritante.

—En cierto sentido, doctor, sólo en cierto sentido. No habíamos visto nunca nada semejante, esto es todo. Pero yo lo encuentro interesante, sí, positivamente interesante.

Tarrou se pasó la mano por el pelo, echándoselo hacia atrás, miró otra vez la rata, ya inmóvil, después sonrió a Rieux.

—Y sobre todo, doctor, esto es asunto del portero.

Justamente el doctor encontró al portero delante de la casa, adosado al muro junto a la entrada, con una expresión de cansancio en su rostro, de ordinario congestionado.

—Sí, ya lo sé —dijo el viejo Michel a Rieux, que le señalaba el nuevo hallazgo—. Se las encuentra ahora de dos en dos o de tres en tres. Pero lo mismo pasa en las otras casas.

Parecía abatido y preocupado. Se frotaba el cuello con un gesto maquinal. Rieux le preguntó cómo se sentía. El portero no podía decir realmente que no se sintiese bien. Lo único era que no estaba en caja. En su opinión era cosa moral. Las ratas lo habían sacudido y todo mejoraría cuando desaparecieran.

Pero al día siguiente, 18 de abril, el doctor, que traía a su madre de la estación, encontró a Michel con un aspecto todavía más desencajado: del sótano al tejado, una docena de ratas sembraban la escalera. Los basureros de las casas vecinas estaban llenos. La madre del doctor recibió la noticia sin asombrarse.

—Son cosas que pasan.

Era una mujercita de pelo plateado y ojos negros y dulces.

—Me siento feliz de volver a verte, Bernard —le dijo—; eso las ratas no pueden impedirlo.

Él asintió: verdad es que con ella todo parecía siempre fácil.

Rieux telefoneó al servicio municipal de desratización, a cuyo director conocía. ¿Había oído hablar de aquellas ratas que salían a morir en gran número al aire libre? Mercier, el director, había oído hablar de ellas y en sus mismas oficinas habían encontrado una cincuentena. Se preguntaba, en fin, si la cosa era seria. Rieux no podía juzgar, pero creía que el servicio de desratización debía intervenir.

—Sí —dijo Mercier—, con una orden. Si crees que merece la pena, puedo tratar de obtener una orden.

—Eso siempre merece la pena —dijo Rieux.

Su criada acababa de informarle que habían recogido varios cientos de ratas muertas en la gran fábrica donde trabajaba su marido.

Fue en ese momento más o menos cuando nuestros conciudadanos empezaron a inquietarse. Pues a partir del 18, las fábricas y los almacenes desbordaban, en efecto, de centenares de cadáveres de ratas. En algunos casos fue necesario ultimar a los animales cuya agonía era demasiado larga. Pero desde los barrios extremos hasta el centro de la ciudad, por todos los sitios que el doctor Rieux acababa de atravesar, en todos los lugares donde se reunían nuestros conciudadanos, las ratas esperaban amontonadas en los basureros o alineadas en el arroyo. La prensa de la tarde se ocupó del asunto desde ese día y preguntó si la municipalidad se proponía obrar o no, y qué medidas de urgencia había tomado para librar a su jurisdicción de esta invasión repugnante. La municipalidad no se había propuesto nada ni había tomado ninguna medida, pero empezó por reunirse en consejo para deliberar. La orden fue dada al servicio de desratización de recoger todas las mañanas, al amanecer, las ratas muertas. Una vez terminada la recolección, dos coches del servicio tenían que llevar los bichos al departamento de incineración de la basura, para quemarlos.

Pero en los días que siguieron, la situación se agravó. El número de los roedores recogidos iba creciendo y la recolección era cada mañana más abundante. Al cuarto día, las ratas empezaron a salir para morir en grupos. Desde las cavidades del subsuelo, desde las bodegas, desde las alcantarillas, subían en largas filas titubeantes para venir a tambalearse a la luz, girar sobre sí mismas y morir junto a los seres humanos. Por la noche, en los corredores y callejones se oían distintamente sus gritítos de agonía. Por la mañana, en los suburbios, se las encontraba extendidas en el mismo arroyo con una pequeña flor de sangre en el hocico puntiagudo; unas, hinchadas y putrefactas, otras rígidas, con los bigotes todavía enhiestos. En la ciudad misma se las encontraba en pequeños montones en los descansos o en los patios. Venían también a morir aisladamente en los salones administrativos, en los patios de las escuelas, en las terrazas de los cafés a veces. Nuestros conciudadanos, estupefactos, las descubrían en los lugares más frecuentados de la ciudad. Ensuciaban la plaza de armas, los bulevares, el paseo de Front-de-Mer. Limpiada de animales muertos al amanecer, la ciudad iba encontrándolos poco a poco cada vez más numerosos durante el día. En las aceras había sucedido a más de un paseante nocturno sentir bajo el pie la masa elástica de un cadáver aún reciente. Se hubiera dicho que la tierra misma donde estaban plantadas nuestras casas se purgaba así de su carga de humores, que dejaba subir a la superficie los forúnculos y linfas que la minaban interiormente. Puede imaginarse la estupefacción de nuestra pequeña ciudad, tan tranquila hasta entonces, y conmocionada en pocos días, como un hombre de buena salud cuya sangre empezase de pronto a revolverse.

Las cosas fueron tan lejos que la agencia Ransdoc (informes, investigaciones, documentación completa sobre cualquier asunto) anunció, en su emisión radiofónica de informaciones gratuitas, 6.231 ratas recogidas y quemadas en el solo transcurso del día 25. Esta cifra, que daba una idea justa del espectáculo cotidiano que la ciudad tenía ante sus ojos, acrecentó la confusión. Hasta ese momento nadie se había quejado más que como de un accidente un poco repugnante. Ahora ya se daban cuenta de que este fenómeno, cuya amplitud no se podía precisar, cuyo origen no se podía descubrir, empezaba a ser amenazador. Sólo el viejo español asmático seguía frotándose las manos y repitiendo: "Salen, salen", con una alegría senil.

El 28 de abril, Ransdoc anunció una cosecha de cerca de 8.000 ratas y la ansiedad llegó a su colmo. Se pedían medidas radicales, se acusaba a las autoridades, y algunas gentes que tenían casas junto al mar hablaban de retirarse a ellas. Pero, al día siguiente la agencia anunció que el fenómeno había cesado bruscamente y que el servicio de desratización no había recogido más que una cantidad insignificante de ratas muertas. La ciudad respiró.

Sin embargo, ese día mismo, cuando el doctor Rieux paraba su automóvil delante de la casa, al mediodía, vio venir por el extremo de la calle al portero, que avanzaba penosamente, con la cabeza inclinada, los brazos y las piernas separados del cuerpo, en la actitud de un fantoche. El viejo venía apoyado en el brazo de un cura que el doctor reconoció. Era el padre Paneloux, un jesuita erudito y militante con quien había hablado algunas veces y que era muy estimado en la ciudad, incluso por los indiferentes en materia de religión. Los esperó. El viejo Michel tenía los ojos relucientes y la respiración sibilante. No se sentía bien y había querido tomar un poco de aire, pero vivos dolores en el cuello, en las axilas y en las ingles lo habían obligado a pedir ayuda al padre Paneloux.

—Me están saliendo bultos. He debido hacer algún esfuerzo.

El doctor sacó el brazo por la ventanilla y paseó los dedos por la base del cuello que Michel le mostraba: se le estaba formando allí una especie de nudo de madera.

—Acuéstese, tómese la temperatura; vendré a verlo por la tarde.

El portero se fue. Rieux preguntó al padre Paneloux qué pensaba él de este asunto de las ratas.

—¡Oh! —dijo el padre—, debe de ser una epidemia —y sus ojos sonrieron detrás de las gafas redondas.

Después del almuerzo Rieux estaba releyendo el telegrama del sanatorio que le anunciaba la llegada de su mujer cuando sonó el teléfono. Era un antiguo cliente, empleado del Ayuntamiento, que lo llamaba. Había sufrido durante mucho tiempo de estrechez de la aorta y como era pobre, Rieux lo había atendido gratuitamente.

—Sí —decía—, ya sé que se acuerda usted de mí, pero se trata de otro. Venga en seguida, le ha ocurrido algo grave a un vecino mío.

Su voz era anhelante. Rieux pensó en el portero y decidió ir a verlo después. Minutos más tarde llegaba a la puerta de una casa pequeña de la calle Faidherbe, en un barrio extremo. En medio de la escalera fría y maloliente vio a Joseph Grand, el empleado, que salía a su encuentro. Era un hombre de unos cincuenta años, de bigote amarillo, alto y encorvado, hombros estrechos y miembros flacos.

—Ya está mejor —dijo, yendo hacia Rieux—, pero creí que se iba.

Se sonó las narices. En el segundo y último piso, escrito sobre la puerta de la izquierda con tiza roja, Rieux leyó: "Entrad, me he ahorcado".

Entraron. La cuerda colgaba del techo, atada al soporte de la lámpara, y bajo ella había una silla derribada; la mesa estaba apartada a un rincón. Pero la cuerda colgaba en el vacío.

—Lo descolgué a tiempo —decía Grand, que parecía siempre rebuscar las palabras aunque hablase el lenguaje más simple—. Salía, justamente, y oí ruido dentro. Cuando vi la inscripción creí que era una broma. Pero lanzó un gemido extraño y hasta siniestro, le aseguro.

Se rascaba la cabeza.

—Yo creo que la operación debe ser dolorosa. Naturalmente, entré.

Empujaron una puerta y se encontraron en una habitación clara, pero pobremente amueblada. Un hombrecito regordete estaba echado sobre una cama de bronce. Respiraba ruidosamente y los miraba con ojos congestionados. El doctor se detuvo. En los intervalos de la respiración le parecía oír grititos de ratas, pero no había nada por los rincones. Rieux se acercó a la cama. El hombre no se había dejado caer de muy alto ni demasiado bruscamente; las vértebras habían resistido. En suma, un poco de asfixia. El doctor le puso una inyección de aceite alcanforado y dijo que mejoraría en pocos días.

—Gracias, doctor —dijo el hombre, con voz entrecortada.

Rieux preguntó a Grand si había dado parte a la comisaría y el empleado dijo, un poco confuso:

—No. ¡Oh!, no. Pensé que lo primero era...

—Naturalmente —atajó Rieux—, ya lo haré yo.

Pero en ese momento el enfermo se agitó incorporándose en la cama y asegurando que estaba bien y que no merecía la pena.

—Cálmese —dijo Rieux—. Conozco el asunto, créame, y es necesario que haga una declaración.

—¡Oh! —dijo el otro.

Y se dejó caer hacia atrás, lloriqueando.

Grand, que se atusaba el bigote desde hacía rato, se acercó a él.

—Vamos, señor Cottard —le dijo—, procure usted comprender. Podrían decir que el doctor es responsable. Si por casualidad le da a usted la idea de repetirlo...

Pero Cottard dijo entre lágrimas que no lo repetiría, que había sido sólo un momento de locura y que lo único que quería era que lo dejasen en paz.

Rieux hizo una receta.

—Entendido —le dijo—. Dejemos eso por ahora. Yo volveré dentro de dos o tres días. Pero no haga usted tonterías.

En el descanso le dijo a Grand que no tenía más remedio que hacer una declaración, pero que iba a pedir al comisario que no hiciera su información hasta dos días después.

—Tendrían que vigilarlo esta noche. ¿Tiene familia?

—Yo no le conozco ninguna. Pero puedo velarlo yo mismo.

Grand movía la cabeza.

—Tenga usted en cuenta que a él tampoco puedo decir que lo conozca. Pero debemos ayudarnos unos a otros.

En los corredores de la casa, Rieux miró maquinalmente hacia los rincones y preguntó a Grand si las ratas habían desaparecido totalmente de su barrio. El empleado no lo sabía. Se había hablado en efecto, de esta historia, pero él no prestaba mucha atención a los rumores del barrio.

—Tengo otras preocupaciones —dijo.

Rieux le estrechó la mano. Tenía prisa por ir a ver al portero antes de ponerse a escribir a su mujer.

Los vendedores de periódicos voceaban que la invasión de ratas había sido detenida. Pero Rieux encontró a su enfermo medio colgando de la cama, con una mano en el vientre y otra en el suelo, vomitando con gran desgarramiento una bilis rojiza en un cubo. Después de grandes esfuerzos, ya sin aliento, el portero volvió a echarse. La temperatura llegaba a treinta y nueve con cinco, los ganglios del cuello y de los miembros se habían hinchado, dos manchas negruzcas se extendían en un costado. Se quejaba de un dolor interior.

—Me quema —decía—, este cochino me quema.

La boca pegajosa lo obligaba a masticar las palabras y volvía hacia el doctor sus ojos desorbitados, que el dolor de cabeza llenaba de lágrimas. La mujer miraba con ansiedad a Rieux, que permanecía mudo.

—Doctor —decía la mujer—, ¿qué puede ser esto?

—Puede ser cualquier cosa, pero todavía no hay nada seguro. Hasta esta noche, dieta y depurativo. Que beba mucho.

Justamente, el portero estaba devorado por la sed.

Ya en su casa, Rieux telefoneó a su colega Richard, uno de los médicos más importantes de la ciudad.

—No —decía Richard—, yo no he visto todavía nada extraordinario.

—¿Ninguna fiebre con inflamaciones locales?

—¡Ah!, sí por cierto, dos casos con ganglios muy inflamados.

—¿Anormalmente?

—Bueno —dijo Richard—, lo normal, ya sabe usted...

Por la noche el portero deliraba, con cuarenta grados, quejándose de las ratas. Rieux ensayó un absceso de fijación. Abrasado por la trementina, el portero gritaba: "¡Ah!, ¡cochinos!".

Los ganglios seguían hinchándose, duros y nudosos al tacto. La mujer estaba enloquecida.

—Vélelo usted —le dijo el médico— y llámeme si fuese preciso.

Al día siguiente, 30 de abril, una brisa ligera soplaba bajo un cielo azul y húmedo. Traía un olor a flores que llegaba de los arrabales más lejanos. Los ruidos de la mañana en las calles parecían más vivos, más alegres que de ordinario. En toda nuestra ciudad, desembarazada de la sorda aprensión en que había vivido durante una semana, ese día era, al fin, el día de la primavera. Rieux mismo, animado por una carta tranquilizadora de su mujer, bajaba a casa del portero con ligereza. Y, en efecto, por la mañana la fiebre había descendido a treinta y ocho grados; el enfermo sonreía en su cama.

—¿Va mejor, no es cierto, doctor? —dijo la mujer.

—Hay que esperar un poco todavía.

Pero al mediodía la fiebre subió de golpe a cuarenta. El enfermo deliraba sin parar y los vómitos recomenzaron. Los ganglios del cuello estaban doloridos y el portero quería tener la cabeza lo más lejos posible del cuerpo. La mujer estaba sentada a los pies de la cama y por encima de la colcha sujetaba con sus manos los pies del enfermo. Miraba a Rieux.

—Escúcheme —le dijo él—, es necesario aislarse y proceder a un tratamiento de excepción. Voy a telefonear al hospital y lo transportaremos en una ambulancia.

Dos horas después, en la ambulancia, el doctor y la mujer se inclinaban sobre el enfermo. De su boca tapizada de fungosidades, se escapaban fragmentos de palabras: "¡Las ratas!", decía. Verdoso, los labios cerúleos, los párpados caídos, el aliento irregular y débil, todo él como claveteado por los ganglios, hecho un rebujón en el fondo de la camilla, como si quisiera que se cerrase sobre él o como si algo lo llamase sin tregua desde el fondo de la tierra, el portero se ahogaba bajo una presión invisible. La mujer lloraba.

—¿No hay esperanza doctor?

—Ha muerto —dijo Rieux.

La muerte del portero, puede decirse, marcó el fin de este período lleno de signos desconcertantes y el comienzo de otro, relativamente más difícil, en el que la sorpresa de los primeros tiempos se transformó poco a poco en pánico. Nuestros conciudadanos, ahora se daban cuenta, no habían pensado nunca que nuestra ciudad pudiera ser un lugar particularmente indicado para que las ratas saliesen a morir al sol ni para que los porteros perecieran de enfermedades extrañas. Desde ese punto de vista, en suma, estaban en un error y sus ideas exigían ser revisadas. Si todo hubiera quedado en eso, las costumbres habrían seguido prevaleciendo. Pero otros entre nuestros conciudadanos, y que no eran precisamente porteros ni pobres, tuvieron que seguir la ruta que había abierto Michel. Fue a partir de ese momento cuando el miedo, y con él la reflexión, empezaron.

Sin embargo, antes de entrar en detalles sobre esos nuevos acontecimientos, el narrador cree de utilidad dar la opinión de otro testigo sobre el período que acaba de ser descrito. Jean Tarrou, que ya encontramos al comienzo de esta narración, se había establecido en Orán semanas antes, y habitaba desde entonces en un gran hotel del centro. Aparentemente su situación era lo bastante desahogada como para vivir de sus rentas. Pero, acaso porque la ciudad se había acostumbrado a él poco a poco, nadie podía decir de dónde venía ni por qué estaba allí. Se lo encontraba en todos los lugares públicos: desde el comienzo de la primavera se lo había visto mucho en las playas, nadando con manifiesto placer. Afable, siempre sonriente, parecía ser amigo de todos los placeres normales, sin ser esclavo de ellos. En fin, el único hábito que se le conocía era la frecuentación asidua de los bailarines españoles, harto numerosos en nuestra ciudad.

Sus apuntes, en todo caso, constituyen también una especie de crónica de este período difícil. Pero son una crónica muy particular, que parece obedecer a un plan preconcebido de insignificancia. A primera vista se podría creer que Tarrou se las ingeniaba para contemplar las cosas y los seres con los gemelos al revés. En medio de la confusión general se esmeraba, en suma, en convertirse en historiador de las cosas que no tenían historia. Se puede lamentar, sin duda, ese plan y sospechar que procede de cierta sequedad de corazón. Pero no por ello sus apuntes dejan de ofrecer para una crónica de este período multitud de detalles secundarios que tienen su importancia y cuya extravagancia, inclusive, impedirá que se juzgue a la ligera a este interesante personaje.

Las primeras notas tomadas por Jean Tarrou datan de su llegada a Orán. Demuestran desde el principio una curiosa satisfacción por el hecho de encontrarse en una ciudad tan fea por sí misma. Se encuentra en ellas la descripción detallada de los leones de bronce que adornan el Ayuntamiento, consideraciones benévolas sobre la ausencia de árboles, sobre las casas deplorables y el trazado absurdo de la ciudad. Tarrou pone también en sus notas diálogos oídos en los tranvías y en las calles, sin añadir comentario, salvo, un poco más tarde, a una de esas conversaciones concernientes a un tal Camps. Tarrou había asistido a una conversación entre dos cobradores de tranvías.

—Tú conociste a Camps —decía uno.

—¿Camps? ¿Uno alto con bigote negro?

—Ése. Estaba en las agujas.

—¡Ah!, sí.

—Bueno, pues se ha muerto.

—¡Ah! Y ¿cuándo?

—Después de lo de las ratas.

—¡Mira! ¿Y qué es lo que ha tenido?

—No sé; unas fiebres. Además, no era fuerte. Ha tenido abscesos en los sobacos. No lo ha resistido.

—Y, sin embargo, parecía igual que todo el mundo.

—No; era débil de pecho y tocaba en el Orfeón. Siempre soplando en un cornetín; eso acaba a cualquiera.

—¡Ah! —concluyó el segundo—, cuando se está enfermo no se debe soplar en un cornetín.

Tras esas breves indicaciones Tarrou se preguntaba por qué Camps había entrado en el Orfeón en contra de sus intereses más evidentes y cuáles eran las razones profundas que lo habían llevado a arriesgar la vida por los desfiles dominicales.

Tarrou parecía además haber sido favorablemente impresionado por una escena que se desarrollaba con frecuencia en el balcón que quedaba en frente de su ventana. Su cuarto daba a una pequeña calle transversal donde había siempre gatos adormilados a la sombra de las tapias. Pero todos los días, después del almuerzo, a la hora en que la ciudad entera estaba adormecida por el calor, un viejecito aparecía en un balcón, del otro lado de la calle. El pelo blanco y bien peinado, derecho y severo en su traje de corte militar, llamaba a los gatos con un "minino, minino" dulce y distante a un tiempo. Los gatos levantaban los ojos, pálidos de sueño, sin decidirse a moverse. Él rompía pedacitos de papel sobre la calle y los animales, atraídos por esta lluvia de mariposas blancas, avanzaban hasta el centro

27

de la calzada, alargando la pata titubeante hacia los últimos trozos de papel. El viejecito, entonces escupía sobre los gatos con fuerza y precisión. Si uno de sus escupitajos daba en el blanco, reía.

En fin, Tarrou parecía haber sido definitivamente seducido por el carácter comercial de la ciudad, cuyo aspecto, animación e incluso placeres aparentaban ser regidos por las necesidades del negocio. Esta singularidad (es el término empleado en los apuntes) tenía la aprobación de Tarrou y una de sus observaciones elogiosas llegaba a terminarse con la exclamación: "¡Al fin!". Éstos son los únicos puntos en que las notas del viajero, pertenecientes a esta fecha, parecen tener carácter personal. Es difícil apreciar su significación y lo que pueda haber de serio en ellas. Es así como, después de haber relatado que el hallazgo de una rata muerta había llevado al cajero del hotel a cometer un error en su cuenta, Tarrou había añadido con una letra menos clara que de ordinario. "Pregunta: ¿qué hacer para no perder el tiempo? Respuesta: Sentirlo en toda su lentitud. Medios: Pasarse los días en la antesala de un dentista en una silla inconfortable; vivir el domingo en el balcón, por la tarde; oír conferencias en una lengua que no se conoce, escoger los itinerarios del tren más largos y menos cómodos y viajar de pie, naturalmente; hacer la cola en las taquillas de los espectáculos, sin perder su puesto, etc., etc..." Pero inmediatamente después de estos juegos de lenguaje o de pensamiento, los apuntes comienzan una descripción detallada de los tranvías de nuestra ciudad, de su forma de barquichuelo, su color impreciso, su habitual suciedad y terminan estas consideraciones con un "es notable" que no explica nada.

He aquí, en todo caso, las indicaciones dadas por Tarrou sobre la historia de las ratas:

"Hoy el viejecito de enfrente está desconcertado. No hay gatos. Han desaparecido, en efecto, excitados por las ratas muertas que se descubren en gran número por las calles. En mi opinión no se puede pensar que los gatos coman ratas muertas. Recuerdo que los míos las detestaban. Pero eso no impide que corran a las bodegas y que el viejecito esté desconcertado. Está menos bien peinado, menos vigoroso. Se lo ve inquieto; después de estar un rato en el balcón se fue para adentro. Pero había escupido una vez en el vacío.

"En la ciudad hoy se detuvo un tranvía porque se descubrió en él una rata muerta, que había llegado allí no se sabe cómo. Dos o tres mujeres se apearon. Tiraron la rata. El tranvía partió.

"En el hotel, el guardián nocturno que es un hombre digno de fe, me ha dicho que él está viendo venir alguna desgracia con todas estas ratas muertas. 'Cuando las ratas dejan el barco...' Le respondí que eso era cierto en el caso de los barcos, pero que todavía no se había comprobado en las ciudades. Sin embargo, su convicción es firme. Le pregunté qué desgracia podía amenazarnos, según él. No sabía, la desgracia era imprevisible. Pero a él no le hubiera extrañado que se tratara de un temblor de tierra. Reconocí que eso era posible y me preguntó si no me inquietaba:

"—Lo único que me interesa —le dije— es encontrar la paz interior.

"Me comprendió perfectamente.

"En el comedor del hotel hay una familia muy interesante. El padre es un hombre alto, delgado, vestido de negro, con cuello duro. Tiene la cabeza calva en el centro y dos tufos de pelo gris a derecha e izquierda. Ojitos redondos y duros, una nariz afilada y una boca horizontal le dan el aspecto de una lechuza bien educada. Llega siempre primero a la puerta del comedor, se aparta, deja pasar a su mujer, menuda como un ratoncito negro, y entonces entra, llevando detrás a un niño y a una niña vestidos como dos perros sabios. Llegado a la mesa, espera a que su mujer se coloque, se sienta él y los dos perritos de aguas pueden al fin posarse en sus sillas. Habla de usted a su mujer y a sus hijos, dedica corteses maldades a la primera y frases definitivas a los herederos.

"—Nicole, está usted mostrándose soberanamente antipática.

"Y la pequeña está a punto de llorar. Lo que él quería.

"Esta mañana, el niño estaba muy excitado con la historia de las ratas. Quiso hablar de ello en la mesa.

"—No se habla de ratas en la mesa, Philippe. En adelante le prohíbo a usted pronunciar esa palabra.

"—Su padre tiene razón —dijo el ratoncito negro.

"Los dos perritos metieron la nariz en su pastel y la lechuza dio las gracias con una inclinación de cabeza que no decía gran cosa.

"A pesar de este bello ejemplo se habla mucho de las ratas en la ciudad. El periódico se ocupa de ello. La crónica local, que de ordinario es muy variada, ahora queda ocupada toda entera por una campaña contra la municipalidad. '¿Se han dado cuenta nuestros ediles del peligro que pueden significar los cadáveres putrefactos de esos roedores?' El director del hotel ya no puede hablar de otra cosa. Pero es que está avergonzado. Descubrir ratas en el ascensor de un hotel honorable le parece inconcebible. Para consolarlo le dije: 'Pero todo el mundo está lo mismo'.

"—Eso es —me respondió—, ahora estamos también nosotros como todo el mundo.

"Él ha sido quien me ha hablado de los primeros casos de esta fiebre extraña que empieza a inquietar a la gente. Una camarera la ha tenido.

"—Pero, seguramente, no es contagiosa —dijo en seguida, con apresuramiento.

"Yo le dije que me daba igual.

"—¡Ah! Ya veo. El señor es como yo. El señor es fatalista.

"Yo no había dicho nada que lo pareciese y además no soy fatalista. Le dije..."

A partir de ese momento los apuntes de Tarrou empiezan a hablar un poco detalladamente de esta fiebre desconocida que inquieta a todos. Señalando que el viejecito, con la desaparición de las ratas había vuelto a encontrar sus gatos y rectificaba pacientemente el tiro, Tarrou añadía que se podía citar una docena de casos de esta fiebre, casi todos mortales.

A título de documento podemos, en fin, reproducir el retrato del doctor Rieux por Tarrou. A juicio del narrador, es muy fiel.

"Parece tener treinta y cinco años. Talla mediana. Espaldas anchas. Rostro casi rectangular. Los ojos oscuros y rectos, la mandíbula saliente. La nariz ancha es correcta. El pelo negro, cortado muy corto. La boca arqueada, con los labios llenos y casi siempre cerrados. Tiene un poco el tipo de un campesino siciliano, con su piel curtida, su pelambre negra y sus trajes de tonos siempre oscuros, que le van bien.

"Anda de prisa. Baja de las aceras sin cambiar el paso, pero de cuando en cuando sube a la acera opuesta dando un saltito. Es distraído manejando el coche y deja muchas veces las flechas de dirección levantadas, incluso después de haber dado vuelta.

"Siempre sin sombrero. Aires de hombre muy al tanto."

Las cifras de Tarrou eran exactas. El doctor Rieux sabía algo de eso. Una vez aislado el cuerpo del portero, había telefoneado a Richard para consultarle sobre esas fiebres inguinales.

—Yo no lo comprendo —había dicho Richard—. Dos muertos. Uno en cuarenta y ocho horas, otro en tres días. Yo había dejado a uno de ellos por la mañana con todos los indicios de la convalecencia.

—Avíseme si tiene usted otros casos —dijo Rieux.

Llamó a algunos otros médicos. La encuesta le dio una veintena de casos semejantes en pocos días. Casi todos habían sido mortales. Pidió entonces a Richard, que era secretario del sindicato de médicos de Orán, que decidiese el aislamiento de los nuevos enfermos.

—No puedo hacerlo —dijo Richard—. Harían falta medidas de la prefectura. Además, ¿quién le asegura a usted que hay peligro de contagio?

—Nadie me lo asegura, pero los síntomas son inquietantes.

Richard, sin embargo, creía que "él no estaba calificado". Todo lo que podía hacer era hablar al prefecto. Pero mientras se hablaba se perdía el tiempo. Al día siguiente de la muerte del portero, grandes brumas cubrieron el cielo. Lluvias torrenciales y breves cayeron sobre la ciudad. Un calor tormentoso siguió a aquellos bruscos chaparrones. El mar incluso había perdido su azul profundo, y bajo el cielo brumoso tomaba reflejos de plata o de acero, dolorosos para la vista. El calor húmedo de la primavera hacía desear el ardor del verano. En la ciudad, construida en forma de caracol sobre la meseta, apenas abierta hacia el mar, una pesadez tibia reinaba. En medio de sus largos muros enjalbegados, por entre sus calles con escaparates polvorientos, en los tranvías de un amarillo sucio, se sentía uno como prisionero del cielo. Sólo el viejo enfermo de Rieux triunfaba de su asma para alegrarse de ese tiempo, y solía decir:

—Esto hierve, es bueno para los bronquios.

Hervía, en efecto, ni más ni menos que una fiebre. Toda la ciudad tenía fiebre. Ésta era, al menos, la impresión que perseguía el doctor Rieux, la mañana en que iba hacia la calle Faidherbe para asistir a la información sobre la tentativa de suicidio de Cottard. Pero esta impresión le parecía irrazonada. La atribuía al enervamiento y a las preocupaciones de que estaba lleno y creía que necesitaba poner un poco de orden en sus ideas.

Cuando llegó, el comisario no estaba allí todavía. Grand esperaba en el rellano de la escalera y decidieron entrar primero en su cuarto, dejando la puerta abierta. El empleado del Ayuntamiento ocupaba dos piezas amuebladas muy sumariamente. Se observaba sólo un estante de madera blanca con dos o tres diccionarios y un encerado donde se podían leer, medio borradas, las palabras "avenidas floridas". Según Grand, Cottard había pasado bien la noche. Pero se había despertado por la mañana con dolor de cabeza e incapaz de la menor reacción. Grand parecía cansado y nervioso. Se paseaba de un lado para otro abriendo y cerrando una gran carpeta llena de hojas manuscritas.

Contó al doctor que él conocía poco a Cottard, pero

que le suponía un pequeño capital. Cottard era un hombre raro. Durante mucho tiempo sus relaciones se habían limitado a un saludo en la escalera.

—No he tenido más que dos conversaciones con él. Hace unos días dejé caer en el descanso una caja de tizas que traía. Eran tizas rojas y azules. En ese momento salía Cottard y me ayudó a recogerlas. Me preguntó para qué eran esas tizas de diferentes colores.

Grand le había explicado entonces que estaba repasando un poco de latín. No había vuelto a estudiarlo desde el liceo.

—Sí —dijo el doctor—, me han asegurado que es útil para conocer mejor el sentido de las palabras francesas.

Así, pues, escribía las palabras latinas en el encerado. Copiaba con la tiza azul la parte de las palabras que cambia según las declinaciones y las conjugaciones y con la tiza roja la que no cambia nunca.

—No sé si Cottard comprendió bien, pero me pidió una tiza roja. Me sorprendió un poco, pero después de todo... Yo no podía adivinar que iba a servirle para su proyecto.

Rieux preguntó cuál había sido el tema de la segunda conversación. Pero en ese momento llegó el comisario acompañado de su secretario y quiso primero oír la declaración de Grand. El doctor observó que Grand, cuando hablaba de Cottard, lo llamaba siempre "el desesperado". Incluso en un momento empleó la expresión "resolución fatal". Discutieron sobre el motivo del suicidio y Grand se mostró siempre escrupuloso en el empleo de los términos. Hubo que detenerse sobre las palabras "contrariedades íntimas". El comisario preguntó si no había habido nada en la actitud de Cottard que hiciese sospechar lo que él llamaba "su determinación".

—Ayer llamó a mi puerta —dijo Grand— para pedirme fósforos. Le di mi caja. Se excusó diciendo que entre vecinos... Después me aseguró que me devolvería la caja. Le dije que se quedase con ella.

El comisario preguntó al empleado si Cottard no le había parecido raro.

—Me pareció raro verlo como deseoso de entablar conversación. Pero yo estaba trabajando.

Grand se volvió hacia Rieux y añadió, con aire intimidado:

—Un trabajo personal.

El comisario quiso ver al enfermo. Pero Rieux creyó mejor prepararlo primero. Cuando entró en la habitación, Cottard, vestido solamente con un pijama de franela grisácea, estaba incorporado en la cama y vuelto hacia la puerta con expresión de ansiedad.

—Es la policía, ¿no?

—Sí —dijo Rieux—, no se agite usted. Dos o tres formalidades y lo dejarán en paz.

Pero Cottard respondió que era inútil, que él detestaba a la policía. Rieux dijo con impaciencia:

—Yo tampoco la adoro. Se trata de responder pronto y claro a sus preguntas para terminar de una vez.

Cottard se calló y el doctor fue hacia la puerta, pero el hombrecillo volvió a llamarlo y le tomó las manos cuando estuvo junto a la cama.

—No se puede hacer nada a un enfermo, a un hombre que se ha ahorcado, ¿no es cierto, doctor?

Rieux lo consideró un momento y al fin le aseguró que no se trataba de nada de ese género y que, en todo caso, él estaba allí para proteger a su enfermo. Éste pareció tranquilizarse y Rieux hizo entrar al comisario.

Se le leyó a Cottard la declaración de Grand y se le preguntó si podía precisar los motivos de su acto. Respondió solamente, sin mirar al comisario, que "contrariedades íntimas, era lo justo". El comisario le preguntó si tenía intención de repetirlo. Cottard se animó, respondió que no y que lo único que quería era que lo dejaran en paz.

—Tengo que hacerle comprender —dijo el comisario en tono irritado— que por el momento es usted el que turba la paz de los demás.

Pero Rieux le hizo una seña y no pasó de allí.

—Figúrese —suspiró el comisario—, tenemos otras cosas puestas a la lumbre desde que se habla de esto de la fiebre.

Preguntó al doctor si la cosa era seria y Rieux dijo que no lo sabía.

—El tiempo, eso es todo —dijo el comisario.

Era el tiempo, sin duda. Todo se ponía pegajoso a medida que avanzaba el día y Rieux sentía aumentar su aprensión a cada visita. Por la tarde de ese mismo día un vecino del viejo enfermo se quejaba de las ingles y vomitaba en medio de su delirio. Los ganglios eran mucho más gruesos que los del portero. Uno de ellos comenzó a supurar y pronto se abrió como un fruto maligno. Cuando volvió a su casa Rieux telefoneó al depósito de productos farmacéuticos de la localidad. Sus notas profesionales mencionan únicamente en esta fecha: "Respuesta negativa". Y ya estaban llamándolo en otros sitios para casos semejantes. Había que abrir los abscesos; era evidente. Dos golpes de bisturí en cruz y los ganglios arrojaban una materia mezclada de sangre. Los enfermos sangraban, descuartizados. Pero aparecían manchas en el vientre y en las piernas, un ganglio dejaba de supurar y después volvía a hincharse. La mayor parte de las veces el enfermo moría en medio de un olor espantoso.

La prensa, tan habladora en el asunto de las ratas, no decía nada. Porque las ratas mueren en la calle y los hombres en sus cuartos y los periódicos sólo se ocupan de la calle. Pero la prefectura y la municipalidad empezaron a preguntarse qué había que hacer. Mientras cada médico no tuvo conocimiento más que de dos o tres casos nadie pensó en moverse. Al fin, bastó que a alguno se le ocurriese hacer la suma. La suma era aterradora. En unos cuantos días los casos mortales se multiplicaron y se hizo evidente para los que se ocupaban de este mal curioso que se trataba de una verdadera epidemia. Éste fue el momento que escogió Castel, un colega de Rieux de mucha más edad que él, para ir a verle.

—Naturalmente, usted sabe lo que es esto, Rieux.

—Espero el resultado de los análisis.

—Yo lo sé y no necesito análisis. He hecho parte de mi carrera en China y he visto algunos casos en París, hace unos veintitantos años. Lo que pasa es que por el momento no se atreven a llamarlo por su nombre. La opinión pública es sagrada: nada de pánico, sobre todo nada de pánico. Y además, como decía un colega: "Es imposible, todo el mundo sabe que ha desaparecido de Occidente". Sí, todo el mundo lo sabe, excepto los muertos. Vamos, Rieux usted sabe tan bien como yo lo que es.

Rieux reflexionaba. Por la ventana de su despacho miraba el borde pedregoso del acantilado que encerraba a lo lejos la bahía. El cielo, aunque azul, tenía un resplandor mortecino que se iba apagando a medida que avanzaba la tarde.

—Sí, Castel —dijo Rieux—, es casi increíble, pero parece que es la peste.

Castel se levantó y fue hacia la puerta.

—Ya sabe usted lo que van a responderme: "Ha desaparecido de los países templados desde hace años".

—¿Qué quiere decir desaparecer? —respondió Rieux alzando los hombros.

—Sí, y no olvide usted que todavía en París hace unos veinte años...

—Bueno. Esperemos que hoy no sea más grave que entonces. Pero es verdaderamente increíble.

La palabra "peste" acababa de ser pronunciada por primera vez. En este punto de la narración que deja a Bernard Rieux detrás de una ventana se permitirá al narrador que justifique la incertidumbre y la sorpresa del doctor puesto que, con pequeños matices, su reacción fue la misma que la de la mayor parte de nuestros conciudadanos. Las plagas, en efecto, son una cosa común pero es difícil creer en las plagas cuando las ve uno caer sobre su cabeza. Ha habido en el mundo tantas pestes como guerras y, sin embargo, pestes y guerras toman las gentes siempre desprevenidas. El doctor Rieux estaba desprevenido como lo estaban nuestros ciudadanos y por esto hay que comprender sus dudas. Por esto hay que comprender también que se callara, indeciso entre la inquietud y la confianza. Cuando estalla una guerra las gentes se dicen: "Esto no puede durar, es demasiado estúpido". Y sin duda una guerra es evidentemente demasiado estúpida, pero eso no impide que dure. La estupidez insiste siempre, uno se daría cuenta de ello si uno no pensara siempre en sí mismo. Nuestros conciudadanos, a este respecto, eran como todo el mundo; pensaban en ellos mismos; dicho de otro modo, eran humanidad: no creían en las plagas. La plaga no está hecha a la medida del hombre, por lo tanto el hombre se dice que la plaga es irreal, es un mal sueño que tiene que pasar. Pero no siempre pasa, y de mal sueño en mal sueño son los hombres los que pasan, y los humanistas en primer lugar, porque no han tomado precauciones. Nuestros conciudadanos no eran más culpables que otros, se olvidaban de ser modestos, eso es todo, y pensaban que todavía todo era posible para ellos, lo cual daba por supuesto que las plagas eran imposibles. Continuaban haciendo negocios, planeando viajes y teniendo opiniones. ¿Cómo hubieran podido pensar en la peste que suprime el porvenir, los desplazamientos y las discusiones? Se creían libres y nadie será libre mientras haya plagas.

Incluso después de haber reconocido el doctor Rieux delante de su amigo que un montón de enfermos dispersos por todas partes acababa de morir inesperadamente por la peste, el peligro seguía siendo irreal para él. Simplemente, cuando se es médico, se tiene formada una idea de lo que es el dolor y la imaginación no falta. Mirando por la ventana su ciudad que no había cambiado, apenas si el doctor sentía nacer en él ese ligero descorazonamiento ante el porvenir que se llama inquietud. Procuraba reunir en su memoria todo lo que sabía sobre esta enfermedad. Ciertas cifras flotaban en su recuerdo y se decía que la treintena de grandes pestes que la historia ha conocido había causado cerca de cien millones de muertos. Pero ¿qué son cien millones de muertos? Cuando se ha hecho la guerra apenas sabe ya nadie lo que es un muerto. Y además un hombre muerto solamente tiene peso cuando lo ha visto uno muerto; cien millones de cadáveres, sembrados a través de la historia, no son más que humo en la imaginación. El doctor recordaba la peste de Constantinopla que, según Procopio, había hecho diez mil víctimas en un día. Diez mil muertos hacen cinco veces el público de un gran cine. Esto es lo que hay que hacer. Reunir a las gentes a la salida de cinco cines, conducirlas a una playa de la ciudad y hacerlas morir en montón para ver las cosas claras. Además habría que poner algunas caras conocidas por encima de ese amontonamiento anónimo. Pero naturalmente esto es imposible de realizar, y además ¿quién conoce diez mil caras? Por lo demás, esas gentes como Procopio no sabían contar; es cosa sabida. En Cantón hace setenta años cuarenta mil ratas murieron de la peste antes de que la plaga se interesase por los habitantes. Pero en 1871 no hubo manera de contar las ratas. Se hizo un cálculo aproximado, con probabilidades de error. Y sin embargo, si una rata tiene treinta centímetros de largo, cuarenta mil ratas puestas una detrás de otra harían...

Pero el doctor se impacientaba. Era preciso no abandonarse a estas cosas. Unos cuantos casos no hacen una epidemia, bastaría tomar precauciones. Había que atenerse a lo que se sabía, el entorpecimiento, la postración, los ojos enrojecidos, la boca sucia, los dolores de cabeza, los bubones, la sed terrible, el delirio, las manchas en el cuerpo, el desgarramiento interior y al final de todo eso... Al final de todo eso, una frase le venía a la cabeza, una frase con la que terminaba en su manual la enumeración de los síntomas. "El pulso se hace filiforme y la muerte acaece por cualquier movimiento insignificante." Sí, al final de todo esto se estaba como pendiente de un hilo y las tres cuartas partes de la gente, tal era la cifra exacta, eran lo bastante impacientes para hacer ese movimiento que las precipitaba.

El doctor seguía mirando por la ventana. De un lado del cristal el fresco cielo de la primavera y del otro lado la palabra que todavía resonaba en la habitación: la peste. La palabra no contenía sólo lo que la ciencia quería poner en ella, sino una larga serie de imágenes extraordinarias que no concordaban con esta ciudad amarilla y gris, moderadamente animada a aquella hora, más zumbadora que ruidosa; feliz, en suma, si es posible que algo sea feliz y apagado. Una tranquilidad tan pacífica y tan indiferente negaba casi sin esfuerzo las antiguas imágenes de la plaga. Atenas apestada y abandonada por los pájaros, las ciudades chinas cuajadas de agonizantes silenciosos, los presidiarios de Marsella apilando en los hoyos los cuerpos que caían, la construcción en Provenza del gran muro que debía detener el viento furioso de la peste. Jaffa y sus odiosos mendigos, los lechos húmedos y podridos pegados a la tierra removida del hospital de Constantinopla, los enfermos sacados con ganchos, el carnaval de los médicos enmascarados durante la Peste negra, las cópulas de los vivos en los cementerios de Milán, las carretas de muertos en el Londres aterrado, y las noches y días henchidos por todas partes del grito interminable de los hombres. No, todo esto no era todavía suficientemente fuerte para matar la paz de ese día. Del otro lado del cristal el timbre de un tranvía invisible resonaba de pronto y refutaba en un segundo la crueldad del dolor. Sólo el mar, al final del mortecino marco de las casas, atestiguaba todo lo que hay de inquietante y sin posible reposo en el mundo. Y el doctor Rieux que miraba el golfo pensaba en aquellas piras, de que habla Lucrecio, que los atenienses heridos por la enfermedad levantaban delante del mar. Llevaban durante la noche a los muertos pero faltaba sitio, y los vivos luchaban a golpes con las antorchas para depositar en las piras a los que les habían sido queridos, sosteniendo batallas sangrientas antes de abandonar los cadáveres. Se podía imaginar las hogueras enrojecidas ante el agua tranquila y sombría, los combates de antorchas en medio de la noche crepitante de centellas y de espesos vapores ponzoñosos subiendo hacia el cielo expectante. Se podía temer...

Pero este vértigo no se sostenía ante la razón. Era cierto que la palabra "peste" había sido pronunciada, era cierto que en aquel mismo minuto la plaga sacudía y arrojaba por tierra a una o dos víctimas. Pero, ¡y qué!, podía detenerse. Lo que había que hacer era reconocer claramente lo que debía ser reconocido, espantar al fin las sombras inútiles y tomar las medidas convenientes. En seguida la peste se detendría, porque la peste o no se la imagina o se la imagina falsamente. Si se detuviese, y esto era lo más probable, todo iría bien. En el caso contrario se sabía lo que era y, si no había medio de arreglarse para vencerla primero, se la vencería después.

El doctor abrió la ventana y el ruido de la ciudad se agigantó de pronto. De un taller vecino subía el silbido breve e insistente de una sierra mecánica. Rieux espantó todas estas ideas. Allí estaba lo cierto, en el trabajo de todos los días. El resto estaba pendiente de hilos y movimientos insignificantes, no había que detenerse en ello. Lo esencial era hacer bien su oficio.

El doctor Rieux estaba en este punto de sus reflexiones cuando le anunciaron a Joseph Grand. Aunque era empleado del Ayuntamiento y desempeñaba tareas muy diversas se lo ocupaba periódicamente en el servicio de estadísticas del gobierno civil. Así pues, estaba obligado a hacer las sumas de las defunciones y, naturalmente servicial, había accedido a llevar él mismo una copia de sus resultados a casa de Rieux.

El doctor vio entrar a Grand con su vecino Cottard. El empleado blandió una hoja de papel.

—Las cifras suben, doctor —anunció—: once muertos en cuarenta y ocho horas.

Rieux saludó a Cottard y le preguntó cómo se encontraba. Grand explicó que Cottard había puesto empeño en venir a dar las gracias al doctor y a excusarse por las molestias que le había ocasionado. Pero Rieux miraba la hoja de la estadística.

—Bueno —dijo Rieux—, es posible que haya que decidirse a llamar a esta enfermedad por su nombre. Hasta el presente hemos estado dándole vueltas. Pero vengan ustedes conmigo, tengo que ir al laboratorio.

—Sí, sí —dijo Grand bajando la escalera detrás del doctor—. Hay que llamar a las cosas por su nombre, pero ¿cuál es su nombre?

—No puedo decírselo, y, por otra parte, no le serviría para nada saberlo.

—Ya ve usted —sonrió el empleado—, no es tan fácil.

Se dirigieron a la Plaza de Armas. Cottard iba callado. Las calles empezaban a llenarse de gente. El crepúsculo fugitivo de nuestro país retrocedía ya ante la noche y las primeras estrellas aparecían en el horizonte, todavía neto. Unos segundos más tarde, las luces de las calles en lo alto oscurecieron todo el cielo al encenderse, y el ruido de las conversaciones pareció subir de tono.

—Perdóneme —dijo Grand al llegar al ángulo de la plaza—, pero tengo que tomar el tranvía. Mis noches son sagradas. Como dicen en mi país: "No hay que dejar para mañana..."

Rieux había notado cierta manía que tenía Grand, nacido en Montélimar, de invocar las locuciones de su país y añadirles fórmulas triviales que no eran de ningún sitio, como "un tiempo de ensueño" o "un alumbrado mágico".

—¡Ah! —dijo Cottard—, no se lo puede sacar de su casa después de la cena.

Rieux preguntó a Cottard si trabajaba en el Ayuntamiento. Grand respondió que no: trabajaba para sí mismo.

—¡Ah! —dijo Rieux, por hablar—, y ¿avanza mucho?

—Después de los años que trabajo en ello, forzosamente. Aunque en cierto sentido no hay gran progreso.

—Pero, en resumen, ¿de qué se trata? —dijo el doctor parándose.

Grand farfulló algo, ajustándose el sombrero redondo sobre sus grandes orejas. Y Rieux comprendió muy vagamente que se trataba de algo sobre el desarrollo de una personalidad. Pero el empleado los dejó tomando el bulevar de la Marne, bajo los focos, con un pasito apresurado. En la puerta del laboratorio Cottard dijo al doctor que quería hablar con él para pedirle un consejo. Rieux, que no dejaba de tocar en su bolsillo la hoja de las estadísticas, lo invitó a ir a su consultorio más tarde. Luego, cambiando de opinión, le dijo que él tenía que ir al día siguiente a su barrio y que pasaría por su casa después de almorzar.

Cuando dejó a Cottard, el doctor se dio cuenta de que seguía pensando en Grand. Lo imaginaba en medio de una peste, y no de aquélla, que sin duda no iba a ser seria, sino en medio de una de las grandes pestes de la historia. "Es del género de hombres que quedan a salvo en estos casos." Se acordaba de haber leído que la peste respetaba las constituciones débiles y destruía las vigorosas. Y al seguir pensando en ellos el doctor llegó a la conclusión de que en el empleado había un cierto aire de misterio.

A primera vista, en efecto, Joseph Grand no era más que el pequeño empleado de Ayuntamiento que su aspecto delataba. Alto, flaco, flotaba en sus trajes que escogía siempre demasiado grandes, haciéndose la ilusión de que así le durarían más. Conservaba todavía la mayor parte de los dientes de la encía inferior, pero, en cambio había perdido todos los superiores. Su sonrisa que le levantaba el labio de arriba hacía enseñar una boca llena de sombra. Si se añade a este retrato un modo de andar de seminarista, un arte especial de rozar los muros y de deslizarse por entre las puertas, un olor a sótano y a humo, con todos los modales distintivos de la insignificancia, se reconocerá que sólo se lo podía imaginar delante de una mesa de escritorio, aplicado a revisar las tarifas de las casas de baños de la ciudad, o a reunir para algún joven escribiente los elementos de una información concerniente a la nueva ley sobre la recolección de las basuras caseras. Hasta para un espíritu poco advertido tenía el aire de haber sido puesto en el mundo para ejercer las funciones discretas pero indispensables del auxiliar municipal, temporario, con sesenta y dos francos treinta céntimos al día.

Esto era en efecto lo que declaraba en el formulario

de empleo a continuación de la palabra "categoría". Cuando veintidós años antes había tenido que abandonar su licenciatura por falta de dinero, había aceptado este empleo que, según le habían prometido, lo llevaría a un "ascenso" rápido.

Se trataba solamente de dar durante un cierto tiempo pruebas de su competencia en las cuestiones delicadas que planteaba la administración de nuestra ciudad. En resumen, esto es lo que le habían asegurado, no podía menos de llegar a un puesto de escribiente que le permitiese vivir con holgura. Ciertamente, no era la ambición lo que impulsaba a obrar a Joseph Grand. Él lo afirmaba con una sonrisa melancólica. Pero la perspectiva de una vida material asegurada por medios honestos y, en consecuencia, la posibilidad de entregarse sin remordimiento a sus ocupaciones favoritas, le sonreía mucho. Si había aceptado la oferta que se le había hecho, había sido por razones honorables y, permítase decirlo, por fidelidad a un ideal.

Hacía muchos años que este estado de cosas provisorio duraba, la vida había aumentado en proporciones desmesuradas y el sueldo de Grand, a pesar de algunos aumentos generales, era todavía irrisorio. Se había quejado a Rieux alguna vez pero nadie se daba por aludido. Y aquí estriba la originalidad de Grand o por lo menos uno de sus rasgos. Hubiera podido hacer valer, si no sus derechos, de los cuales no estaba muy cierto, por lo menos las seguridades que le habían dado. Pero, primeramente, el jefe del negociado que le había dado el empleo había muerto hacía tiempo y él había permanecido allí sin recordar los términos exactos de la promesa que le había sido hecha. En fin, y sobre todo, Joseph Grand no encontraba las palabras adecuadas.

Esta particularidad era lo que retrataba mejor a nuestro conciudadano, como Rieux pudo observar. Esta particularidad era en efecto la que le impedía escribir la carta de reclamaciones que estaba siempre meditando o hacer la gestión que las circunstancias exigían. Según él, sentía un particular impedimento al emplear la palabra "derecho", sobre la cual no estaba muy seguro, y la palabra "promesa", que parecía significar que él reclamaba lo que se le debía y en consecuencia revestiría un carácter de atrevimiento poco compatible con la modestia de las funciones que desempeñaba. Por otra parte se negaba a usar los términos "benevolencia", "solicitar", "gratitud", porque no los estimaba compatibles con su dignidad personal. Así, pues, por no encontrar la palabra justa nuestro conciudadano había continuado ejerciendo sus oscuras funciones hasta una edad bastante avanzada. Por lo demás, siempre, según decía al doctor Rieux, con la práctica se había dado cuenta de que su vida material estaba asegurada, puesto que no tenía más que adaptar sus necesidades a sus recursos. En vista de esto reconocía la justeza de una de las frases favoritas del alcalde, poderoso industrial de nuestra ciudad, el cual afirmaba con energía que, en fin de cuentas (insistiendo en esta palabra que era la de más peso en todo el discurso), nunca se había visto a nadie morir de hambre. La vida casi ascética que llevaba Joseph Grand lo había, en efecto, liberado de toda preocupación de este orden. Así, pues, seguía buscando sus palabras.

En cierto sentido se puede decir que su vida era ejemplar. Era uno de esos hombres, tan escasos en nuestra ciudad como en cualquier otra, a los que no les falta nunca el valor para tener buenos sentimientos. Lo poco que manifestaba de sí mismo atestiguaba, en efecto, una capacidad de bondad y de adhesión que poca gente confiesa hoy día. No se avergonzaba de declarar que quería mucho a sus sobrinos y a su hermana, únicos parientes que conservaba y a quienes iba a visitar a Francia cada dos años. Reconocía que el recuerdo de sus padres, muertos cuando él era todavía muy joven, lo entristecía. No se negaba a admitir que adoraba sobremanera cierta campana de su barrio que sonaba dulcemente a eso de las cinco de la tarde. Pero para evocar estas emociones tan simples cada palabra le costaba un trabajo infinito. Finalmente, esta dificultad había constituido su mayor preocupación.

"¡Ah!, doctor, quisiera aprender a expresarme." Hablaba de esto a Rieux cada vez que lo encontraba.

El doctor, aquella tarde, al verlo marchar comprendió de pronto lo que Grand había querido decir: debía de estar escribiendo un libro o algo parecido. Ya en el laboratorio todo esto tranquilizaba a Rieux. Sabía que esta impresión era estúpida, pero no alcanzaba a comprender que la peste pudiera instalarse verdaderamente en una ciudad donde podía haber funcionarios modestos que cultivaban manías honorables. Más exactamente, no podía imaginar el lugar que ocuparían esas manías en medio de la peste y por lo tanto le parecía que, prácticamente, la peste no tenía porvenir entre nuestros conciudadanos.

Al día siguiente, gracias a una insistencia que todos consideraban fuera de lugar, Rieux obtuvo de la prefectura que se convocase a una comisión sanitaria.

—Es cierto que la población se inquieta —había reconocido Richard—. Además, las habladurías lo exageran todo. El prefecto me ha dicho: "Obremos rápido, pero en silencio". Por otra parte, está persuadido de que es una falsa alarma.

Bernard Rieux se fue con su coche a la prefectura.

—¿Sabe usted —le dijo el prefecto— que el departamento no tiene suero?

—Ya lo sé. He telefoneado al depósito. El director ha caído de las nubes. Hay que hacerlo traer de París.

—Tengo la esperanza de que no sea cosa muy larga.

—Ya he telegrafiado —respondió Rieux.

El prefecto estuvo amable, pero nervioso.

—Comencemos por el principio, señores —dijo—. ¿Debo resumir la situación?

Richard creía que esto no era necesario. Los médicos conocían la situación. La cuestión era solamente saber las medidas que había que tomar.

—La cuestión —dijo brutalmente el viejo Castel— es saber si se trata o no de la peste.

Dos o tres médicos lanzaron exclamaciones. Los otros

parecieron dudar. En cuanto al prefecto, se sobresaltó y se volvió maquinalmente hacia la puerta como para comprobar si sus hojas habían podido impedir que esta enormidad se difundiera por los pasillos. Richard declaró que, en su opinión, no había que ceder al pánico: se trataba de una fiebre con complicaciones inguinales, esto era todo lo que podía decir; las hipótesis, en la ciencia como en la vida, son siempre peligrosas. El viejo doctor Castel, que se mordisqueaba tranquilamente el bigote amarillento, levantó hacia Rieux sus ojos claros. Después, paseando una mirada benévola sobre los asistentes, hizo notar que él sabía bien que era la peste, pero que, en verdad, reconocerlo oficialmente, obligaría a tomar medidas implacables. Sabía que era esto lo que hacía retroceder a sus colegas y, en consecuencia, bien quisiera admitir que no fuera la peste. El prefecto, agitado, declaró que en todo caso ésa no era una manera de razonar.

—Lo importante —dijo Castel— no es que esta manera de razonar sea o no buena, lo importante es que obligue a reflexionar.

Como Rieux callaba le preguntaron su opinión.

—Se trata de una fiebre de carácter tifoideo, pero acompañada de bubones y de vómitos. He podido verificar análisis en los que el laboratorio cree reconocer el microbio rechoncho de la peste. Para ser exacto, hay que añadir, sin embargo, que ciertas modalidades específicas del microbio no coinciden con la descripción clásica.

Richard subrayó que esto autorizaba las dudas y que había que esperar por lo menos el resultado estadístico de la serie de análisis comenzada hacía días.

—Cuando un microbio —dijo Rieux después de un corto silencio— es capaz en tres días de cuadruplicar el volumen del bazo, de dar a los ganglios mesentéricos el volumen de una naranja y la consistencia de la papilla, no creo que estén autorizadas las dudas.

Richard creía que no había que ver las cosas demasiado negras y que el contagio, por otra parte, no estaba comprobado puesto que los parientes de sus enfermos estaban aún indemnes.

—Pero otros han muerto —hizo observar Rieux—. Y es sabido que el contagio no es nunca absoluto, pues si lo fuera tendríamos una multiplicación matemática infinita y un despoblamiento fulminante. No se trata de ver las cosas negras. Se trata de tomar precauciones.

Richard resumía la situación haciendo notar que para detener esta enfermedad, si no se detenía por sí misma, había que aplicar las graves medidas de profilaxis previstas por la ley; que para hacer esto habría que reconocer oficialmente que se trataba de la peste; que la certeza no era absoluta todavía y que en consecuencia ello exigía reflexión.

—La cuestión —insistía Rieux— no es saber si las medidas previstas por la ley son graves, sino si son necesarias para impedir que muera la mitad de la población. El resto es asunto de la administración, y justamente nuestras instituciones han nombrado un prefecto para arreglar esas cosas.

—Sin duda —dijo el prefecto—, pero yo necesito que reconozcan que se trata de una epidemia de peste.

—Si no lo reconocemos —dijo Rieux—, nos exponemos igualmente a que mate a la mitad de la población.

Richard intervino con cierta nerviosidad.

—La verdad es que nuestro colega cree en la peste. Su descripción del síndrome lo prueba.

Rieux respondió que él no había descrito un síndrome; había descrito lo que había visto. Y lo que había visto eran los bubones, las manchas, las fiebres delirantes, fatales en cuarenta y ocho horas. ¿Se atrevería el doctor Richard a tomar la responsabilidad de afirmar que la epidemia iba a detenerse sin medidas profilácticas rigurosas?

Richard titubeó y miró a Rieux.

—Sinceramente, dígame usted lo que piensa. ¿Tiene usted la seguridad de que se trata de la peste?

—Plantea usted mal el problema. No es una cuestión de vocabulario: es una cuestión de tiempo.

—Su opinión —dijo el prefecto— sería entonces que, incluso si no se tratase de la peste, las medidas profilácticas indicadas en tiempo de peste se deberían aplicar.

—Si es absolutamente necesario que yo tenga una opinión, en efecto, ésa es.

Los médicos se consultaron unos a otros y Richard acabó por decir:

—Entonces es necesario que tomemos la responsabilidad de obrar como si la enfermedad fuera una peste.

La fórmula fue calurosamente aprobada.

—¿Es ésta su opinión, querido colega?

—La fórmula me es indiferente —dijo Rieux—. Digamos solamente que no debemos obrar como si la mitad de la población no estuviese amenazada de muerte, porque entonces lo estará.

En medio de la irritación general Rieux se fue. Poco después, en el arrabal que olía a frituras y a orinas le imploraba una mujer, gritando como el perro que aúlla a la muerte, con las ingles ensangrentadas.

Al día siguiente de la conferencia, la fiebre dio un pequeño salto. Llegó a aparecer en los periódicos, pero bajo una forma benigna, puesto que se contentaron con hacer algunas alusiones. En todo caso, al otro día Rieux pudo leer pequeños carteles blancos que la prefectura había hecho pegar rápidamente en las esquinas más discretas de la ciudad. Era difícil tomar este anuncio como prueba de que las autoridades miraban la situación cara a cara. Las medidas no eran draconianas y parecían haber sacrificado mucho al deseo de no inquietar a la opinión pública. El exordio anunciaba, en efecto, que unos cuantos casos de cierta fiebre maligna, de la que todavía no se podía decir si era contagiosa, habían hecho su aparición en la ciudad de Orán. Estos casos no eran aún bastante característicos para resultar realmente alarmantes y nadie dudaba de que la población sabría conservar su sangre fría. Sin embargo, y con un propósito de prudencia que debía ser comprendido por todo el mundo, el prefecto tomaba algunas medidas preventivas. En consecuencia, el prefecto no dudaba un instante de la adhesión con que el vecindario colaboraría en su esfuerzo personal.

El cartel anunciaba después medidas de conjunto, entre ellas una desratización científica por inyección de gases tóxicos en las alcantarillas y una vigilancia estrecha de los alimentos en contacto con el agua. Recomendaba a los habitantes la limpieza más extremada e invitaba, en fin, a los que tuvieran parásitos a presentarse en los dispensarios municipales. Además, las familias deberían declarar los casos diagnosticados por el médico y consentir que sus enfermos fueran aislados en las salas especiales del hospital. Estas salas, por otra parte, estaban equipadas para cuidar a los enfermos en un mínimum de tiempo posible y con el máximum de probabilidades de curación. Algunos artículos suplementarios sometían a la desinfección obligatoria el cuarto del enfermo y el vehículo de transporte. En cuanto al resto se limitaban a recomendar a los que rodeaban al enfermo que se sometieran a una vigilancia sanitaria.

El doctor Rieux se volvió bruscamente después de leer el cartel y tomó el camino de su consultorio. Joseph Grand, que lo esperaba, levantó otra vez los brazos al verlo entrar.

—Sí —dijo Rieux—, ya sé, las cifras suben.

La víspera, una docena de enfermos había sucumbido en la ciudad. El doctor dijo a Grand que lo vería probablemente por la tarde porque iba a hacer una visita a Cottard.

—Bien hecho —dijo Grand—; le hará a usted mucho bien porque lo encuentro cambiado.

—¿En qué?

—Se ha vuelto muy cortés.

—¿Antes no lo era?

Grand titubeó. No podía decir que Cottard fuera descortés, la expresión no sería justa. Era un hombre reconcentrado y silencioso que tenía un poco el aire del jabalí. Su cuarto, la frecuentación de un restaurante modesto y algunas salidas bastante misteriosas: eso era toda la vida de Cottard. Oficialmente, era representante de vinos y licores. De tarde en tarde recibía la visita de dos o tres hombres que debían ser sus clientes. Por la noche, algunas veces iba al cine que estaba enfrente

49

de su casa. El empleado había notado incluso que Cottard parecía tener preferencias por los films de gángsters. Casi siempre el representante vivía solitario y desconfiado.

Todo esto, según Grand, había cambiado mucho.

—No sé cómo decir, pero tengo la impresión, sabe usted, de que procura reconciliarse con las gentes, que quiere que estén de su parte. Me habla frecuentemente, me invita a salir con él y yo no sé a veces negarme. Por otra parte, me interesa, y sobre todo, le he salvado la vida.

Después de su tentativa de suicidio Cottard no había vuelto a recibir visitas. En la calle, con los proveedores, procuraba hacerse simpático. Nadie había puesto tanta dulzura al hablar a los tenderos, tanto interés en escuchar a los vendedores de tabaco.

—Esa vendedora de tabaco —decía Grand— es una víbora. Se lo he dicho a Cottard y me ha respondido que estoy en un error, que tiene buenas cualidades que es preciso saber encontrarle.

Dos o tres veces, en fin, Cottard había llevado a Grand a restaurantes y cafés lujosos de la ciudad. Él se había dedicado a frecuentarlos.

—Se está bien aquí —decía—, y además se está en buena compañía.

Grand había notado las atenciones especiales del personal para con el representante y había comprendido la razón observando las propinas excesivas que aquél dejaba. Cottard parecía muy sensible a las amabilidades con que le pagaban. Un día en que el encargado lo había acompañado a la puerta y ayudado a ponerse el abrigo, Cottard había dicho a Grand:

—Es un buen muchacho, podría ser testigo.

—¿Testigo de qué?

Cottard había titubeado.

—¡En fin! De que yo no soy una mala persona.

Por otra parte, tenía ataques de mal humor. Un día en que el tendero se había mostrado menos amable había vuelto a su casa en un estado de furor desmedido.

—Está con los otros, este canalla —repetía.

—¿Qué otros?

—Todos los otros.

Grand había incluso asistido a una escena curiosa con la vendedora de tabaco. En medio de una conversación, la vendedora había hablado de un proceso reciente que había hecho mucho ruido en Argel. Se trataba de un joven empleado que había matado a un árabe en una playa.

—Si metieran en la cárcel a toda esa chusma —había dicho la vendedora—, la gente decente respiraría.

Pero había tenido que interrumpirse en vista de la agitación súbita de Cottard que se había echado a la calle sin decir una palabra. Grand y la vendedora habían quedado boquiabiertos.

Todavía podía Grand señalar a Rieux otros cambios en el carácter de Cottard. Este último había sido siempre de opiniones muy liberales. Su frase favorita, "Los grandes se comen siempre a los pequeños", lo probaba. Pero desde hacía cierto tiempo no compraba más que el periódico moderado de Orán y era inevitable sospechar que incluso ponía cierta ostentación en leerlo en los sitios públicos. Igualmente, días después de levantarse, viendo que Grand iba al correo le rogó que le pusiera un giro de cien francos que enviaba todos los meses a una hermana que vivía lejos. Pero en el momento en que Grand salía le dijo:

—Envíele doscientos francos, será una sorpresa agradable. Siempre cree que yo no pienso jamás en ella, pero la verdad es que la quiero mucho.

En fin, un día había tenido con Grand una conversación curiosa. Grand se había visto obligado a responder a las preguntas de Cottard, que estaba intrigado por el trabajo a que él se dedicaba por las noches.

—Bueno —le había dicho Cottard—, usted hace un libro.

—Un libro, si usted quiere, pero ¡la cosa es más complicada!

—¡Ah! —había exclamado Cottard—, bien quisiera yo hacer otro tanto.

Grand había mostrado sorpresa y Cottard había balbuceado que ser artista debía de solucionar muchas cosas.

—¿Por qué? —había preguntado Grand.

—Bueno, pues porque un artista tiene más derechos, eso todo el mundo lo sabe. Se le toleran muchas cosas.

—Vamos —dijo Rieux a Grand (era la mañana en que habían aparecido los carteles)—, la historia de las ratas le ha trastornado como a tantos otros. O acaso tiene miedo de la fiebre.

Grand respondió:

—No lo creo, doctor, y si quiere usted saber mi opinión...

El auto de la desratización pasó bajo la ventana con un ruido de escape atronador. Rieux esperó que fuera posible hacerse entender y después le preguntó su opinión distraídamente. El otro lo miró con seriedad.

—Es un hombre que tiene algo que reprocharse.

El doctor levantó los hombros. Como decía el comisario, eran otras cosas que estaban puestas a la lumbre.

Después de almorzar Rieux tuvo una conferencia con Castel; los sueros no llegaban.

—Por otra parte —preguntaba Rieux—, ¿podrían servirnos? Este bacilo es extraño.

—¡Oh! —dijo Castel—, no soy de su opinión. Estos animales tienen siempre un aspecto original. Pero en el fondo todos son los mismos.

—Por lo menos usted lo supone. El caso es que no sabemos nada de estas cosas.

—Evidentemente, yo lo supongo. Pero el mundo está en lo mismo.

Durante todo el día el doctor siguió sintiendo aquella especie de vértigo que lo acometía cada vez que pensaba en la peste. Acabó por reconocer que tenía miedo. Entró dos veces en los cafés que estaban más llenos de gente. Él también, como Cottard, sentía necesidad de calor humano. Esto a Rieux le parecía estúpido, pero lo llevó a recordar que le había prometido una visita.

Por la tarde, el doctor encontró a Cottard ante la mesa del comedor. Cuando entró vio sobre la mesa una novela policial abierta. Pero la tarde estaba cayendo y, en verdad, debía de ser difícil leer en la oscuridad creciente. Cottard probablemente había estado un rato antes sentado en la penumbra, reflexionando. Rieux le preguntó cómo iba. Cottard refunfuñó que iba bien y que iría mejor si pudiera estar seguro de que nadie se ocupara de él. Rieux le hizo comprender que nadie podía estar siempre solo.

—¡Oh!, no digo eso. Me refiero a las gentes que se ocupan en traerle a uno contrariedades.

Rieux seguía callado.

—No es ése mi caso, crea usted, pero estaba leyendo esa novela. Ahí tiene usted a un desgraciado a quien detienen, de pronto, una mañana. Estaban ocupándose de él y él no lo sabía. Estaban hablando de él en los despachos, inscribiendo su nombre en fichas. ¿Cree usted que esto es justo? ¿Cree usted que hay derecho a hacerle eso a un hombre?

—Eso depende —dijo Rieux—. En cierto sentido, evidentemente no hay derecho. Pero todo es secundario. Lo que no hay que hacer es pasar demasiado tiempo encerrado. Es necesario que salga usted.

Cottard pareció irritarse, dijo que no hacía otra cosa y que, si hiciera falta, todo el barrio podía declararlo. Hasta fuera del barrio no le faltaban relaciones.

—¿Conoce usted al señor Rigaud, el arquitecto? Es uno de mis amigos.

La oscuridad se espesaba en el cuarto. La calle del arrabal se animaba y una exclamación sorda de satisfacción saludó el instante en que se encendieron las luces. Rieux fue al balcón y Cottard lo siguió. Por todos los barrios de los alrededores, como en nuestra ciudad todas las tardes, una ligera brisa traía rumores, olores de carne asada, y el bordoneo alegre de la libertad que henchía la calle, invadida por una juventud ruidosa. Por la noche los largos aullidos de los barcos invisibles, el murmullo que subía del mar y de la multitud que pasaba, esa hora que Rieux conocía tan bien, y que antes tanto adoraba, le parecía ahora deprimente a causa de todo lo que sabía.

—¿Podemos encender? —dijo a Cottard.

Una vez hecha la luz el hombrecillo lo miró guiñando los ojos.

—Dígame, doctor, si yo cayese enfermo ¿podría usted tenerme en su sección del hospital?

—¿Por qué no?

Cottard le preguntó entonces si alguna vez habían detenido a alguien en una clínica o en un hospital.

Rieux respondió que alguna vez había sucedido pero que todo dependía del estado del enfermo.

—Yo —dijo Cottard— tengo confianza en usted.

Después le preguntó al doctor si quería llevarlo a la ciudad en su coche.

En el centro, las calles estaban ya menos populosas y las luces eran más escasas. Los niños jugaban delante de las puertas. Cottard le pidió que parase cuando llegaban frente a uno de esos grupos de niños. Estaban jugando a los bolos, pegando gritos. Pero uno de ellos, de pelo negro engomado, con la raya perfecta y la cara sucia, se puso a mirar a Rieux con sus ojos claros e intimidantes. El doctor miró para otro lado. Cottard ya en la acera le estrechó la mano. Hablaba con una voz ronca y dificultosa. Dos o tres veces miró detrás de sí.

—Las gentes hablan de epidemia, ¿será eso cierto, doctor?

—Las gentes siempre están hablando, es natural —dijo Rieux.

—Y además, si hay una docena de muertes eso ya es el fin del mundo. Pero no es esto lo que nos hace falta.

El motor roncaba ya. Rieux tenía la mano en el acelerador. Pero miró otra vez al niño que no había dejado de observarlo con su aire grave y tranquilo. Y de pronto, sin transición, el niño se sonrió abiertamente.

—¿Qué es lo que nos haría falta? —preguntó el doctor sonriendo al niño.

Cottard se agarró de pronto a la portezuela y gritó con una voz llena de lágrimas y de furor:

—Un terremoto. ¡Pero uno de veras!

No hubo terremoto y el día siguiente pasó para Rieux

entre idas y venidas a los cuatro extremos de la ciudad, en conferencias con las familias de los enfermos, en discusiones con los enfermos mismos. Rieux no había encontrado nunca su oficio tan pesado. Hasta entonces los enfermos le habían facilitado su cometido; se habían entregado a él. Ahora, por primera vez, el doctor los sentía reticentes, refugiados en el fondo de su enfermedad, con una especie de asombro desconfiado. Era una lucha a la que no estaba acostumbrado. Y ya cerca de las diez paró el coche delante de la casa del viejo asmático que era el último que visitaba. Rieux no tenía fuerzas para arrancarse del asiento. Se quedaba mirando la calle sombría y las estrellas que aparecían y desaparecían en el cielo negro. El viejo asmático estaba incorporado en la cama. Parecía respirar mejor y contaba los garbanzos que hacía pasar de una cazuela a otra. Había acogido al doctor con cara de satisfacción.

—Entonces, doctor, ¿es el cólera?

—¿De dónde ha sacado usted eso?

Del periódico, y la radio también lo ha dicho.

—Pues no, no es el cólera.

—En todo caso ¿eh?, ¡caen muchos!

—No crea usted nada —dijo el doctor.

Había examinado al viejo y ahora se encontraba sentado en medio de aquel comedor miserable. Sí, tenía miedo. Sabía que en el barrio mismo, una docena de enfermos esperarían al día siguiente retorciéndose con los bubones. Sólo en dos o tres casos había observado alguna mejoría al sacarlos. Pero para la mayor parte el final era el hospital y él sabía lo que el hospital quería decir para los pobres. "No quiero que les sirva para sus experimentos", le había dicho la mujer de uno de sus enfermos. Pero no servía para experimentos, se moría y nada más. Las medidas tomadas eran insuficientes, eso estaba bien claro. En cuanto a las "salas especialmente equipadas", él sabía lo que eran dos pabellones de donde había desalojado apresuradamente a otros enfermos; habían puesto burlete en las ventanas, los habían rodeado con un cordón sanitario. Si la epidemia no se detenía por sí misma, era seguro que no sería vencida por las medidas que la administración había imaginado.

Sin embargo, por la noche, los comunicados oficiales seguían optimistas. Al día siguiente, la agencia Ransdoc anunciaba que las medidas de la prefectura habían sido acogidas con serenidad y que ya había una treintena de enfermos declarados.

Castel había telefoneado a Rieux:

—¿Cuántas camas tienen los pabellones?

—Ochenta.

—¿Hay más de treinta enfermos en la ciudad?

—Hay los que tienen miedo y los que no lo tienen. Pero los más numerosos son los que todavía no han tenido tiempo de tenerlo.

—¿Están vigilados los entierros?

—No, he telefoneado a Richard diciéndole que hacía falta medidas completas, no frases, y que había que levantar contra la epidemia una verdadera barrera o no hacer nada.

—Y ¿entonces?

—Me ha respondido que él no tenía autoridad. En mi opinión esto va a crecer.

En efecto, en tres días los dos pabellones estuvieron llenos. Richard creía saber que iban a desalojar una escuela e improvisar un hospital auxiliar. Rieux esperaba las vacunas y abría los bubones. Castel volvía a sus viejos libros y pasaba largas horas en la biblioteca.

—Las ratas han muerto de la peste o de algo parecido y han puesto en circulación miles y miles de pulgas que transmitirán la infección en proporción geométrica, si no se la detiene a tiempo.

Rieux seguía callado.

El tiempo pareció estacionarse. El sol sorbía los charcos de los últimos chaparrones. Había hermosos cielos azules desbordantes de luz dorada. Había zumbido de aviones entre el calor que comenzaba, todo en la estación invitaba a la serenidad. Sin embargo, en cuatro días, la fiebre dio cuatro saltos sorprendentes: dieciséis muertos, veinticuatro, veintiocho y treinta y dos. El cuarto día se anunció la apertura del hospital auxiliar en una escuela de párvulos. Nuestros ciudadanos, que hasta entonces habían seguido encubriendo con bromas su inquietud, parecían en la calle más abatidos y más silenciosos.

Rieux decidió telefonear al prefecto.

—Las medidas son insuficientes.

—Tengo aquí las cifras —dijo el prefecto—; en efecto, son inquietantes.

—Son más que inquietantes, son claras.

—Voy a pedir órdenes al Gobierno.

Rieux colgó el tubo ante Castel:

—¡Órdenes! Lo que haría falta es imaginación.

—¿Y los sueros?

—Llegarán esta semana.

La prefectura, por mediación de Richard, pidió a Rieux un informe para enviarlo a la capital de la colonia solicitando órdenes. Rieux hizo una descripción clínica con cifras. Aquel mismo día se contaron cuarenta muertos. El prefecto tomó sobre sí, como él decía, la responsabilidad de extremar desde el día siguiente las medidas prescriptas. La declaración obligatoria y el aislamiento fueron mantenidos. Las casas de los enfermos debían ser cerradas y desinfectadas; los familiares, sometidos a una cuarentena de seguridad; los entierros, organizados por la ciudad en las condiciones que veremos. Un día después llegaron los sueros por avión. Eran suficientes para los casos que había en tratamiento. Pero eran insuficientes si la epidemia se extendía. Al telegrama de Rieux respondieron que el stock se había agotado y que estaban empezando nuevas fabricaciones.

Durante ese tiempo, y de todos los arrabales próximos, la primavera llegaba a los mercados. Miles de rosas se marchitaban en las cestas de los vendedores, a lo largo de las aceras, y un olor almibarado flotaba por toda la ciudad. Aparentemente no había cambiado nada. Los tranvías estaban siempre llenos al comienzo y al final del día, y sucios durante todo el resto. Tarrou observaba al viejecito y el viejecito escupía a los gatos. Grand se encerraba todas las noches en su casa con su misterioso trabajo. Cottard andaba dando vueltas y el señor Othon, el juez de instrucción, seguía conduciendo a sus bichos. El viejo asmático trasegaba sus garbanzos y a veces se veía al periodista Rambert con su aire tranquilo y expectante. Por las noches, la misma multitud llenaba las calles y crecían las colas a las puertas de los cines. Además, la epidemia parecía retroceder; durante unos días no se contó más que una decena de muertos. Después, de golpe, subió como una flecha. El día en que el número de muertos alcanzó otra vez a la treintena, Rieux se quedó mirando el parte oficial que el prefecto le alargaba, diciendo: "Tienen miedo". El parte contenía: "Declaren el estado de peste. Cierren la ciudad."

2

A partir de ese momento, se puede decir que la peste fue nuestro único asunto. Hasta entonces, a pesar de la sorpresa y la inquietud que habían causado aquellos acontecimientos singulares, cada uno de nuestros conciudadanos había continuado sus ocupaciones, como había podido, en su puesto habitual. Y, sin duda, esto debía continuar. Pero una vez cerradas las puertas, se dieron cuenta de que estaban, y el narrador también, cogidos en la misma red y que había que arreglárselas. Así fue que, por ejemplo, un sentimiento tan individual como es el de la separación de un ser querido se convirtió de pronto, desde las primeras semanas, mezclado a aquel miedo, en el sufrimiento principal de todo un pueblo durante aquel largo exilio.

Una de las consecuencias más notables de la clausura de las puertas fue, en efecto, la súbita separación en que quedaron algunos seres que no estaban preparados para ello. Madres e hijos, esposos, amantes que habían creído aceptar días antes una separación temporal, que se habían abrazado en la estación sin más que dos o tres recomendaciones, seguros de volverse a ver pocos días o pocas semanas más tarde, sumidos en la estúpida confianza humana, apenas distraídos por la partida de sus preocupaciones habituales, se vieron de pronto separados, sin recursos, impedidos de reunirse o de comunicarse. Pues la clausura se había efectuado horas antes de publicarse la orden de la prefectura y, naturalmente, era imposible tomar en consideración los casos particulares. Se puede decir que esta invasión brutal de la enfermedad tuvo como primer efecto el obligar a nuestros conciudadanos a obrar como si no tuvieran sentimientos individuales. Desde las primeras horas del día en que la orden entró en vigor, la prefectura fue asaltada por una multitud de demandantes que por teléfono o ante los funcionarios exponían situaciones, todas igualmente interesantes y, al mismo tiempo, igualmente imposibles de examinar. En realidad, fueron necesarios muchos días para que nos diésemos cuenta de que nos encontrábamos en una situación sin compromisos posibles y que las palabras "transigir", "favor", "excepción" ya no tenían sentido.

Hasta la pequeña satisfacción de escribir nos fue negada. Por una parte, la ciudad no estaba ligada al resto del país por los medios de comunicación habituales, y por otra, una nueva disposición prohibió toda correspondencia para evitar que las cartas pudieran ser vehículo de infección. Al principio, hubo privilegiados que pudieron entenderse en las puertas de la ciudad con algunos centinelas de los puestos de guardia, quienes consintieron en hacer pasar mensajes al exterior. Esto era todavía en los primeros días de la epidemia y los guardias encontraban natural ceder a los movimientos de compasión. Pero al poco tiempo, cuando los mismos guardias estuvieron bien persuadidos de la gravedad de la situación, se negaron a cargar con responsabilidades cuyo alcance no podían prever. Las comunicaciones telefónicas interurbanas, autorizadas al principio, ocasionaron tales trastornos en las cabinas públicas y en las líneas, que fueron totalmente suspendidas durante unos días y, después, severamente limitadas a lo que se llamaba casos de urgencia, tales como una muerte, un nacimiento o un matrimonio. Los telegramas llegaron a ser nuestro único recurso. Seres ligados por la inteligencia, por el corazón o por la carne fueron reducidos a buscar los signos de esta antigua comunión en las mayúsculas de un despacho de diez palabras. Y como las fórmulas que se pueden emplear en un telegrama se agotan pronto, largas vidas en común o dolorosas pasiones se resumieron rápidamente en un intercambio periódico de fórmulas establecidas tales como: "Sigo bien. Cuídate. Cariños".

Algunos se obstinaban en escribir e imaginaban sin

cesar combinaciones para comunicarse con el exterior que siempre terminaban por resultar ilusorias. Sin embargo, aunque algunos de los medios que habíamos ideado diesen resultado, nunca supimos nada porque no recibimos respuesta. Durante semanas estuvimos reducidos a recomenzar la misma carta, a copiar los mismos informes y las mismas llamadas, hasta que al fin las palabras que habían salido sangrantes de nuestro corazón quedaban vacías de sentido. Entonces, escribíamos maquinalmente haciendo por dar, mediante frases muertas, signos de nuestra difícil vida. Y para terminar, a este monólogo estéril y obstinado, a esta conversación árida con un muro, nos parecía preferible la llamada convencional del telégrafo.

Al cabo de unos cuantos días, cuando llegó a ser evidente que no conseguiría nadie salir de la ciudad, tuvimos la idea de preguntar si la vuelta de los que estaban fuera sería autorizada. Después de unos días de reflexión la prefectura respondió afirmativamente. Pero señaló muy bien que los repatriados no podrían en ningún caso volver a irse, y que si eran libres de entrar no lo serían de salir.

Entonces algunas familias, por lo demás escasas, tomaron la situación a la ligera y poniendo por encima de toda prudencia el deseo de volver a ver a sus parientes invitaron a éstos a aprovechar la ocasión. Pero pronto los que eran prisioneros de la peste comprendieron el peligro en que ponían a los suyos y se resignaron a sufrir la separación. En el momento más grave de la epidemia no se vio más que un caso en que los sentimientos humanos fueron más fuertes que el miedo a la muerte entre torturas. Y no fue, como se podría esperar, dos amantes que la pasión arrojase uno hacia el otro por encima del sufrimiento. Se trataba del viejo Castel y de su mujer, casados hacía muchos años. La señora Castel, unos días antes de la epidemia, había ido a una ciudad próxima. No eran una de esas parejas que ofrecen al mundo la imagen de una felicidad ejemplar, y el narrador está a punto de decir que lo más probable era que esos esposos, hasta aquel momento, no tuvieran una gran seguridad de estar satisfechos de su unión. Pero esta separación brutal y prolongada los había llevado a comprender que no podían vivir alejados el uno del otro y, una vez que esta verdad era sacada a la luz, la peste les resultaba poca cosa.

Ésta fue una excepción. En la mayoría de los casos, la separación, era evidente, no debía terminar más que con la epidemia. Y para todos nosotros, el sentimiento que llenaba nuestra vida y que tan bien creíamos conocer (los oraneses, ya lo hemos dicho, tienen pasiones muy simples) iba tomando una fisonomía nueva. Maridos y amantes que tenían una confianza plena en sus compañeros se encontraban celosos. Hombres que se creían frívolos en amor, se volvían constantes. Hijos que habían vivido junto a su madre sin mirarla apenas, ponían toda su inquietud y su nostalgia en algún trazo de su rostro que avivaba su recuerdo. Esta separación brutal, sin límites, sin futuro previsible, nos dejaba desconcertados, incapaces de reaccionar contra el recuerdo de esta presencia todavía tan próxima y ya tan lejana que ocupaba ahora nuestros días. De hecho sufríamos doblemente, primero por nuestro sufrimiento y además por el que imaginábamos en los ausentes, hijo, esposa o amante.

En otras circunstancias, por lo demás, nuestros conciudadanos siempre habrían encontrado una solución en una vida más exterior y más activa. Pero la peste los dejaba, al mismo tiempo, ociosos, reducidos a dar vueltas a la ciudad mortecina y entregados un día tras otro a los juegos decepcionantes del recuerdo, puesto que en sus paseos sin meta se veían obligados a hacer todos los días el mismo camino, que, en una ciudad tan pequeña, casi siempre era aquel que en otra época habían recorrido con el ausente.

Así, pues, lo primero que la peste trajo a nuestros conciudadanos fue el exilio. Y el cronista está persuadido de que puede escribir aquí en nombre de todo lo que él mismo experimentó entonces, puesto que lo experimentó al mismo tiempo que otros muchos de nuestros conciudadanos. Pues era ciertamente un sentimiento de exilio aquel vacío que llevábamos dentro de nosotros, aquella emoción precisa; el deseo irrazonado de volver hacia atrás o, al contrario, de apresurar la marcha del tiempo, eran dos flechas abrasadoras en la memoria. Algunas veces nos abandonábamos a la imaginación y nos poníamos a esperar que sonara el timbre o que se oyera un paso familiar en la escalera y si en esos momentos llegábamos a olvidar que los trenes estaban inmovilizados, si nos arreglábamos para quedarnos en casa a la hora en que normalmente un viajero que viniera en el expreso de la tarde pudiera llegar a nuestro barrio, ciertamente este juego no podía durar. Al fin había siempre un momento en que nos dábamos cuenta de que los trenes no llegaban. Entonces comprendíamos que nuestra separación tenía que durar y que no nos quedaba más remedio que reconciliarnos con el tiempo. Entonces aceptábamos nuestra condición de prisioneros, quedábamos reducidos a nuestro pasado, y si algunos tenían la tentación de vivir en el futuro, tenían que renunciar muy pronto, al menos, en la medida de lo posible, sufriendo finalmente las heridas que la imaginación inflige a los que se confían a ella.

En especial, todos nuestros conciudadanos se privaron pronto, incluso en público, de la costumbre que habían adquirido de hacer suposiciones sobre la duración de su aislamiento. ¿Por qué? Porque cuando los más pesimistas le habían asignado, por ejemplo unos seis meses, y cuando habían conseguido agotar de antemano toda la amargura de aquellos seis meses por venir, cuando habían elevado con gran esfuerzo su valor hasta el nivel de esta prueba; puesto en tensión sus últimas fuerzas para no desfallecer en este sufrimiento a través de una larga serie de días, entonces, a lo mejor, un amigo que se encontraba, una noticia dada por un periódico, una sospecha fugitiva o una brusca clarividencia les daba la idea de que, después de todo, no había ninguna razón para que la enfermedad no durase más de seis meses o acaso un año o más todavía.

En ese momento el derrumbamiento de su valor y de su voluntad era tan brusco que llegaba a parecerles que ya no podrían nunca salir de ese abismo. En consecuencia, se atuvieron a no pensar jamás en el término de su esclavitud, a no vivir vueltos hacia el porvenir, a conservar siempre, por decirlo así, los ojos bajos. Naturalmente, esta prudencia, esta astucia con el dolor, que consistía en cerrar la guardia para rehuir el combate, era mal recompensada. Evitaban sin duda ese derrumbamiento tan temido, pero se privaban de olvidar algunos momentos la peste con las imágenes de un venidero encuentro. Y así, encallados a mitad de camino entre esos abismos y esas costumbres, fluctuaban, más bien que vivían, abandonados a recuerdos estériles, durante días sin norte, sombras errantes que sólo hubieran podido tomar fuerzas decidiéndose a arraigar en la tierra su dolor.

El sufrimiento profundo que experimentaban era el de todos los prisioneros y el de todos los exiliados, el sufrimiento de vivir con un recuerdo inútil. Ese pasado mismo en el que pensaban continuamente sólo tenía el sabor de la nostalgia. Hubieran querido poder añadirle todo lo que sentían no haber hecho cuando podían hacerlo, con aquel o aquella que esperaban, e igualmente mezclaban a todas las circunstancias relativamente dichosas de sus vidas de prisioneros la imagen del ausente, no pudiendo satisfacerse con lo que en la realidad vivían. Impacientados por el presente, enemigos del pasado y privados del porvenir, éramos semejantes a aquellos que la justicia o el odio de los hombres tienen entre rejas. Al fin, el único medio de escapar a este insoportable vagar, era hacer marchar los trenes con la imaginación y llenar las horas con las vibraciones de un timbre que, sin embargo, permanecía obstinadamente silencioso.

Pero si esto era el exilio, para la mayoría era el exilio en su casa. Y aunque el cronista no haya conocido el exilio más que como todo el mundo, no debe olvidar a aquellos, como el periodista Rambert y otros, para los cuales las penas de la separación se agrandaban por el hecho de que habiendo sido sorprendidos por la peste en medio de su viaje, se encontraban alejados del ser que querían y de su país.

En medio del exilio general, éstos eran lo más exiliados, pues si el tiempo suscitaba en ellos, como en todos los demás, la angustia que es la propia, sufrían también la presión del espacio y se estrellaban continuamente contra las paredes que aislaban aquel refugio apestado de su patria perdida. A cualquier hora del día se los podía ver errando por la ciudad polvorienta, evocando en silencio las noches que sólo ellos conocían y las mañanas de su país. Alimentaban entonces su mal con signos imponderables, con mensajes desconcertantes: un vuelo de golondrinas, el rosa del atardecer, o esos rayos caprichosos que el sol abandona a veces en las calles desiertas. El mundo exterior que siempre puede salvarnos de todo, no querían verlo, cerraban los ojos sobre él obcecados en acariciar sus quimeras y en perseguir con todas sus fuerzas las imágenes de una tierra donde una luz determinada, dos o tres colinas, el árbol favorito y el rostro de algunas mujeres componían un clima para ellos irreemplazable.

Por ocuparnos, en fin, de los amantes, que son los que más interesan y ante los que el cronista está mejor situado para hablar, los amantes se atormentaban todavía con otras angustias entre las cuales hay que señalar el remordimiento. Esta situación les permitía considerar sus sentimientos con una especie de febril objetividad, y en esas ocasiones casi siempre veían claramente sus propias fallas. El primer motivo era la dificultad que encontraban para recordar los rasgos y gestos del ausente. Lamentaban entonces la ignorancia en que estaban de su modo de emplear el tiempo; se acusaban de la frivolidad con que habían descuidado el informarse de ello y no haber comprendido que para el que ama el modo de emplear el tiempo del amado es manantial de todas sus alegrías. Desde ese momento empezaban a remontar la corriente de su amor, examinando sus imperfecciones. En tiempos normales todos sabemos, conscientemente o no, que no hay amor que no pueda ser superado, y por lo tanto, aceptamos con más o menos tranquilidad que el nuestro sea mediocre. Pero el recuerdo es más exigente. Y así, consecuentemente, esta desdicha que alcanzaba a toda una ciudad no sólo nos traía un sufrimiento injusto, del que podíamos indignarnos: nos llevaba también a sufrir por nosotros mismos y nos hacía ceder al dolor. Ésta era una de las maneras que tenía la enfermedad de atraer la tentación y de barajar las cartas.

Cada uno tuvo que aceptar el vivir al día, solo bajo el cielo. Este abandono general que podía a la larga templar los caracteres, empezó, sin embargo, por volverlos útiles. Algunos, por ejemplo, se sentían sometidos a una nueva esclavitud que les sujetaba a las veleidades del sol y de la lluvia; se hubiera dicho, al verlos, que recibían por primera vez la impresión del tiempo que hacía. Tenían aspecto alegre a la simple vista de una luz dorada, mientras que los días de lluvia extendían un velo espeso sobre sus rostros y sus pensamientos. A veces, escapaban durante cierto tiempo a esta debilidad y a esta esclavitud irrazonada porque no estaban solos frente al mundo y, en cierta medida, el ser que vivía con ellos se anteponía al universo. Pero llegó un momento en que quedaron entregados a los caprichos del cielo, es decir, que sufrían y esperaban sin razón.

En tales momentos de soledad, nadie podía esperar la ayuda de su vecino; cada uno seguía solo con su preocupación. Si alguien por casualidad intentaba hacer confidencias o decir algo de sus sufrimientos, la respuesta que recibía lo hería casi siempre. Entonces se daba cuenta de que él y su interlocutor hablaban cada uno de cosas distintas. Uno en efecto hablaba desde el fondo de largas horas pasadas rumiando el sufrimiento, y la imagen que quería comunicar estaba cocida al fuego lento de la espera y de la pasión. El otro, por el contrario, imaginaba una emoción convencional, uno de esos dolores baratos, una de esas melancolías de serie. Benévola u hostil, la respuesta resultaba siempre desafinada: había que renunciar. O al menos, aquellos para quienes el silencio resultaba insoportable, en vista de que los otros no comprendían el verdadero lenguaje del corazón, se decidían a emplear también la lengua que estaba en boga y a hablar ellos también al modo convencional de la simple relación, de los hechos diversos, de la crónica cotidiana, en cierto modo. En ese molde, los dolores más verdaderos tomaban la costumbre de traducirse en las fórmulas triviales de la conversación. Sólo a este precio los prisioneros de la peste podían obtener la compasión de su portero o el interés de sus interlocutores.

Sin embargo, y esto es lo más importante, por dolorosas que fuesen estas angustias, por duro que fuese llevar ese vacío en el corazón, se puede afirmar que los exiliados de ese primer período de la peste fueron seres privilegiados. En el momento mismo en que todo el mundo comenzaba a aterrorizarse, su pensamiento estaba enteramente dirigido hacia el ser que esperaban. En la desgracia general, el egoísmo del amor los preservaba, y si pensaban en la peste era solamente en la medida en que podía poner a su separación en el peligro de ser eterna. Llevaba, así, al corazón mismo de la epidemia una distracción saludable que se podía tomar por sangre fría. Su desesperación los salvaba del pánico, su desdicha tenía algo bueno. Por ejemplo, si alguno de ellos era arrebatado por la enfermedad, lo era sin tener tiempo de poner atención en ello. Sacado de esta larga conversación interior que sostenía con una sombra, era arrojado sin transición al más espeso silencio de la tierra. No había tenido tiempo de nada.

Mientras nuestros conciudadanos se adaptaban a este inopinado exilio, la peste ponía guardias a las puertas de la ciudad y hacía cambiar de ruta a los barcos que venían hacia Orán. Desde la clausura ni un solo vehículo había entrado. A partir de ese día se tenía la impresión de que los automóviles se hubieran puesto a dar vueltas en redondo. El puerto presentaba también un aspecto singular para los que miraban desde lo alto de los bulevares. La animación habitual que hacía de él uno de los primeros puertos de la costa se había apagado bruscamente. Todavía se podían ver algunos navíos que hacían cuarentena. Pero en los muelles, las grandes grúas desarmadas, las vagonetas volcadas de costado, las grandes filas de toneles o de fardos testimoniaban que el comercio también había muerto de la peste.

A pesar de estos espectáculos desacostumbrados, a nuestros conciudadanos les costaba trabajo comprender lo que les pasaba. Había sentimientos generales como la separación o el miedo, pero se seguía también poniendo en primer lugar las preocupaciones personales. Nadie había aceptado todavía la enfermedad. En su mayor parte eran sensibles sobre todo a lo que trastornaba sus costumbres o dañaba sus intereses. Estaban malhumorados o irritados y éstos no son sentimientos que puedan oponerse a la peste. La primera reacción fue, por ejemplo, criticar la organización. La respuesta del prefecto ante las críticas, de las que la prensa se hacía eco ("¿No se podría tender a un atenuamiento de las medidas adoptadas?"), fue sumamente imprevista. Hasta aquí, ni los periódicos ni la agencia Ransdoc habían recibido comunicación oficial de las estadísticas de la enfermedad. El prefecto se las comunicó a la agencia día por día, rogándole que las anunciase semanalmente.

Ni en eso siquiera la reacción del público fue inmediata. El anuncio de que durante la tercera semana la peste había hecho trescientos dos muertos no llegaba a hablar a la imaginación. Por una parte, todos, acaso, no habían muerto de la peste, y por otra, nadie sabía en la ciudad cuánta era la gente que moría por semana. La ciudad tenía doscientos mil habitantes y se ignoraba si esta proporción de defunciones era normal. Es frecuente descuidar la precisión en las informaciones a pesar del interés evidente que tienen. Al público le faltaba un punto de comparación. Sólo a la larga, comprobando el aumento de defunciones, la opinión tuvo conciencia de la verdad. La quinta semana dio trescientos veintiún muertos y la sexta, trescientos cuarenta y cinco. El aumento era elocuente. Pero no lo bastante para que nuestros conciudadanos dejasen de guardar, en medio de su inquietud, la impresión de que se trataba de un accidente, sin duda enojoso, pero después de todo temporal. Así, pues, continuaron circulando por las calles y sentándose en las terrazas de los cafés. En conjunto no eran cobardes, abundaban más las bromas que las lamentaciones y ponían cara de aceptar con buen humor los inconvenientes, evidentemente pasajeros. Las apariencias estaban salvadas. Hacia fines de mes, sin embargo, y poco más o menos durante la semana de rogativas de la que se tratará más tarde, hubo transformaciones graves que modificaron el aspecto de la ciudad. Primeramente, el prefecto tomó medidas concernientes a la circulación de los vehículos y al aprovisionamiento. El aprovisionamiento fue limitado y la nafta racionada. Se prescribieron incluso economías de electricidad. Sólo los productos indispensables llegaban por carretera o por aire a Orán. Así que se vio disminuir la circulación progresivamente hasta llegar a ser poco más o menos nula. Las tiendas de lujo cerraron de un día para otro, o bien algunas de ellas llenaron los escaparates de letreros negativos mientras las filas de compradores se estacionaban en sus puertas.

Orán tomó un aspecto singular. El número de peatones se hizo más considerable e incluso, a las horas desocupadas, mucha gente reducida a la inacción por el cierre de los comercios y de ciertos despachos, llenaba las calles y los cafés. Por el momento, nadie se sentía cesante, sino de vacaciones. Orán daba entonces, a eso de las tres de la tarde, por ejemplo, y bajo un cielo hermoso, la impresión engañadora de una ciudad de fiesta donde hubiesen detenido la circulación y cerrado los comercios para permitir el desenvolvimiento de una manifestación pública y cuyos habitantes hubieran invadido las calles participando de los festejos.

Naturalmente, los cines se aprovecharon de esta ociosidad general e hicieron gran negocio. Pero los circuitos que las películas realizaban en el departamento eran interrumpidos. Al cabo de dos semanas los empresarios se vieron obligados a intercambiar los programas y después de cierto tiempo los cines terminaron por proyectar siempre el mismo film. Sin embargo, las entradas no disminuyeron.

Los cafés, en fin, gracias a las reservas considerables acumuladas en una ciudad donde el comercio de vinos y alcoholes ocupa el primer lugar, pudieron igualmente alimentar a sus clientes. A decir verdad, se bebía mucho. Por haber anunciado un café que "el vino puro mata al microbio", la idea ya natural en el público de que el alcohol preserva de las enfermedades infecciosas se afirmó en la opinión de todos. Por las noches, a eso de las dos, un número considerable de borrachos, expulsados de los cafés, llenaba las calles expansionándose con ocurrencias optimistas.

Pero todos estos cambios eran, en un sentido, tan extraordinarios y se habían ejecutado tan rápidamente que no era fácil considerarlos normales ni duraderos. El resultado fue que seguíamos poniendo en primer término nuestros sentimientos personales.

Al salir del hospital, dos días después de que habían sido cerradas las puertas, el doctor Rieux se encontró con Cottard, que levantó hacia él el rostro mismo de la satisfacción. Rieux lo felicitó por su aspecto.

—Sí, todo va bien —dijo el hombrecillo—. Dígame, doctor, esta bendita peste, ¡eh!, parece que empieza a ponerse seria.

El doctor lo admitió. Y el otro corroboró con una especie de jovialidad:

—No hay ninguna razón para que se detenga. Por ahora todo va a estar patas arriba.

Anduvieron un rato juntos. Cottard le contó que un comerciante de productos alimenticios de su barrio había acaparado grandes cantidades, para venderlos luego a precios más altos, y que habían descubierto latas de conservas debajo de la cama cuando habían venido a buscarlo para llevarlo al hospital. "Se murió y la peste no le pagó nada." Cottard estaba lleno de estas historias falsas o verdaderas sobre la epidemia. Se decía, por ejemplo, que en el centro, una mañana, un hombre que empezaba a presentar los síntomas de la peste, en el delirio de la enfermedad se había echado a la calle, se había precipitado sobre la primera mujer que pasaba y la había abrazado gritando que tenía la peste.

—Bueno —añadía Cottard con un tono suave que no armonizaba con su afirmación—, nos vamos a volver locos todos: es seguro.

También, por la tarde de ese mismo día, Joseph Grand había terminado por hacer confidencias personales al doctor Rieux. Había visto sobre la mesa del doctor una fotografía de la señora Rieux y se había quedado mirándola. Rieux había respondido que su mujer estaba curándose fuera de la ciudad. "En cierto sentido —había dicho Grand—, es una suerte." El doctor respondió que era una suerte sin duda y que únicamente había que esperar que su mujer se curase.

—¡Ah! —dijo Grand—, comprendo.

Y por primera vez desde que Rieux lo conocía, se puso a hablar largamente. Aunque seguía buscando las palabras las encontraba casi siempre como si hubiera pensado mucho tiempo lo que estaba diciendo.

Se había casado muy joven con una muchacha pobre de su vecindad. Para poder casarse había interrumpido sus estudios y había aceptado un empleo. Ni Jeanne ni él salían nunca de su barrio. Él iba a verla a su casa y los padres de Jeanne se reían un poco de aquel pretendiente silencioso y torpe. El padre era empleado del tren. Cuando estaba de descanso se lo veía siempre sentado en un rincón junto a la ventana, pensativo, mirando el movimiento de la calle, con las manos enormes descansando sobre los muslos. La madre estaba siempre en sus ocupaciones caseras. Jeanne le ayudaba. Era tan menudita que Grand no podía verla atravesar una calle sin angustiarse. Los vehículos le parecían junto a ella desmesurados. Un día, ante una tienda de Navidad, Jeanne, que miraba el escaparate maravillada, se había vuelto hacia él diciendo: "¡Qué bonito!". Él le había apretado la mano y fue entonces cuando decidieron casarse.

El resto de la historia, según Grand, era muy simple.

Es lo mismo para todos: la gente se casa, se quiere todavía un poco de tiempo, trabaja. Trabaja tanto que se olvida de quererse. Jeanne también trabajaba, porque las promesas del jefe no se habían cumplido. Y aquí hacía falta un poco de imaginación para comprender lo que Grand quería decir. El cansancio era la causa, él se había abandonado, se había callado cada día más y no había mantenido en su mujer, tan joven, la idea de que era amada. Un hombre que trabaja, la pobreza, el porvenir cerrándose lentamente, el silencio por las noches en la mesa, no hay lugar para la pasión en semejante universo. Probablemente, Jeanne había sufrido. Y sin embargo había continuado: sucede a veces que se sufre durante mucho tiempo sin saberlo. Los años habían pasado. Después, un día se había ido. Claro está que no se había ido sola. "Te he querido mucho pero ya estoy cansada... Me siento feliz de marcharme, pero no hace falta ser feliz para recomenzar." Esto era más o menos lo que le había dejado escrito.

Joseph Grand también había sufrido. Él también hubiera podido recomenzar, como le decía Rieux. Pero, en suma, no había tenido fe.

Además, la verdad, siempre estaba pensando en ella. Lo que él hubiera querido era escribirle una carta para justificarse. "Pero es difícil —decía—. Hace mucho tiempo que pienso en ello. Cuando nos queríamos nos comprendíamos sin palabras. Pero no siempre se quiere uno. En un momento dado yo hubiera debido encontrar las palabras que la hubieran hecho detenerse, pero no pude." Grand se sonaba en una especie de servilleta a cuadros. Después se limpiaba los bigotes. Rieux lo miraba.

—Perdóneme, doctor —dijo el viejo—, pero ¿cómo le diré?, tengo confianza en usted. Con usted puedo hablar. Y esto me emociona.

Grand estaba visiblemente a cien leguas de la peste.

Por la noche, Rieux telegrafió a su mujer diciéndole que la ciudad estaba cerrada, que él se encontraba bien, que ella debía seguir cuidándose y que él pensaba en ella.

Tres semanas después de la clausura, Rieux encontró a la salida del hospital a un joven que lo esperaba.

—Supongo —le dijo éste— que me reconoce usted.

Rieux creía conocerlo pero dudaba.

—Yo vine antes de estos acontecimientos —le dijo él—, a pedirle unas informaciones sobre las condiciones de vida de los árabes. Me llamo Raymond Rambert.

—¡Ah!, sí —dijo Rieux—. Bueno, pues, ahora ya tiene usted un buen tema de reportaje.

El joven parecía nervioso. Dijo que no era eso lo que le interesaba y que venía a pedirle su ayuda.

—Tiene usted que excusarme —añadió—, pero no conozco a nadie en la ciudad y el corresponsal de mi periódico tiene la desgracia de ser imbécil.

Rieux le propuso que lo acompañase hasta un dispensario donde tenían ciertas órdenes. Descendieron por las callejuelas del barrio negro. La noche se acercaba, pero la ciudad, tan ruidosa otras veces a esta hora, parecía extrañamente solitaria. Algunos toques de trompeta en el espacio todavía dorado atestiguaban que los militares se daban aires de hacer su oficio. Durante todo el tiempo, a lo largo de las calles escarpadas, entre los muros azules, ocre y violeta de las casas moras, Rambert fue hablando muy agitado. Había dejado a su mujer en París. A decir verdad, no era su mujer, pero como si lo fuese. Le había telegrafiado cuando la clausura de la ciudad. Primero, había pensado que se trataría de un hecho provisional y había procurado solamente estar en correspondencia con ella. Sus colegas de Orán le habían dicho que no podían hacer nada, el correo lo había rechazado, un secretario de la prefectura se le había reído en las narices. Había terminado después de una espera de dos horas haciendo cola para poder poner un telegrama que decía: "Todo va bien. Hasta pronto".

Pero por la mañana, al levantarse, le había venido la idea bruscamente de que, después de todo, no se sabía cuánto tiempo podía durar aquello. Había decidido marcharse. Como tenía recomendaciones (en su oficio siempre hay facilidades), había podido acercarse al director de la oficina en la prefectura y le había dicho que él no tenía por qué quedarse, que se encontraba allí por accidente y que era justo que le permitieran marcharse, incluso si una vez fuera le hacían sufrir una cuarentena. El director le había respondido que lo comprendía muy bien, pero que no podía hacer excepciones, que vería, pero que, en suma, la situación era grave y que no se podía decidir nada.

—Pero, en fin —respondió Rambert—, yo soy extraño a esta ciudad.

—Sin duda, pero, después de todo, tenemos la esperanza de que la epidemia no dure mucho.

Para terminar, el director había intentado consolar a Rambert haciéndole observar que podía encontrar en Orán materiales para un reportaje interesante, y que, bien considerado, no había acontecimiento que no tuviese su lado bueno. Rambert alzaba los hombros. Llegaron al centro de la ciudad.

—Esto es estúpido, doctor, comprenda usted. Yo no he venido al mundo para hacer reportajes. A lo mejor he venido sólo para vivir con una mujer. ¿Es que no está permitido?

Rieux dijo que, en todo caso, eso parecía razonable.

Por los bulevares del centro no había la multitud acostumbrada. Unos cuantos pasajeros se apresuraban hacia sus domicilios lejanos. Ninguno sonreía. Rieux pensaba que era el resultado del anuncio de Ransdoc que había salido aquel día. Veinticuatro horas después nuestros conciudadanos volverían a tener esperanzas, pero en el mismo día las cifras estaban aún demasiado frescas en la memoria.

—Es que —dijo Rambert, inopinadamente— ella y yo nos hemos conocido hace poco y nos entendemos muy bien.

Rieux no dijo nada.

—Lo estoy aburriendo a usted —dijo Rambert—, quería preguntarle únicamente si podría hacerme usted un certificado donde se asegurase que no tengo esa maldita enfermedad. Yo creo que eso podría servirme.

Rieux asintió con la cabeza y se agachó a levantar a

un niño que había tropezado con sus piernas. Siguieron y llegaron a la Plaza de Armas. Las ramas de los ficus y palmeras colgaban inmóviles, grises de polvo, alrededor de una estatua de la República polvorienta y sucia. Rieux pegó en el suelo con un pie primero y luego con otro para despedir la capa blanquecina que los cubría. Miraba a Rambert. El sombrero un poco echado hacia atrás, el cuello de la camisa desabrochado bajo la corbata, mal afeitado, el periodista tenía un aire obstinado y mohíno.

—Esté usted seguro de que lo comprendo —dijo al fin Rieux—, pero sus razonamientos no sirven. Yo no puedo hacerle ese certificado porque, de hecho, ignoro si tiene o no la enfermedad y porque hasta en el caso de saberlo, yo no puedo certificar que entre el minuto en que usted sale de mi despacho y el minuto en que entra usted en la prefectura no esté ya infectado. Y además...

—¿Además? —dijo Rambert.

—Incluso si le diese ese certificado no le serviría de nada.

—¿Por qué?

—Porque hay en esta ciudad miles de hombres que están en ese caso y que sin embargo no se los puede dejar salir.

—Pero, ¿si ellos no tienen la peste?

—No es una razón suficiente. Esta historia es estúpida, ya lo sé, pero nos concierne a todos. Hay que tomarla tal cual es.

—¡Pero yo no soy de aquí!

—A partir de ahora, por desgracia, será usted de aquí como todo el mundo.

Rambert se enardecía.

—Es una cuestión de humanidad, se lo juro. Es posible que no se dé cuenta de lo que significa una separación como ésta para dos personas que se entienden.

Rieux no respondió nada durante un rato. Después dijo que creía darse muy bien cuenta. Deseaba con todas sus fuerzas que Rambert se reuniese con su mujer y que todos los que se querían pudieran estar juntos, pero había leyes, había órdenes y había peste. Su misión personal era hacer lo que fuese necesario.

—No —dijo Rambert con amargura—, usted no puede comprender. Habla usted en el lenguaje de la razón, usted vive en la abstracción.

El doctor levantó los ojos hacia la República y dijo que él no sabía si estaba hablando el lenguaje de la razón, pero que lo que hablaba era el lenguaje de la evidencia y que no era forzosamente lo mismo.

El periodista se ajustó la corbata.

—Entonces, ¿esto significa que hace falta que yo me las arregle? Pues bueno —añadió con acento de desafío—, dejaré esta ciudad.

El doctor dijo que eso también lo comprendía pero que no era asunto suyo.

—Sí lo es —dijo Rambert, con una explosión súbita—. He venido a verlo porque me habían dicho que usted había intervenido mucho en las decisiones que se habían tomado, y entonces pensé que por un caso al menos podría usted deshacer algo de lo que ha contribuido a que se haga. Pero esto no le interesa. Usted no ha pensado en nadie. Usted no ha tenido en cuenta a los que están separados.

Rieux reconoció que en cierto sentido era verdad: no había querido tenerlo en cuenta.

—¡Ah!, ya sé —dijo Rambert—, va usted a hablarme del servicio público. Pero el bienestar público se hace con la felicidad de cada uno.

—Bueno —dijo el doctor, que parecía salir de una distracción—, es eso y es otra cosa. No hay que juzgar. Pero usted hace mal en enfadarse. Si logra usted resolver este asunto yo me alegraré mucho. Pero, simplemente, hay cosas que mi profesión me prohíbe.

—Sí, hago mal en enfadarme. Y le he hecho a usted perder demasiado tiempo con todo esto.

Rieux le rogó que lo tuviera al corriente de sus gestiones y que no le guardase rencor. Había seguramente un plano en el que podían coincidir. Rambert pareció de pronto perplejo.

—Lo creo —dijo después de un silencio—, lo creo a

pesar mío y a pesar de todo lo que acaba usted de decirme.

Titubeó:

—Pero no puedo aprobarlo.

Se echó el sombrero a la cara y partió con paso rápido. Rieux lo vio entrar en el hotel donde habitaba Jean Tarrou.

Después de un rato el doctor movió la cabeza, Rambert tenía razón en su impaciencia por la felicidad, pero ¿tenía razón en acusarlo? "Usted vive en la abstracción." ¿Eran realmente la abstracción aquellos días pasados en el hospital donde la peste comía a dos carrillos llegando a quinientos el número medio de muertos por semana? Sí, en la desgracia había una parte de abstracción y de irrealidad. Pero cuando la abstracción se pone a matarlo a uno, es preciso que uno se ocupe de la abstracción. Rieux sabía únicamente que esto no era lo más fácil. No era lo más fácil, por ejemplo, dirigir ese hospital auxiliar (había ya tres) que tenía a su cargo. Había hecho preparar, al lado de la sala de consultas, una habitación para recibir a los enfermos. El suelo hundido formaba un lago de agua cristalizada, en el centro del cual había un islote de ladrillos. El enfermo era transportado a la isla, se lo desnudaba rápidamente y sus ropas caían al agua. Lavado, seco, cubierto con la camisa rugosa del hospital, pasaba a manos de Rieux; después lo transportaban a una de las salas. Había habido que utilizar los salones de recreo de una escuela que contenía actualmente quinientas camas que casi en su totalidad estaban ocupadas. Después del ingreso de la mañana, que dirigía él mismo; después de estar vacunados los enfermos y sacados los bubones, Rieux comprobaba de nuevo las estadísticas y volvía a su consulta de la tarde. A última hora hacía sus visitas y volvía ya de noche. La noche anterior, la madre del doctor había observado que le temblaban las manos mientras leía un telegrama de su mujer.

—Sí —decía él—, pero con perseverancia lograré estar menos nervioso.

Era fuerte y resistente y, en realidad, todavía no

estaba cansado. Pero las visitas, por ejemplo, se le iban haciendo insoportables. Diagnosticar la fiebre epidémica significaba hacer aislar rápidamente al enfermo. Entonces empezaba la abstracción y la dificultad, pues la familia del enfermo sabía que no volvería a verlo más que curado o muerto. "¡Piedad, doctor!", decía la madre de una camarera que trabajaba en el hotel de Tarrou. ¿Qué significa esta palabra? Evidentemente, él tenía piedad pero con esto nadie ganaba nada. Había que telefonear. Al poco tiempo el timbre de la ambulancia sonaba en la calle. Al principio, los vecinos abrían las ventanas y miraban. Después, la cerraban con precipitación. Entonces empezaban las luchas, las lágrimas; la persuasión; la abstracción, en suma. En esos departamentos caldeados por la fiebre y la angustia se desarrollaban escenas de locura. Pero se llevaban al enfermo. Rieux podía irse.

Las primeras veces se había limitado a telefonear, y había corrido a ver a otros enfermos sin esperar a la ambulancia. Pero los familiares habían cerrado la puerta prefiriendo quedarse cara a cara con la peste a una separación de la que no conocían el final. Gritos, órdenes, intervenciones de la policía y hasta de la fuerza armada. El enfermo era tomado por asalto. Durante las primeras semanas, Rieux se había visto obligado a esperar la llegada de la ambulancia. Después, cuando cada enfermo fue acompañado en sus visitas por un inspector voluntario, Rieux pudo correr de un enfermo a otro. Pero al principio todas las tardes habían sido como aquella en que al entrar en casa de la señora Loret, un pequeño cuartito decorado con abanicos y flores artificiales, había sido recibido por la madre que le había dicho con una sonrisa desdibujada:

—Espero que no sea la fiebre de que habla todo el mundo.

Y él, levantando las sábanas y la camisa, había contemplado las manchas rojas en el vientre y los muslos, la hinchazón de los ganglios. La madre miró por entre las piernas de su hija y dio un grito sin poderse contener. Todas las tardes había madres que gritaban así, con un aire enajenado, ante los vientres que se mostraban con todos los signos mortales; todas las tardes había brazos que se agarraban a los de Rieux, palabras inútiles, promesas, llantos; todas las tardes los timbres de la ambulancia desataban gritos tan vanos como todo dolor. Y al final de esta larga serie de tardes, todas semejantes, Rieux no podía esperar más que otra larga serie de escenas iguales, indefinidamente renovadas. Sí, la peste, como la abstracción, era monótona. Acaso una sola cosa cambiaba: el mismo Rieux. Lo sentía aquella tarde, al pie del monumento de la República consciente sólo de la difícil indiferencia que empezaba a invadirlo y seguía mirando la puerta del hotel por donde Rambert desapareciera.

Al cabo de esas semanas agotadoras, después de todos esos crepúsculos en que la ciudad se volcaba en las calles para dar vueltas a la redonda, Rieux comprendía que ya no tenía que defenderse de la piedad. Uno se cansa de la piedad cuando la piedad es inútil. Y en este ver cómo su corazón se cerraba sobre sí mismo, el doctor encontraba el único alivio de aquellos días abrumadores. Sabía que así su misión sería más fácil, por esto se alegraba. Cuando su madre, al verlo llegar a las dos de la madrugada, se lamentaba de la mirada ausente que posaba sobre ella, deploraba precisamente la única cosa que para Rieux era algo atenuante. Para luchar contra la abstracción es preciso parecérsele un poco. Pero ¿cómo podría comprender esto Rambert? La abstracción era para Rambert todo lo que se oponía a su felicidad, y a decir verdad Rieux sabía que el periodista tenía razón, en cierto sentido. Pero sabía también que llega a suceder que la abstracción resulta a veces más fuerte que la felicidad y que entonces, y solamente entonces, es cuando hay que tenerla en cuenta. Esto era lo que tenía que sucederle a Rambert y el doctor pudo llegar a saberlo por las confidencias que Rambert le hizo ulteriormente. Pudo también seguir ya sobre un nuevo plano, la lucha sorda entre la felicidad de cada hombre y la abstracción de la peste, que constituyó la vida de nuestra ciudad durante este largo período.

Pero allí donde unos veían la abstracción, otros veían la realidad. El final del primer mes de peste fue ensombrecido por un recrudecimiento marcado de la epidemia y por un sermón vehemente del padre Paneloux, el jesuita que había asistido al viejo Michel al principio de su enfermedad. El padre Paneloux se había distinguido por sus colaboraciones frecuentes en el Boletín de la Sociedad Geográfica de Orán, donde sus reconstrucciones epigráficas eran de autoridad. Pero había ganado un crédito más extenso que cualquier especialista pronunciando una serie de conferencias sobre el individualismo moderno. Se había constituido en defensor caluroso de un cristianismo exigente, tan alejado del libertinaje del día como del oscurantismo de los siglos pasados. En esta ocasión no había regateado las verdades más duras a su auditorio. De aquí su reputación.

Así pues, a fines del mes, las autoridades eclesiásticas de nuestra ciudad decidieron luchar contra la peste por sus propios medios, organizando una semana de plegarias colectivas. Estas manifestaciones de piedad pública debían terminar el domingo con una misa solemne bajo la advocación de San Roque, el santo pestífero. Pidieron al padre Paneloux que tomara la palabra en esta ocasión. Durante quince días se arrancó a sus trabajos sobre San Agustín y la Iglesia africana que le había conquistado un lugar aparte en su orden. De naturaleza fogosa y apasionada había aceptado con resolución la misión que le encomendaban. Mucho antes del sermón, se hablaba ya de él en la ciudad y, en cierto modo, marcó una fecha importante en la historia de ese período.

La semana fue seguida por un público numeroso. Esto no quiere decir que en tiempos normales los habitantes de Orán fuesen particularmente piadosos. El domingo, por ejemplo, los baños de mar hacían una seria competencia a la misa. No era tampoco que una súbita conversión los hubiera iluminado. Pero, por una parte, estando la ciudad cerrada y el puerto prohibido, los baños no eran posibles, y por otra, nuestros conciudadanos se encontraban en un estado de ánimo tan particular que, sin admitir en su fondo los acontecimientos sorprendentes que los herían, sentían con toda evidencia que algo había cambiado. Muchos esperaban, además, que la epidemia fuera a detenerse y que quedasen ellos a salvo con toda su familia. En consecuencia, todavía no se sentían obligados a nada. La peste no era para ellos más que una visitante desagradable, que tenía que irse algún día puesto que un día había llegado. Asustados, pero no desesperados, todavía no había llegado el momento en que la peste se les apareciese como la forma misma de su vida y en que olvidasen la existencia que hasta su llegada habían llevado. En suma, estaban a la espera. Respecto de la religión, como respecto de otros problemas, la peste había dado una posición de ánimo singular tan lejos de la indiferencia como la pasión y que se podía definir muy bien con la palabra "objetividad". La mayor parte de los que siguieron la semana de rogativas se mantenían en la posición que uno de los fieles había expresado delante del doctor Rieux. "De todos modos eso no puede hacer daño." Tarrou mismo, después de haber anotado en su cuaderno que los chinos en un caso así iban a tocar el tambor ante el genio de la peste, hacía notar que era imposible saber si en realidad el tambor resultaba más eficaz que las medidas profilácticas. Añadía, además, que para saldar la cuestión hubiera sido preciso estar informado sobre la existencia de un genio de la peste y que nuestra ignorancia en este punto hacía estériles todas las opiniones que se pudieran tener.

En todo caso, la catedral de nuestra ciudad estuvo más o menos llena de fieles durante toda la semana. Los primeros días mucha gente se quedaba en los jardines de palmeras y granados que se extendían delante del pórtico para oír la marea de invocaciones y de plegarias que refluía hasta la calle. Poco a poco, por la fuerza del ejemplo, esas mismas gentes se decidieron a entrar y mezclar su voz tímida a los responsos de los otros. El domingo, una multitud considerable invadía la nave y desbordaba hasta los últimos peldaños de las escaleras. Desde la víspera el cielo estaba ensombrecido y la lluvia caía a torrentes. Los que estaban fuera habían abierto los paraguas. Un olor a incienso y a telas mojadas flotaba en la catedral cuando el padre Paneloux subió al púlpito.

Era de talla mediana pero recio. Cuando se apoyó en el borde del púlpito, agarrando la barandilla con sus gruesas manos, no se vio más que una forma pesada y negra rematada por las dos manchas de sus mejillas rubicundas bajo las gafas de acero. Tenía una voz fuerte, apasionada, que arrastraba, y cuando atacaba a los asistentes con una sola frase vehemente y remachada: "Hermanos míos, habéis caído en desgracia; hermanos míos, lo habéis merecido", un estremecimiento recorría a los asistentes hasta el atrio.

Lógicamente, lo que siguió no estaba en armonía con este exordio patético. El resto del discurso hizo comprender a nuestros conciudadanos que por un hábil procedimiento oratorio el padre había dado, de una vez, como el que asesta un golpe, el tema de su sermón entero. Paneloux, en seguida después de esta frase, citó el texto del Éxodo relativo a la peste en Egipto y dijo: "La primera vez que esta plaga apareció en la historia fue para herir a los enemigos de Dios. Faraón se opuso a los designios eternos y la peste lo hizo caer de rodillas. Desde el principio de toda historia el azote de Dios pone a sus pies a los orgullosos y a los ciegos. Meditad en esto y caed de rodillas".

Afuera redoblaba la lluvia y esta última frase, pronunciada en medio de un silencio absoluto, que el repiquetear del chaparrón en las vidrieras hacía aun más profundo, resonó con tal acento que algunos oyentes, después de unos segundos de duda, se dejaron resbalar desde sus sillas al reclinatorio. Otros creyeron que había que seguir su ejemplo, hasta que poco a poco, sin que se oyera más que el crujir de algún asiento, todo el auditorio se encontró de rodillas. Paneloux se enderezó entonces, respiró profundamente y recomenzó en un tono cada vez más apremiante. "Si hoy la peste os atañe a vosotros es que os ha llegado el momento de reflexionar. Los justos no temerán nada, pero los malos tienen razón para temblar. En las inmensas trojes del universo, el azote implacable apaleará el trigo humano hasta que el grano sea separado de la paja. Habrá más paja que grano, serán más los llamados que los elegidos, y esta desdicha no ha sido querida por Dios. Durante harto tiempo este mundo ha transigido con el mal, durante harto tiempo ha descansado en la misericordia divina. Todo estaba permitido: el arrepentimiento lo arreglaba todo. Y para el arrepentimiento todos se sentían fuertes; todos estaban seguros de sentirlo cuando llegase la ocasión. Hasta tanto, lo más fácil era dejarse ir: la misericordia divina haría el resto. ¡Pues bien!, esto no podía durar. Dios, que durante tanto tiempo ha inclinado sobre los hombres de nuestra ciudad su rostro misericordioso, cansado de esperar, decepcionado en su eterna esperanza, ha apartado de ellos su mirada. Privados de la luz divina, henos aquí por mucho tiempo en las tinieblas de la peste."

En la nave alguien rebulló como un caballo impaciente. Después de una corta pausa, el padre recomenzó en un tono más bajo. "Se lee en la *Leyenda dorada* que en tiempos del rey Humberto, en Lombardía, Italia fue asolada por una peste tan violenta que apenas eran suficientes los vivos para enterrar a los muertos, encarnizándose sobre todo en Roma y en Pavia. Y apareció visiblemente un ángel bueno dando órdenes al ángel malo que llevaba un venablo de cazador, y le ordenaba pegar con él en las casas; y de las casas salían tantos muertos como golpes recibían del venablo."

Paneloux tendió en ese momento los brazos en la dirección del atrio, como si se señalase algo tras la cortina movediza de la lluvia: "Hermanos míos —dijo con fuerza—, es la misma caza mortal la que se corre hoy día por nuestras calles. Vedle, a este ángel de la peste, bello como Lucifer y brillante como el mismo mal, erguido sobre vuestros tejados, con el venablo rojo en la mano derecha a la altura de su cabeza y con la izquierda señalando una de vuestras casas. Acaso en este instante mismo, su dedo apunta a vuestra puerta, el venablo suena en la madera, y en el mismo instante, acaso, la peste entra en vuestra casa, se sienta en vuestro cuarto y espera vuestro regreso. Está allí paciente y atenta, segura como el orden mismo del mundo. La mano que os tenderá, ninguna fuerza terrestre, ni siquiera, sabedlo bien, la vana ciencia de los hombres, podrá ayudaros a evitarla. Y heridos en la sangrienta era del dolor, seréis arrojados con la paja."

Aquí, el padre volvió a tomar con más amplitud todavía la imagen patética del azote. Evocó el asta inmensa de madera girando sobre la ciudad, hiriendo al azar, alzándose ensangrentada, goteando la sangre del dolor humano, "para las sementeras que prepararán las cosechas de la verdad".

Al final de tan largo período, el padre Paneloux se detuvo, el pelo caído sobre la frente, el cuerpo agitado por un temblor que sus manos comunicaban al púlpito y recomenzó más sordamente pero con tono acusador: "Sí, ha llegado la hora de meditar. Habéis creído que os bastaría con venir a visitar a Dios los domingos para ser libres el resto del tiempo. Habéis pensado que unas cuantas genuflexiones le compensarían de vuestra despreocupación criminal. Pero Dios no es tibio. Esas relaciones espaciadas no bastan a su devoradora ternura. Quiere veros ante Él más tiempo, es su manera de amaros, a decir verdad es la única manera de amar. He aquí por qué cansado de esperar vuestra venida, ha hecho que la plaga os visite como ha visitado a todas las ciudades de pecado desde que los hombres tienen historia. Ahora sabéis lo que es el pecado como lo supieron Caín y sus hijos, los de antes del diluvio, los de Sodoma y Gomorra, Faraón y Job y también todos los malditos. Y, como todos ellos, extendéis ahora una mirada nueva sobre los seres y las cosas desde el día en que esta ciudad ha cerrado sus murallas en torno a vosotros y a la plaga. En fin, ahora, sabéis que hay que llegar a lo esencial."

Un viento húmedo se arremolinó entonces bajo la

nave y las llamas de los cirios se inclinaban chisporro-teando. Un espeso olor de cera, un estornudo, diversas toses subieron hacia el padre Paneloux que, volviendo a su tema con una sutileza que fue muy apreciada, recomenzó con la voz serena. "Muchos de entre vosotros, ya lo sé, se preguntan adónde voy a parar. Quiero haceros llegar conmigo a la verdad y enseñaros a encontrar la alegría, a pesar de todo lo que acabo de decir. No estamos ya en el momento en que con consejos, con una mano fraternal hubiera podido empujaros hacia el bien. Hoy la verdad es una orden. Y es un venablo rojo el que os señala el camino de la salvación y os empuja hacia él. Es en esto, hermanos míos, en lo que se muestra la misericordia divina que en toda cosa ha puesto el bien y el mal, la ira y la piedad, la peste y la salud del alma. Este mismo azote que os martiriza os eleva y os enseña el camino.

"Hace mucho tiempo, los cristianos de Abisinia veían en la peste un medio de origen divino, eficaz para ganar la eternidad, y los que no estaban contaminados se envolvían en las sábanas de los pestíferos para estar seguros de morir. Sin duda este furor de salvación no es recomendable. Denota una precipitación lamentable muy próxima al orgullo. No hay que apresurarse más que Dios pues todo lo que pretende acelerar el orden inmutable que Él ha establecido de una vez para siempre, conduce a la herejía. Pero este ejemplo nos sirve al menos de lección. A nuestros espíritus, más clarividentes, les ayuda a valorar ese resplandor excelso de eternidad que existe en el fondo de todo sufrimiento. Este resplandor aclara los caminos crepusculares que conducen hacia la liberación. Manifiesta la voluntad divina que sin descanso transforma el mal en bien. Hoy mismo, a través de este tropel de muerte, de angustia y de clamores, nos guía hacia el silencio esencial y hacia el principio de toda vida. He aquí, hermanos míos, la inmensa consolación que quería traeros para que no sean sólo palabras de castigo las que saquéis de aquí, sino también un verbo que os apacigüe."

Se veía que Paneloux había terminado. Fuera había

cesado la lluvia. Un cielo, entremezclado de agua y de sol, vertía el rumor de las voces, el deslizarse de los vehículos, todo el lenguaje de una ciudad que se despierta. Los oyentes disponían discretamente sus cosas para partir, removiéndose sin ruido, en lo posible. El padre volvió, sin embargo, a tomar la palabra y dijo que después de haber demostrado el origen divino de la peste y el carácter punitivo de este azote no tenía más que decir y que para concluir no haría uso de una elocuencia que resultaría fuera de lugar tratándose de asunto tan trágico. Él creía que todo había quedado claro para todos. Quería recordar únicamente que, cuando la gran peste de Marsella, el cronista Mathieu Marais se había lamentado de sentirse hundido en el infierno, al vivir así, sin ayuda y sin esperanza. ¡Pues bien, Mathieu Marais era ciego! Por el contrario nunca como este día el padre Paneloux había sentido la ayuda divina y la esperanza cristiana que alcanzaba a todos. Esperaba, en contra de toda apariencia, que, a pesar del horror de aquellos días y de los gritos de los agonizantes, nuestros ciudadanos dirigiesen al cielo la única palabra cristiana; la palabra de amor. Dios haría el resto.

Si esta prédica tuvo algún efecto entre nuestros conciudadanos, es muy difícil decirlo. El juez Othon declaró al doctor Rieux que había encontrado la exposición del padre Paneloux "absolutamente irrefutable". Pero no todo el mundo había sacado una opinión tan categórica. Simplemente, el sermón hacía más sensible para algunos la idea, vaga hasta entonces, de que por un crimen desconocido estaban condenados a un encarcelamiento inimaginable. Y mientras que unos continuaron su vida insignificante adaptándose a la reclusión, otros, por el contrario, no tuvieron más idea desde aquel momento que la de evadirse.

La gente había aceptado primero el estar aislada del exterior como hubiera aceptado cualquier molestia temporal que no afectase más que a alguna de sus costumbres. Pero de pronto, conscientes de estar en una especie de secuestro, bajo la cobertera del cielo donde ya empezaba a retostarse el verano, sentían confusamente que esta reclusión amenazaba toda su vida y, cuando llegaba la noche, la energía que recordaban con la frescura de la atmósfera les llevaba a veces a cometer actos desesperados.

Ante todo, fuese o no coincidencia, a partir de aquel domingo hubo en la ciudad una especie de pánico harto general y harto profundo como para poder suponer que nuestros conciudadanos empezaban verdaderamente a tener conciencia de su situación. Desde este punto de vista la atmósfera fue un poco modificada. Pero, en verdad, el cambio ¿estaba en la atmósfera o en los corazones? He aquí la cuestión.

Pocos días después del sermón, Rieux, que comentaba este acontecimiento con Grand, yendo hacia los arrabales, chocó en la oscuridad con un hombre que se bamboleaba delante de él sin decidirse a avanzar. En ese momento, el alumbrado de nuestra ciudad, que se encendía cada día más tarde, resplandeció bruscamente. El foco que estaba colocado en alto, detrás de ellos iluminó súbitamente al hombre que reía en silencio con los ojos cerrados. Por su rostro blancuzco, distendido en una hilaridad muda, el sudor escurría en gruesas gotas. Pasaron de largo.

—Es un loco —dijo Grand.

Rieux, que lo había cogido del brazo para alejarse de allí, sintió que temblaba de enervamiento.

—Pronto no habrá más que locos entre nuestras cuatro paredes —dijo Rieux.

Añadiendo a todo esto el cansancio, sintió que tenía la garganta seca.

—Bebamos algo.

En el pequeño café donde entraron, iluminado por una sola lámpara sobre el mostrador, las gentes hablaban en voz baja, sin razón aparente, en la atmósfera espesa y rojiza. En el mostrador, Grand, con sorpresa del doctor, pidió un alcohol que bebió de un trago, declarando que era fuerte. No quiso quedarse allí. Fuera le pareció a Rieux que la noche estaba llena de gemidos. En todas partes, en el cielo negro, por encima de los reflectores, un silbido sordo le hacía pensar en el invisible azote que abrasaba incansablemente el aire encendido.

—Felizmente, felizmente —decía Grand.

Rieux se preguntaba qué iría a decir.

—Felizmente —dijo el otro—, tengo mi trabajo.

—Sí —dijo Rieux—, es una ventaja.

Y decidido a no escuchar más aquel silbido preguntó a Grand si estaba contento de su trabajo.

—En fin, creo que voy por buen camino.

—¿Tiene usted todavía para mucho tiempo?

Grand pareció animarse; el calor del alcohol se comunicó a su voz.

—No lo sé. Pero la cuestión no está ahí, doctor, no es ésa la cuestión, no.

En la oscuridad Rieux adivinaba que agitaba los brazos. Parecía prepararse a decir algo y al fin empezó, con volubilidad.

—Mire usted, doctor, lo que yo quiero es que el día que mi manuscrito llegue a casa del editor, éste se levante después de haberlo leído, y diga a sus colaboradores: "Señores, hay que quitarse el sombrero".

Esta brusca declaración sorprendió a Rieux. Le parecía que su acompañante hacía el movimiento de descubrirse, llevándose la mano a la cabeza y poniendo después el brazo horizontal. En lo alto el silbido caprichoso parecía recomenzar con más fuerza.

—Sí —decía Grand—, es necesario que sea perfecto.

Aunque poco impuesto de las costumbres literarias, Rieux tenía sin embargo la impresión de que las cosas no debían ser tan sencillas y que, por ejemplo, los editores en sus despachos debían de estar sin sombrero. Pero, de hecho, nunca se sabe, y Rieux prefería callarse. A pesar suyo ponía el oído en los rumores de la peste. Se acercaban al barrio de Grand y como aquél quedaba un poco en alto, una ligera lluvia los refrescaba y al mismo tiempo barría todos los ruidos de la ciudad. Grand seguía hablando y Rieux no captaba todo lo que decía el buen hombre. Comprendía solamente que la obra en cuestión tenía ya muchas páginas, pero que el trabajo que su autor se tomaba en llevarla a la perfección le era muy penoso. "Noches, semanas enteras sobre una palabra..., a veces una simple conjunción." Aquí Grand se detuvo. Sujetó al doctor por un botón del abrigo. Las palabras salían a tropezones de su boca desmantelada.

—Compréndame bien, doctor. En rigor, es fácil escoger entre el *mas* y el *pero*. Ya es más difícil optar entre el *mas* y el *y*. La dificultad aumenta con el *pues* y el *porque*. Pero seguramente lo más difícil que existe es emplear bien el *cuyo*.[1]

—Sí —dijo Rieux—, comprendo.

Echó a andar, Grand pareció confuso y procuró ponerse a su paso.

—Excúseme —balbuceó—. ¡No sé lo que me pasa esta noche!

Rieux le dio un golpecito suave en el hombro y le dijo que bien quisiera poder ayudarlo y que su historia le interesaba mucho. El otro pareció tranquilizarse y cuando llegaron delante de su casa propuso al doctor subir un momento. Rieux aceptó.

En el comedor Grand lo invitó a sentarse ante una mesa cubierta de papeles llenos de tachaduras sobre una letra microscópica.

—Sí, esto es —dijo Grand al doctor, que lo interrogaba con la mirada—. Pero ¿quiere usted beber algo? Tengo un poco de vino.

Rieux rehusó y se puso a mirar los papeles.

—No mire usted —dijo Grand—. Es la primera frase. Me está dando trabajo. Mucho trabajo.

Él también contemplaba todas las hojas y su mano

---

[1] El párrafo del original francés dice textualmente: "A la rigeur c'est assez facile de choisir entre *mais* et *et*. C'est dejà plus difficile d'opter entre *et* et *puis*. La difficulté grandit avec *puis* et *ensuite*. *Mais* assurément ce qu'il y a de plus difficile, c'est de savoir s'il faut mettre *et* ou s'il ne faut pas". En la traducción se han buscado equivalentes castellanos más o menos aproximados. (*N. del T.*)

pareció invenciblemente atraída por una de ellas, que levantó para mirarla al trasluz, ante la lámpara sin pantalla. La hoja temblaba en su mano. Rieux observó que la frente del empleado estaba húmeda.

—Siéntese —le dijo y léamela.

Grand lo miró y le sonrió con una especie de agradecimiento.

—Sí —dijo—, creo que tengo ganas de leerla.

Esperó un poco, sin dejar de mirar la hoja. Rieux escuchaba al mismo tiempo el bordoneo confuso que en la ciudad parecía responder al silbido de la plaga. En ese preciso momento tenía una percepción extraordinaria, agudizada, de la ciudad que se extendía a sus pies, del mundo cerrado que componía, y de los terribles lamentos que ahogaba por las noches. La voz de Grand se elevó sordamente. "En una hermosa mañana del mes de mayo, una elegante amazona recorría en una soberbia jaca alazana, las avenidas floridas del Bosque de Bolonia." Se hizo el silencio y con él volvió el rumor de la ciudad atormentada. Grand había dejado la hoja y seguía contemplándola. Después de un momento levantó los ojos.

—¿Qué le parece?

Rieux respondió que aquel comienzo le inspiraba la curiosidad de conocer el resto. Pero Grand dijo con animación que ese punto de vista no era acertado. Daba sobre sus papeles con la palma de la mano, y decía:

—Esto no es más que una aproximación. Cuando haya llegado a transcribir el cuadro que tengo en la imaginación, cuando mi frase tenga el movimiento mismo de este paseo al trote, un, dos, tres, un, dos, tres, entonces el resto será más fácil y sobre todo la ilusión será tal desde el principio que hará posible que digan: "Hay que quitarse el sombrero".

Pero para esto tenía aún mucho que roer. Nunca consentiría en entregar esta frase tal como estaba al impresor. Pues a pesar de la satisfacción que a veces le causaba, se daba cuenta de que no se ajustaba enteramente a la realidad y de que, en cierto modo, tenía una ligereza de tono que le daba un carácter, vago, por supuesto, pero con todo perceptible, de clisé. Éste era al menos el sentido de lo que estaba diciendo cuando oyeron que unos hombres pasaban corriendo bajo la ventana.

—Ya verá usted lo que yo haré de esto —decía Grand, y volviéndose hacia la ventana, añadía—: cuando todo esto termine.

Pero el ruido de pasos precipitados se repitió. Rieux bajaba ya y dos hombres pasaron delante de él cuando llegó a la calle. Algunos de nuestros conciudadanos, perdiendo la cabeza entre el calor y la peste, se habían dejado llevar por la violencia e intentaron engañar a los vigilantes de las barreras para escapar de la ciudad.

Había muchos que, como Rambert, intentaban huir de esta atmósfera de pánico naciente, con más obstinación y más habilidad, pero no con más éxito. Rambert había continuado al principio sus gestiones oficiales. Según él, la obstinación acababa por triunfar de todo y, desde un cierto punto de vista, su oficio le exigía ser desenvuelto. Había visitado a un gran número de funcionarios y de gentes cuya competencia no se discutía generalmente. Pero, para el caso, esta competencia no les servía de modo alguno. Eran, en su mayor parte, hombres que tenían ideas muy concretas y bien ordenadas sobre todo lo que concierne a la banca, a la exportación, a los frutos cítricos y hasta al comercio de vinos; que poseían indiscutibles conocimientos en problemas de lo contencioso, en seguros, sin contar los diplomas más sólidos y una buena voluntad evidente. Incluso, lo más asombroso que había en todos ellos era la buena voluntad. Pero en materia de peste, sus conocimientos eran nulos, poco más o menos.

Ante cada uno de ellos, sin embargo, y cada vez que había sido posible, Rambert había defendido su causa. La base de su argumentación consistía siempre en decir que él era extraño a la ciudad y que, por lo tanto, su caso debía ser especialmente examinado. En general los interlocutores del periodista admitían de buena gana este punto. Pero le advertían que éste era también el caso de cierto número de gentes y que, en consecuencia, su asunto no era tan singular como imaginaba. A lo cual Rambert podía contestar que ello no tenía nada que ver con el fondo de su argumentación, y le respondían que ello, sin embargo, tenía algo que ver con las dificultades administrativas que se oponían a toda medida de favor que amenazase con sentar lo que llamaban, con expresión de gran repugnancia, un precedente. Según la clasificación que Rambert propuso al doctor Rieux, este género de razonadores constituía la categoría de los formalistas. Junto a éstos se podía encontrar a los elocuentes, que aseguraban al demandante que nada de todo aquello podía durar y que, pródigos en buenos consejos cuando se les pedía decisiones, consolaban a Rambert afirmando que se trataba de una contrariedad momentánea. Había también los importantes, que le rogaban que les dejase una nota resumiendo su situación y notificando quién le había informado de que ellos estatuirían sobre tal caso; había también los triviales, que le ofrecían bonos de alojamiento o direcciones de pensiones económicas; los metódicos, que hacían llenar una ficha y la archivaban, en seguida; los desbordantes, que levantaban los brazos en alto, y los impacientes, que se volvían a mirar a otro lado; había, en fin, los tradicionales, mucho más numerosos que los otros, que indicaban a Rambert otra dependencia administrativa o una gestión distinta.

El periodista se había agotado en estas visitas y había adquirido una idea justa de lo que puede ser un ayuntamiento o una prefectura, a fuerza de esperar sentado en una banqueta de hule, ante grandes carteles que invitaban a suscribirse a bonos del Tesoro exentos de impuesto o a engancharse en la armada colonial, a fuerza de entrar en despachos donde los rostros humanos se dejaban tan fácilmente prever como el fichero de los estantes de legajos. La ventaja, como le decía Rambert a Rieux con un dejo de amargura, era que todo esto le encubría la verdadera situación. Los progresos de la peste, prácticamente, le escapaban. Sin contar que los días pasaban así más rápidos y en la situación en que se encontraba la ciudad entera se podía decir que cada día pasado acercaba a cada hombre, siempre que no muriese, al fin de sus sufrimientos. Rieux tuvo que reconocer que este punto era verdadero, pero que se trataba, sin embargo, de una verdad un poco demasiado general.

En un momento dado Rambert concibió esperanzas. Había recibido de la prefectura una hoja de inscripción en blanco que se le rogaba llenar exactamente. La hoja preguntaba por su identidad, su situación familiar, sus recursos económicos anteriores y actuales y por eso que se llama su *curriculum vitae*. Tuvo la impresión de que se trataba de una información destinada a revisar los casos de personas susceptibles de ser enviadas a su residencia habitual. Algunos informes confusos recogidos en una oficina le confirmaron esta impresión. Pero después de algunas gestiones acertadas consiguió encontrar la oficina pública de donde se había salido la hoja y allí le dijeron que esas informaciones habían sido tomadas "por si acaso".

—¿Por si acaso qué? —preguntó Rambert.

Le explicaron entonces que había sido sólo para poder, en caso de que cayese con la peste y muriese, prevenir a su familia, y además para saber si había que cargar los gastos al hospital, al presupuesto de la ciudad o si se podía esperar que los reembolsasen sus parientes. Evidentemente eso probaba que no estaba tan separado de la que lo esperaba, pues la sociedad se ocupaba de ella. Pero esto no era un consuelo. Lo más notable era, y Rambert lo notó, en efecto, la manera en que en el momento de una catástrofe una oficina podía continuar su servicio y tomar iniciativas como en otros tiempos, generalmente a espaldas de las autoridades superiores, por la única razón de que estaba constituida para ese servicio.

Para Rambert, el período que siguió a esto fue el más fácil y más difícil a la vez. Fue un período de embrutecimiento. Había visitado todos los despachos, hecho todas las gestiones posibles, las salidas por ese lado estaban totalmente cerradas. Vagaba de café en café. Se sentaba por la mañana en una terraza delante de un vaso de cerveza tibia, leía un periódico con la esperanza de encontrar en él signos de un próximo fin de la enfermedad, miraba las caras de la gente que pasaba, apartándose con repugnancia de su expresión de tristeza, y después de haber leído por centésima vez de los grandes aperitivos que ya no se servían, se levantaba y andaba al azar por las calles amarillentas de la ciudad, de los paseos solitarios a los cafés, de los cafés a los restaurantes, iba, así, esperando la noche.

Rieux lo encontró una tarde, precisamente a la puerta de un café donde estaba dudando si entraría. Pareció decidirse y se fue a sentar al fondo de la sala. Era la hora en que, por orden superior, retardaban en los cafés el momento de dar la luz. El crepúsculo invadió la sala como un agua gris, el rosa del poniente se reflejaba en los vidrios y los mármoles de las mesas relucían débilmente en la oscuridad que aumentaba. En medio de la sala desierta Rambert parecía una sombra perdida y Rieux pensó que aquélla era la hora de su abandono. Pero era también el momento en que todos los prisioneros de la ciudad sentían también el suyo y era preciso hacer algo para apresurar la liberación. Rieux se fue de allí.

Rambert pasaba también largos ratos en la estación. El acceso a los andenes estaba prohibido, pero las salas de espera que se alcanzaban a ver desde el exterior seguían abiertas y algunas veces había mendigos que se instalaban allí los días de calor, porque eran sombrías y frescas. Rambert venía de leer los antiguos horarios, los carteles que prohibían escupir y el reglamento de la policía de los trenes. Después se sentaba en un rincón. La sala era oscura. Una vieja estufa de hierro colado, fría desde hacía meses, permanecía rodeada por las huellas de numerosos riegos que habían trazado ochos en el suelo. En las paredes algunos anuncios que brindaban una vida dichosa y libre en Bandol o en Cannes. Rambert encontraba allí esa especie de espantosa libertad que se encuentra en el fondo del desasimiento. Las imágenes que se le hacían más penosas de llevar eran, según le decía Rieux, las de París. Un paisaje de viejas piedras y agua, las palomas del Palais Royal, los barrios desiertos del Panteón y algunos otros lugares de una ciudad que no sabía que amaba tanto lo perseguían entonces impidiéndole hacer nada útil. Rieux pensaba que estaba identificando aquellas imágenes con las de su amor. Y el día en que Rambert le contó que le gustaba despertarse a las cuatro de la mañana y ponerse a pensar en su ciudad, el doctor tradujo con facilidad, según su propia experiencia, que lo que le gustaba imaginar era la mujer que había dejado allí. Ésta era, en efecto, la hora en que podía apoderarse de ella. En general, hasta las cuatro de la mañana no se hace nada y se duerme aunque la noche haya sido una noche de traición. Sí, se duerme a esa hora y esto tranquiliza, puesto que el gran deseo de un corazón inquieto es el de poseer interminablemente al ser que ama o hundir a este ser, cuando llega el momento de la ausencia, en un sueño sin orillas que sólo pueda terminar el día del encuentro.

Poco después del sermón empezaron los calores. Estábamos a fines del mes de junio. Al día siguiente de las lluvias tardías que habían señalado el domingo del sermón, el verano estalló, de golpe, en el cielo y sobre las casas. Se levantó primero un gran viento abrasador que sopló durante veinticuatro horas y resecó las paredes. El sol se afincó. Olas ininterrumpidas de calor y de luz inundaron la ciudad a lo largo del día. Fuera de las calles de soportales y de los departamentos parecía que no había un solo punto en la ciudad que no estuviese situado en medio de la reverberación más cegadora. El sol perseguía a nuestros conciudadanos por todos los rincones de las calles, y si se paraban, entonces les pegaba fuerte. Como aquellos calores coincidieron con un aumento vertical del número de víctimas que alcanzó a cerca de setecientas por semana, una especie de abatimiento se apoderó de la ciudad. Por los barrios extremos, por las callejuelas de casas con terrazas, la animación decreció y en aquellos barrios en los que las gentes vivían siempre en las aceras, todas las puertas estaban cerradas y echadas las persianas, sin que se pudiera saber si era de la peste o del sol de lo que procuraban protegerse. De algunas casas, sin embargo, salían gemidos. Al principio cuando esto sucedía se veía a los curiosos detenerse en la calle a escuchar. Pero después de tan continuada alarma pareció que el corazón de todos se hubiese endurecido, y todos pasaban o vivían al lado de aquellos lamentos como si fuesen el lenguaje natural de los hombres.

Las peleas en las puertas de la ciudad, en las cuales los agentes habían tenido que hacer uso de sus armas, crearon una sorda agitación. Seguramente había habido heridos, pero hablaban de muertos en la ciudad donde todo se exageraba por efecto del calor y del miedo. Es cierto, en todo caso, que el descontento no cesaba de aumentar, que nuestras autoridades habían temido lo peor y encarado seriamente las medidas que habrían de tomar en el caso de que esta población, mantenida bajo el azote, llegara a sublevarse. Los periódicos publicaron decretos que renovaban la prohibición de salir y amenazaban con penas de prisión a los contraventores. Había patrullas que recorrían la ciudad. De pronto, en las calles desiertas y caldeadas se veían avanzar, anunciados primero por el ruido de las herraduras en el empedrado, guardias montados que pasaban entre dos filas de ventanas cerradas. Cuando la patrulla desaparecía un pesado silencio receloso volvía a caer sobre la ciudad amenazada. De cuando en cuando centelleaban los escopetazos de los equipos especiales, encargados por una ordenanza vigente de matar los perros y los gatos que podían propagar las pulgas. Estas detonaciones secas contribuían a tener a la ciudad en una atmósfera de alerta.

En medio del calor y del silencio, para el corazón aterrorizado de nuestros conciudadanos todo tomaba una importancia cada vez más grande. Los colores del cielo y los olores de la tierra que marcan el paso de las estaciones eran, por primera vez, sensibles para todos. Cada uno veía con horror que los calores favorecían la epidemia y al mismo tiempo cada uno veía que el verano se instalaba. El grito de los vencejos en el cielo de la tarde se hacía más agudo sobre la ciudad. Ya no estaba en proporción con los crepúsculos de junio que hacen lejano el horizonte en nuestro país. Las flores ya no llegaban en capullo a los mercados, se abrían rápidamente y, después de la venta de la mañana, sus pétalos alfombraban las aceras polvorientas. Se veía claramente que la primavera se había extenuado, que se había prodigado en miles de flores que estallaban por todas partes, a la redonda, y que ahora iban a adormecerse, a aplastarse lentamente bajo el doble peso de las pestes y del calor. Para todos nuestros conciudadanos este cielo de verano, estas calles que palidecían bajo los matices del polvo y del tedio, tenían el mismo sentido amenazador que la centena de muertos que pesaba sobre la ciudad cada día. El sol incesante, esas horas con sabor a sueño y a vacaciones no invitaban como antes a las fiestas del agua y de la carne. Por el contrario, sonaban a hueco en la ciudad cerrada y silenciosa. Habían perdido el reflejo dorado de las estaciones felices. El sol de la peste extinguía todo color y hacía huir toda dicha.

Ésta era una de las grandes revoluciones de la enfermedad. Todos nuestros conciudadanos acogían siempre el verano con alegría. La ciudad se abría entonces hacia el mar y desparramaba a su juventud por las playas. Este verano, por el contrario, el mar tan próximo estaba prohibido y el cuerpo no tenía derecho a sus placeres. ¿Qué hacer en estas condiciones? Es también Tarrou el que da una imagen más perfecta de lo que era nuestra vida de entonces. Él seguía en sus apuntes los progresos de la peste, en general, anotando justamente que una fase de la epidemia había sido señalada por la radio cuando, en vez de anunciar cientos de defunciones por semana, había empezado a dar las cifras de noventa y dos, ciento siete y ciento veinte al día. "Los periódicos y las autoridades quieren ser más listos que la peste. Se imaginan que le quitan algunos puntos porque ciento treinta es una cifra menor que novecientos diez..." Evocaba también aspectos patéticos o espectaculares de la epidemia, como el de aquella mujer que en un barrio desierto, con todas las persianas cerradas, había abierto bruscamente una ventana cuando él pasaba y había lanzado dos gritos enormes antes de cerrar los postigos sobre la oscuridad espesa del cuarto. Pero además, anotaba que las pastillas de menta habían desaparecido de las farmacias porque muchas gentes las llevaban en la boca para precaverse contra un contagio eventual.

Tarrou continuaba, así, observando a sus personajes favoritos. Por él se sabía que también el viejecito de los gatos vivía la tragedia. Una mañana, en efecto se habían oído disparos y, como decía Tarrou, el plomo escupido sobre los gatos había matado a la mayor parte y aterrorizado a los otros, que habían huido de la calle. El mismo día, el viejecito había salido al balcón a la hora habitual, había demostrado cierta sorpresa, se había asomado, había escrutado los confines de la calle y se había resignado a esperar. Daba golpecitos con la mano en la barandilla del balcón. Después de esperar un rato y de haber dejado caer en pedacitos un poco de papel, se había metido en su cuarto, había vuelto a salir después y al cabo de cierto tiempo había desaparecido bruscamente, cerrando detrás de sí, con cólera, las contraventanas. En los días siguientes se había repetido la misma escena, y se podía leer en los rasgos del viejecito una tristeza y un desconcierto cada vez más manifiestos. Una semana después, Tarrou esperó en vano la aparición cotidiana: las ventanas continuaron obstinadamente cerradas sobre una tristeza bien comprensible. "En tiempos de peste, prohibido escupir a los gatos", ésta era la conclusión de los apuntes.

Por otra parte, Tarrou, cuando volvía por la noche, estaba siempre seguro de encontrar en el vestíbulo la figura sombría del sereno que se paseaba de un lado para otro. El sereno no cesaba de recordar a todo el mundo que él había previsto lo que iba a pasar. A

Tarrou, que reconocía haberle oído predecir una desgracia, pero que le recordaba su idea del temblor de tierra, le decía: "¡Ah, si fuera un temblor de tierra! Una buena sacudida y no se habla más del caso... Se cuentan los muertos y los vivos y asunto concluido. ¡Mientras que esa porquería de enfermedad! Hasta los que no la tienen parecen llevarla en el corazón".

El gerente estaba igualmente abrumado. Al principio, los viajeros imposibilitados de dejar la ciudad habían permanecido en el hotel, pero poco a poco, en vista de lo que se prolongaba la epidemia, muchos habían preferido alojarse en casas de amigos. Y la misma razón que había llenado en un principio todos los cuartos del hotel los mantenía ahora vacíos, puesto que ya no llegaban más viajeros a la ciudad. Tarrou era uno de los pocos que habían quedado y el gerente no perdía nunca la ocasión de hacerle notar que si no fuera por su deseo de complacer a sus últimos clientes, habría cerrado hacía tiempo el establecimiento. Muchas veces pedía a Tarrou que calculase la probable duración de la epidemia: "Parece ser, decía Tarrou, que los fríos son contrarios a este género de enfermedades". El gerente se enloquecía: "Pero aquí no hace realmente frío, señor. Y en todo caso, nos faltan todavía varios meses". Además estaba seguro de que durante mucho tiempo los viajeros procurarían evitar la ciudad. Esta peste era la ruina del turismo.

En el comedor, después de una corta ausencia, se vio aparecer al señor Othon, el hombre lechuza, pero seguido solamente de los dos perritos amaestrados. La causa era que la mujer había cuidado y enterrado a su madre y tenía que sufrir cuarentena.

—Esto no me gusta —decía el gerente a Tarrou—. Con cuarentena o sin ella, es sospechosa, y en consecuencia ellos también.

Tarrou le hacía comprender que desde ese punto de vista todo el mundo era sospechoso. Pero él era categórico y tenía sus posiciones bien tomadas.

—No, señor Tarrou, ni usted ni yo somos sospechosos. Ello sí lo son.

Pero el señor Othon no cambiaba por tan poca cosa y entraba siempre igual en la sala del restaurante, se sentaba antes que sus hijos y les dirigía frases distinguidas y hostiles. Sólo el niño había cambiado de aspecto. Vestido de negro, como su hermana, un poco más encerrado en sí mismo, parecía una pequeña sombra de su padre. El sereno, que no quería al señor Othon, había dicho a Tarrou:

—¡Ah! Éste reventará vestido. Así no hará falta mortaja. Se irá derecho.

El sermón del padre Paneloux estaba también registrado en los apuntes, pero con el comentario siguiente: "Comprendo este simpático ardor. Al principio de las plagas y cuando ya han terminado, siempre hay un poco de retórica. En el primer caso es que no se ha perdido todavía la costumbre, y en el segundo, que ya ha vuelto. En el momento de la desgracia es cuando se acostumbra uno a la verdad, es decir al silencio. Esperemos".

Tarrou anota también que ha tenido una larga conversación con el doctor Rieux de la que sólo recuerda que tuvo buenos resultados. Señala también el color castaño claro de los ojos de la madre de Rieux, afirmando caprichosamente que, en su opinión, una mirada donde se lee tanta bondad será siempre más fuerte que la peste, y consagra también largos párrafos al viejo asmático cuidado por Rieux.

Había ido a verlo, con el doctor, después de su entrevista. El viejo había acogido a Tarrou con risitas, frotándose las manos. Estaba en la cama, pegado a la almohada, inclinado sobre sus dos cazuelas de garbanzos. "¡Ah! otro más —había dicho al ver a Tarrou—. Esto es el mundo al revés: más médicos que enfermos. La cosa va de prisa ¿eh? El cura tiene razón, está bien merecido." Al día siguiente Tarrou había vuelto sin anunciarse.

Según los apuntes, el viejo asmático, dueño de una mercería en su provincia, había creído que a los cincuenta años ya había trabajado bastante. Se había acostado, en vista de esto, y no había vuelto a levantarse.

Su asma se relacionaba con la postura vertical. Una pequeña renta lo había ayudado a llegar a los setenta y cinco años que llevaba alegremente. No podía soportar la vista de un reloj y por lo tanto no había ni uno en su casa. "Un reloj —decía— es una cosa cara y estúpida." Calculaba el tiempo y sobre todo la hora de las comidas, que era la única que le importaba, con sus dos cazuelas, una de las cuales estaba siempre llena de garbanzos cuando se despertaba. Con aplicación y regularidad iba llenando ininterrumpidamente la otra, garbanzo a garbanzo. Así tenía sus colaciones en un día medido por cazuelas. "Cada quince cazuelas —decía— necesito un tentempié. Es muy sencillo."

De creer a su mujer, había dado ya desde muy joven signos de su vocación. Nada le había interesado nunca, ni su trabajo, ni los amigos, ni el café, ni la música, ni las mujeres, ni los paseos. No había salido nunca de la ciudad, excepto un día en que, obligado a ir a Argel por asuntos de familia, se había bajado en la primera estación, incapaz de llevar más lejos la aventura. Había vuelto a su casa por el primer tren.

A Tarrou, que parecía asombrarse de su enclaustramiento, le había explicado que, según la religión, la primera mitad de la vida de un hombre era una ascensión y la otra mitad un descenso; que en el descenso los días del hombre ya no le pertenecían, porque le podían ser arrebatados en cualquier momento, que por lo tanto no podía hacer nada con ellos y que lo mejor era, justamente, no hacer nada. La contradicción, por lo demás, no le asustaba, pues, en otra ocasión, le había dicho a Tarrou, poco más o menos, que seguramente Dios no existía porque, si existiese, los curas no serían necesarios. Pero por ciertas reflexiones que siguieron a esto Tarrou comprendió que su filosofía estaba estrechamente relacionada con el mal humor que le producían las frecuentes colectas de su parroquia. Lo que acaba el retrato del viejo era un deseo que parecía profundo y que varias veces había manifestado ante su interlocutor: tenía la esperanza de morir muy viejo.

"¿Es un santo?" —se preguntaba Tarrou y él mismo respondía—: "Sí, sí, la santidad es un conjunto de costumbres."

Pero, al mismo tiempo, Tarrou acometía la descripción minuciosa de un día en la ciudad apestada y daba así una idea muy justa de la vida de nuestros conciudadanos durante aquel verano. "No se ríe nadie más que los borrachos —decía Tarrou—, y éstos se ríen demasiado." Después empezaba su descripción.

"Al amanecer, ligeros hálitos recorren la ciudad, todavía desierta. A esta hora, que es la que queda entre las muertes de la noche y las agonías del día, parece que la peste suspende un momento su esfuerzo para tomar aliento. Todas las tiendas están cerradas, pero en algunas el letrero 'Cerrado a causa de la peste' atestigua que no abrirán tan pronto como las otras. Los vendedores de periódicos, todavía dormidos, no gritan aún las noticias, sino que, apoyados en las esquinas, ofrecen su mercancía a los faroles con gesto de sonámbulos. De un momento a otro los despertarán los primeros tranvías y se repartirán por la ciudad, llevando bajo el brazo las hojas donde estalla la palabra 'Peste'. ¿Habrá un otoño de peste? El profesor R. responde: 'No'. Ciento veinticuatro muertos es el balance del día noventa y cuatro de la peste.

"A pesar de la crisis del papel, que se hace cada día más aguda y que ha obligado a ciertos periódicos a disminuir el número de sus páginas, se ha fundado un periódico nuevo: el *Corred de la Epidemia*, que se impone como misión 'informar a nuestros conciudadanos, guiado por una escrupulosa objetividad, de los progresos o retrocesos de la epidemia; aportar los testimonios más autorizados sobre el porvenir de la enfermedad; prestar el apoyo de sus columnas a todos los que, conocidos o desconocidos, estén dispuestos a luchar contra la plaga; sostener la moral de la población; transmitir los acuerdos de las autoridades y, en una palabra, agrupar a todos los que con buena voluntad quieran luchar contra el mal que nos hiere'. En realidad, este periódico se ha limitado en seguida a publicar anuncios de nuevos productos infalibles para prevenir la peste.

"Hacia las seis de la mañana todos estos periódicos empiezan a venderse en las colas que se instalan en las puertas de los comercios, más de una hora antes de que se abran, después en los tranvías que llegan abarrotados de los barrios extremos. Los tranvías han llegado a constituir el único medio de transporte y avanzan lentamente, con los estribos y los topes cargados de gente. Cosa curiosa, todos los ocupantes se vuelven la espalda, lo más posible, para evitar el contagio mutuo. En las paradas, el tranvía arroja cantidades de hombres y mujeres que se apresuran a alejarse para encontrarse solos. Con frecuencia estallan escenas ocasionadas únicamente por el mal humor que va haciéndose crónico.

"Después de que pasan los primeros tranvías, la ciudad se despierta poco a poco, los cafés abren sus puertas con los mostradores llenos de letreros: 'No hay café', 'Traed vuestro azúcar', etc. Después, los comercios se abren, las calles se animan. Al mismo tiempo, la luz crece y el calor cae a plomo del cielo de julio. Es la hora en que los que no tienen nada que hacer se aventuran por los bulevares. La mayor parte parece que se hubiera propuesto conjurar la peste por la exhibición de su lujo. Todos los días de once a dos, hay un desfile de jóvenes de ambos sexos en los que se puede observar esta pasión por la vida que crece en el seno de las grandes desgracias. Si la epidemia se extiende, la moral se ensanchará también. Volveremos a ver las saturnales de Milán al borde de las tumbas.

"Al mediodía los restaurantes se llenan en un abrir y cerrar de ojos. Rápidamente se forman en las puertas pequeños grupos de gente que no puede encontrar sitio. El cielo empieza a perder su luminosidad por el exceso de calor. A la sombra de las grandes cortinas los candidatos al alimento esperan su turno, al borde de la acera achicharrada por el sol. Si los restaurantes están atestados es porque para muchos simplifican el problema del avituallamiento. Pero en ellos existe la angustia del contagio. Los clientes pierden largos ratos en limpiar pacientemente los cubiertos. No hace mucho tiempo algunos anunciaban: 'Aquí los cubiertos están escaldados'. Pero poco a poco renunciaron a toda publicidad porque los clientes se vieron obligados a acudir. Los clientes, por otra parte, gastan fácilmente el dinero. Los vinos de marca o de cierto renombre, los suplementos más caros son el principio de una carrera desenfrenada. Parece también que en un restaurante se provocaron escenas de pánico porque un cliente se levantó tambaleándose y salió apresuradamente.

"Hacia las dos, la ciudad queda vacía: es el momento en que el silencio, el polvo, el sol y la peste se reúnen en la calle. A lo largo de las grandes casas grises, el calor escurre sin parar. Son largas horas de prisión que terminan en noches abrasadas que se desploman sobre la ciudad populosa y charladora. Durante los primeros días de calor, de cuando en cuando, sin que se supiera por qué, las noches eran rehuidas. Pero ahora el primer fresco trae un consuelo ya que no una esperanza. Todos salen a la calle, se aturden a fuerza de hablar, se pelean o se desean y bajo el cielo rojo de julio la ciudad, llena de parejas y de ruidos, deriva hacia la noche anhelante. Inútilmente todas las tardes, en los bulevares, un viejo inspirado con chambergo y chalina atraviesa la multitud repitiendo sin parar: 'Dios es grande, venid a Él'. Todos se precipitan, por el contrario, hacia algo que conocen mal o que les parece más urgente que Dios. Al principio, cuando creían que era una enfermedad como las otras, la religión ocupaba su lugar. Pero cuando han visto que era cosa seria se han acordado del placer. Toda la angustia que se refleja durante el día en los rostros, se resuelve después, en el crepúsculo ardiente y polvoriento, en una especie de excitación rabiosa, una libertad torpe que enfebrece a todo un pueblo.

"Y yo también, igual que ellos. Pero ¡qué importa!, la muerte no es nada para los hombres como yo. Es un acontecimiento que les da la razón."

Había sido Tarrou el que había pedido a Rieux la entrevista de que habla en sus apuntes. La tarde que lo esperaba, el doctor Rieux estaba mirando a su madre, tranquilamente sentada en una silla en un rincón del comedor. Allí era donde pasaba sus días cuando el cuidado de la casa no la tenía ocupada. Con las manos juntas sobre las rodillas, esperaba. Rieux no estaba muy seguro de que fuese a él a quien esperaba. Sin embargo, algo cambiaba en el rostro de su madre cuando él aparecía. Todo lo que una larga vida laboriosa había puesto de mutismo en ese rostro, parecía animarse un momento. Después volvía a caer en el silencio. Aquella tarde la vio mirando por la ventana la calle desierta. El alumbrado nocturno había sido disminuido en dos tercios y sólo muy de cuando en cuando una lámpara aclaraba débilmente las sombras de la ciudad.

—¿Es que van a conservar el alumbrado reducido durante toda la peste? —dijo la señora Rieux.

—Probablemente.

—Con tal que no dure hasta el invierno. Entonces resultaría demasiado triste.

—Sí —dijo Rieux.

Vio que la mirada de su madre se posaba en su frente. Rieux sabía que la inquietud y el exceso de trabajo de los últimos días lo habían demacrado mucho.

—¿Hoy no han ido bien las cosas? —dijo la señora Rieux.

—¡Oh!, como de ordinario.

¡Como de ordinario! Es decir que el nuevo suero mandado de París parecía menos eficaz que el primero y las estadísticas subían. No siempre había la posibilidad de inocular los sueros preventivos en personas no pertenecientes a las familias ya alcanzadas por la peste. Hubiera hecho falta grandes cantidades industrializadas para generalizar el empleo. La mayor parte de los bubones se oponían a ser sajados, como si les hubiese llegado la época de endurecerse, y torturaban a los enfermos. Desde la víspera había en la ciudad dos casos de una nueva forma de la epidemia. La peste se hacía pulmonar. Aquel mismo día, durante una reunión, los médicos, abrumados, ante el prefecto, lleno de confusión, habían pedido y obtenido nuevas medidas para evitar el contagio que se establecía de boca a boca en la peste pulmonar. Como de ordinario, nadie sabía nada.

Rieux miró a su madre. Sus hermosos ojos castaños le hicieron revivir años de ternura.

—¿Tienes miedo, madre?

—A mi edad ya no se temen mucho las cosas.

—Los días son muy largos y yo no estoy aquí nunca.

—No me importa esperarte cuando sé que tienes que venir. Cuando no estás aquí pienso en lo que estarás haciendo. ¿Has tenido noticias?

—Sí, todo va bien, según el último telegrama. Pero yo sé que ella dice eso por tranquilizarme.

Sonó el timbre de la puerta. El doctor sonrió a su madre que fue a abrir. En la penumbra del descansillo Tarrou tenía el aspecto de un gran oso vestido de gris. Rieux lo hizo sentar delante de su mesa de escritorio y él se quedó de pie, detrás del sillón. Entre ellos estaba la única lámpara de la habitación, encendida sobre la mesa.

—Sé —dijo Tarrou, sin preámbulos— que con usted puedo hablar abiertamente. Dentro de quince días o un mes usted ya no será aquí de ninguna utilidad, los acontecimientos lo han superado.

—Es verdad —dijo Rieux.

—La organización del servicio es mala. Le faltan a usted hombres y tiempo.

Rieux reconoció que también eso era verdad.

—He sabido que la prefectura va a organizar una especie de servicio civil para obligar a los hombres válidos a participar en la asistencia general.

—Está usted bien informado. Pero el descontento es grande y el prefecto está ya dudando.

—¿Por qué no pedir voluntarios?

—Ya se ha hecho, pero los resultados han sido escasos.

—Se ha hecho por la vía oficial, un poco sin creer en

ello. Lo que les falta es imaginación. No están nunca en proporción con las calamidades. Y los remedios que imaginan están apenas a la altura de un resfriado. Si los dejamos obrar solos sucumbirán, y nosotros con ellos.

—Es probable —dijo Rieux—. Tengo entendido que están pensando en echar mano de los presos para lo que podríamos llamar trabajos pesados.

—Me parece mejor que lo hicieran hombres libres.

—A mí también, pero, en fin, ¿por qué?

—Tengo horror de las penas de muerte.

Rieux miró a Tarrou.

—¿Entonces? —dijo.

—Yo tengo un plan de organización para lograr unas agrupaciones sanitarias de voluntarios. Autoríceme usted a ocuparme de ello y dejemos a un lado la administración oficial. Yo tengo amigos por todas partes y ellos formarán el primer núcleo. Naturalmente, yo participaré.

—Comprenderá usted que no es dudoso que acepte con alegría. Tiene uno necesidad de ayuda, sobre todo en este oficio. Yo me encargo de hacer aceptar la idea a la prefectura. Por lo demás, no están en situación de elegir. Pero...

Rieux reflexionó.

—Pero este trabajo puede ser mortal, lo sabe usted bien. Yo tengo que advertírselo en todo caso. ¿Ha pensado usted bien en ello?

Tarrou lo miró en sus ojos grises y tranquilos.

—¿Qué piensa usted del sermón del padre Paneloux, doctor?

La pregunta había sido formulada con naturalidad y Rieux respondió con naturalidad también.

—He vivido demasiado en los hospitales para gustarme la idea del castigo colectivo. Pero, ya sabe usted, los cristianos hablan así a veces, sin pensar nunca realmente. Son mejores de lo que parecen.

—Usted cree, sin embargo, como Paneloux, que la peste tiene alguna acción benéfica, ¡que abre los ojos, que hace pensar!

—Como todas las enfermedades de este mundo. Pero lo que es verdadero de todos los males de este mundo lo es también de la peste. Esto puede engrandecer a algunos. Sin embargo, cuando se ve la miseria y el sufrimiento que acarrea, hay que ser ciego o cobarde para resignarse a la peste.

Rieux había levantado apenas el tono, pero Tarrou hizo un movimiento con la mano como para calmarlo. Sonrió.

—Sí —dijo Rieux alzando los hombros—, pero usted no me ha respondido. ¿Ha reflexionado bien?

Tarrou se acomodó un poco en su butaca y dijo:

—¿Cree usted en Dios, doctor?

También esta pregunta estaba formulada con naturalidad, pero Rieux titubeó.

—No, pero, eso ¿qué importa? Yo vivo en la noche y hago por ver claro. Hace mucho tiempo que he dejado de creer que esto sea original.

—¿No es eso lo que lo separa de Paneloux?

—No lo creo. Paneloux es hombre de estudios. No ha visto morir bastante a la gente, por eso habla en nombre de una verdad. Pero el último cura rural que haya oído la respiración de un moribundo pensará como yo. Se dedicará a socorrer las miserias más que a demostrar sus excelencias.

Rieux se levantó, ahora su rostro quedaba en la sombra.

—Dejemos esto —dijo—, puesto que no quiere usted responder.

Tarrou sonrió sin moverse de la butaca.

—¿Puedo responder con una pregunta?

El doctor sonrió a su vez.

—Usted ama el misterio, vamos.

—Pues bien —dijo Tarrou—, ¿por qué pone usted en ello tal dedicación si no cree en Dios? Su respuesta puede que me ayude a mí a responder.

Sin salir de la sombra, el doctor dijo que había ya respondido, que si él creyese en un Dios todopoderoso no se ocuparía de curar a los hombres y le dejaría a Dios ese cuidado. Pero que nadie en el mundo, ni siquiera Paneloux, que creía y cree, nadie cree en un Dios de este género, puesto que nadie se abandona enteramente, y que en esto por lo menos, él, Rieux, creía estar en el camino de la verdad, luchando contra la creación tal como es.

—¡Ah! —dijo Tarrou—, entonces, ¿ésa es la idea que se hace usted de su oficio?

—Poco más o menos —dijo el doctor volviendo a la luz.

Tarrou se puso a silbar suavemente y el doctor se quedó mirándolo.

—Sí —dijo—, usted dice que hace falta orgullo pero yo le aseguro que no tengo más orgullo del que hace falta, créame. Yo no sé lo que me espera, lo que vendrá después de todo esto. Por el momento hay unos enfermos a los que hay que curar. Después, ellos reflexionarán y yo también. Pero lo más urgente es curarlos. Yo los defiendo como puedo.

—¿Contra quién?

Rieux se volvió hacia la ventana. Adivinaba a lo lejos el mar, en una condensación más oscura del horizonte. Sentía un cansancio inmenso y al mismo tiempo luchaba contra el deseo súbito de entregarse un poco a este hombre singular en el que había algo fraternal, sin embargo.

—No sé nada, Tarrou, le juro a usted que no sé nada. Cuando me metí en este oficio lo hice un poco abstractamente, en cierto modo, porque lo necesitaba, porque era una situación como otra cualquiera, una de esas que los jóvenes eligen. Acaso también porque era sumamente difícil para el hijo de un obrero, como yo. Y después he tenido que ver lo que es morir. ¿Sabe usted que hay gentes que se niegan a morir? ¿Ha oído usted gritar: "¡Jamás!" a una mujer en el momento de morir? Yo sí. Y me di cuenta en seguida de que no podría acostumbrarme a ello. Entonces yo era muy joven y me parecía que mi repugnancia alcanzaba al orden mismo del mundo. Luego, me he vuelto más modesto. Simplemente, no me acostumbro a ver morir. No sé más. Pero después de todo...

Rieux se calló y volvió a sentarse. Sentía que tenía la boca seca.

—¿Después de todo? —dijo suavemente Tarrou.

—Después de todo... —repitió el doctor y titubeó nuevamente mirando a Tarrou con atención—, ésta es una cosa que un hombre como usted puede comprender. ¿No es cierto, puesto que el orden del mundo está regido por la muerte, que acaso es mejor para Dios que no crea uno en él y que luche con todas sus fuerzas contra la muerte, sin levantar los ojos al cielo donde Él está callado?

—Sí —asintió Tarrou—, puedo comprenderlo. Pero las victorias de usted serán siempre provisionales, eso es todo.

Rieux pareció ponerse sombrío.

—Siempre, ya lo sé. Pero eso no es una razón para dejar de luchar.

—No, no es una razón. Pero me imagino, entonces, lo que debe de ser esta peste para usted.

—Sí —dijo Rieux—, una interminable derrota.

Tarrou se quedó mirando un rato al doctor, después se levantó y fue pesadamente hacia la puerta. Rieux lo siguió. Cuando ya estaba junto a él, Tarrou, que iba como mirándose los pies, le dijo:

—¿Quién le ha enseñado a usted todo eso, doctor?

La respuesta vino inmediatamente.

—La miseria.

Rieux abrió la puerta del despacho y ya en el pasillo dijo a Tarrou que él bajaba también, iba a ver a uno de sus enfermos en los barrios extremos. Tarrou le propuso acompañarlo y el doctor aceptó. En el fondo del pasillo se encontraron con la madre del doctor y éste le presentó a Tarrou.

—Un amigo —le dijo.

—¡Oh! —dijo la señora Rieux—, me alegro mucho de conocerlo.

Cuando ella se alejó, Tarrou volvió a mirarla. En el descansillo, el doctor intentó en vano hacer funcionar el conmutador de la luz. Las escaleras estaban sumergidas en la sombra. El doctor se preguntaba si sería una nueva medida de economía. Pero ¿quién podía saber? Desde hacía cierto tiempo todo empezaba a descomponerse en las casas. Era probablemente que los porteros y la gente en general ya no tenían cuidado de nada. Pero el doctor no tuvo tiempo de seguir interrogándose a sí mismo, porque la voz de Tarrou sonó detrás de él.

—Quiero decirle algo, aunque le parezca a usted ridículo: tiene usted enteramente razón.

Rieux alzó los hombros para sí mismo, en la oscuridad.

—No sé, verdaderamente. Pero usted, ¿cómo lo sabe?

—¡Oh! —dijo Tarrou sin alterarse—. A mí no me queda nada por aprender.

El doctor se detuvo y detrás de él Tarrou resbaló en un escalón. Se sostuvo agarrándose al hombro de Rieux.

—¿Cree usted conocer todo en la vida? —preguntó Rieux.

La respuesta sonó en la oscuridad con la misma voz tranquila.

—Sí.

Cuando salieron a la calle comprendieron que era ya muy tarde, acaso las once. La ciudad estaba muda, poblada solamente de rumores. Se oyó muy lejos el timbre de una ambulancia. Subieron al coche y Rieux puso el motor en marcha.

—Es preciso que venga usted mañana al hospital para la vacuna preventiva. Pero, para terminar y antes de entrar de lleno en esto, hágase a la idea de que tiene una probabilidad sobre tres de salir con bien.

—Esas evaluaciones no tienen sentido, doctor, lo sabe usted tan bien como yo. Hace cien años una epidemia de peste mató a todos los habitantes de una ciudad de Persia excepto, precisamente, al que lavaba a los muertos, que no había dejado de ejercer su profesión.

—Lo salvó su tercera probabilidad, eso es todo —dijo Rieux, con una voz de pronto más sorda—. Pero la verdad es que no sabemos nada de todo esto.

Llegaban a los arrabales. Los faros brillaban en las calles desiertas. Se detuvieron. Cuando aún estaban delante del coche, Rieux preguntó a Tarrou si quería entrar y él dijo que sí. Un reflejo de cielo iluminaba un poco su rostro. Rieux dijo con una sonrisa amistosa:

—Vamos, Tarrou, ¿qué es lo que lo impulsa a usted a ocuparse de esto?

—No sé. Mi moral, probablemente.

—¿Cuál?

—La comprensión.

Tarrou se volvió hacia la casa y Rieux no vio más su cara hasta que estuvieron en el cuarto del viejo asmático.

Desde el día siguiente, Tarrou se puso al trabajo y reunió un primer equipo al que debían seguir otros.

La intención del cronista no es dar aquí a estas agrupaciones sanitarias más importancia de la que tuvieron. Es cierto que, en su lugar, muchos de nuestros conciudadanos cederían hoy mismo a la tentación de exagerar el papel que representaron. Pero el cronista está más bien tentado de creer que dando demasiada importancia a las bellas acciones, se tributa un homenaje indirecto y poderoso al mal. Pues se da a entender de ese modo que las bellas acciones sólo tienen tanto valor porque son escasas y que la maldad y la indiferencia son motores mucho más frecuentes en los actos de los hombres. Ésta es una idea que el cronista no comparte. El mal que existe en el mundo proviene casi siempre de la ignorancia, y la buena voluntad sin clarividencia puede ocasionar tantos desastres como la maldad. Los hombres son más bien buenos que malos, y, a decir verdad, no es ésta la cuestión. Sólo que ignoran, más o menos, y a esto se lo llama virtud o vicio, ya que el vicio más desesperado es el vicio de la ignorancia que cree saberlo todo y se autoriza entonces a matar. El alma del que mata es ciega y no hay verdadera bondad ni verdadero amor sin toda la clarividencia posible.

Por esto nuestros equipos sanitarios que se realizaron gracias a Tarrou deben ser juzgados con una satisfacción objetiva. Por esto el cronista no se pondrá a cantar demasiado elocuentemente una voluntad y un heroísmo a los cuales no atribuye más que una importancia razonable. Pero continuará siendo el historiador de los corazones desgarrados y exigentes que la peste hizo de todos nuestros conciudadanos.

Los que se dedicaron a los equipos sanitarios no tuvieron gran mérito al hacerlo, pues sabían que era lo único que quedaba, y no decidirse a ello hubiera sido lo increíble. Esos equipos ayudaron a nuestros conciudadanos a entrar en la peste más a fondo y los persuadieron en parte de que, puesto que la enfermedad estaba allí, había que hacer lo necesario para luchar contra ella. Al convertirse la peste en el deber de unos cuantos se la llegó a ver realmente como lo que era, esto es, cosa de todos.

Esto está bien; pero nadie felicita a un maestro por enseñar que dos y dos son cuatro. Se lo felicita, acaso por haber elegido tan bella profesión. Digamos, pues que era loable que Tarrou y otros se hubieran decidido a demostrar que dos y dos son cuatro, en vez de lo contrario, pero digamos también que esta buena voluntad les era común con el maestro, con todos los que tienen un corazón semejante al del maestro y que para honor del hombre son más numerosos de lo que se cree; tal es, al menos, la convicción del cronista. Éste se da muy bien cuenta, por otra parte, de la objeción que pueden hacerle: esos hombres arriesgan la vida. Pero hay siempre un momento en la historia en el que quien se atreve a decir que dos y dos son cuatro está condenado a muerte. Bien lo sabe el maestro. Y la cuestión no es saber cuál será el castigo o la recompensa que aguarda a ese razonamiento. La cuestión es saber si dos y dos son o no cuatro. Aquellos de nuestros conciudadanos que arriesgaban entonces sus vidas, tenían que decidir si estaban o no en la peste y si había o no que luchar contra ella.

Muchos nuevos moralistas en nuestra ciudad iban diciendo que nada servía de nada y que había que ponerse de rodillas. Tarrou, Rieux y sus amigos podían responder esto o lo otro, pero la conclusión era siempre lo que ya se sabía: hay que luchar de tal o tal modo y no ponerse de rodillas. Toda la cuestión estaba en impedir que el mayor número posible de hombres muriese y conociese la separación definitiva. Para esto no había más que un solo medio: combatir la peste. Esta verdad no era admirable: era sólo consecuente.

Por esto era natural que el viejo Castel pusiera toda su confianza y su energía en fabricar sueros, sobre el terreno, con el material que encontraba. Tanto Rieux como él esperaban que un suero fabricado con cultivos del microbio que infestaba la ciudad tendría una eficacia más directa que los sueros venidos de fuera, puesto que el microbio difería ligeramente del bacilo de la peste, tal como era clásicamente descrito. Castel esperaba obtener su primer suero con bastante rapidez.

Por todo esto era igualmente por lo que Grand, que no tenía nada de héroe, desempeñaba ahora una especie de secretaría de los equipos sanitarios. Parte de los equipos formados por Tarrou se consagraba a un trabajo de asistencia preventiva en los barrios excesivamente poblados. Trataban de introducir allí la higiene necesaria. Llevaban la cuenta de las guardillas y bodegas que la desinfección no había visitado. Otra parte de los equipos secundaba a los médicos en las visitas a domicilio, aseguraba el transporte de los pestíferos y con el tiempo, en ausencia del personal especializado, llegó a conducir los coches de los enfermos y de los muertos. Todo esto exigía un trabajo de registros y estadísticas que Grand se había prestado a hacer.

Desde este punto de vista, el cronista estima que, más que Rieux o Tarrou, era Grand el verdadero representante de esta virtud tranquila que animaba los equipos sanitarios. Había dicho que sí sin titubeo, con aquella buena voluntad que le era natural. Solamente había pedido ser útil en pequeños trabajos. Era demasiado viejo para otra cosa. Desde las seis de la tarde hasta las diez podía dedicar su tiempo a ello. Y cuando Rieux le daba las gracias con efusión, él se asombraba. "Esto no es lo más difícil. Hay peste, hay que defenderse, está claro. ¡Ah!, ¡si todo fuese así de simple!" Y volvía a su tema. Algunas veces, por la tarde, cuando el trabajo de las fichas estaba acabado, Rieux hablaba con Grand.

Habían terminado por mezclar a Tarrou en sus conversaciones y Grand se confiaba a sus dos compañeros con una satisfacción cada vez más evidente. Ellos seguían con interés el paciente trabajo que Grand continuaba a través de la peste. También ellos lo consideraban como una especie de descanso.

"¿Cómo va la amazona?", preguntaba a veces, Tarrou. Y Grand respondía invariablemente: "Trotando, trotando", con una sonrisa difícil. Una tarde Grand dijo que había desechado definitivamente el adjetivo "elegante" para su amazona y que, de ahora en adelante, la calificaba de "esbelta". "Es más correcto", había añadido. Otro día leyó a sus dos auditores la primera frase modificada en esta forma: "En una hermosa mañana de mayo, una esbelta amazona, montada en una soberbia jaca alazana, recorría las avenidas floridas del Bosque de Bolonia."

—¿No es cierto —dijo Grand— que se la ve mejor? He preferido: "En una mañana de mayo" porque "mes de mayo" alargaba un poco el trote.

Después se mostró muy preocupado por el adjetivo "soberbia". Éste no expresaba bastante, según él, y buscaba el término que fotografiase de una sola vez la fastuosa jaca que imaginaba. "Opulenta" no servía, era concreto, pero resultaba algo peyorativo. "Reluciente" lo había tentado un momento, pero tampoco era eso. Una tarde anunció triunfalmente que lo había encontrado. "Una negra jaca alazana." El negro siempre indicaba discretamente la elegancia, según él.

—Eso no es posible —dijo Rieux.

—¿Por qué?

—Porque alazana no indica la raza sino el color.

—¿Qué color?

—Bueno, pues un color que, en todo caso, no es el negro.

Grand pareció muy afectado.

—Gracias —le dijo—, afortunadamente estaba usted ahí. Pero ya ve lo difícil que es.

—¿Qué pensaría usted de "suntuosa"? —dijo Tarrou.

Y fue aflorando a su cara una sonrisa.

Grand lo miró y se quedó reflexionando.

—¡Sí! —dijo—; ¡sí!

Poco tiempo después confesó que la palabra "florida" le estorbaba. Además había una rima. Como no conocía más ciudades que Orán y Montélimar, preguntaba a veces a sus amigos en qué forma eran floridas las avenidas del Bosque de Bolonia. A decir verdad, ni a Rieux ni a Tarrou le había dado nunca la impresión de serlo, pero la convicción de Grand los hacía vacilar. Grand se asombraba de esta incertidumbre. "Sólo los artistas saben mirar." Pero un día el doctor lo encontró muy excitado. Había reemplazado "floridas" por "llenas de flores". Se frotaba las manos. "Al fin, se las ve, se las siente. ¡Hay que quitarse el sombrero, señores!" Leyó triunfalmente la frase. "En una hermosa mañana de mayo, una esbelta amazona, montada en una suntuosa jaca alazana recorría las avenidas llenas de flores del Bosque de Bolonia." Pero leídos en voz alta, los tres genitivos que terminaban la frase, resultaban pesados y Grand tartamudeó un poco, agotado. Después pidió al doctor permiso para irse. Necesitaba reflexionar.

Fue en esta época, más tarde se ha sabido, cuando empezó a dar en la oficina signos de distracción que resultaban lamentables en momentos en que el Ayuntamiento tenía que afrontar obligaciones aplastantes, con un personal disminuido. Su trabajo se resentía de ello y el jefe de la oficina se lo reprochó severamente haciéndole recordar que le pagaba para verificar una tarea con la que no cumplía. "Parece ser —había dicho el jefe— que hace usted voluntariamente un servicio en los equipos sanitarios, aparte de su trabajo. Eso a mí no me interesa. Lo que me interesa es su trabajo aquí. Y la mejor manera que puede usted encontrar de ser útil en estas terribles circunstancias es hacer bien su trabajo. Si no todo lo demás no sirve para nada."

—Tiene razón —decía Grand a Rieux.

—Sí, tiene razón —aprobó el doctor.

—Pero estoy distraído y no sé cómo salir del final de la frase.

Había pensado en suprimir "de Bolonia" suponiendo que todo el mundo comprendía. Pero entonces la frase parecía darle a "flores" lo que en realidad correspondía a "avenida". Había tanteado también la posibilidad de escribir: "Las avenidas del Bosque llenas de flores" y un adjetivo, que arbitrariamente separaba, era para él una espina. Algunas tardes tenía, verdaderamente, más aspecto de cansado que Rieux.

Sí, estaba cansado por esa búsqueda que lo absorbía por completo, pero no dejaba de hacer, sin embargo, las sumas y las estadísticas que necesitaban los equipos sanitarios. Pacientemente, todas las tardes ponía fichas en limpio, las acompañaba de gráficos y se esmeraba en presentar las hojas lo más exactas posible. Muchas veces iba a encontrarse con Rieux en uno de los hospitales y le pedía una mesa en cualquier despacho o enfermería. Se instalaba allí con sus papeles, exactamente como se instalaba en su mesa del Ayuntamiento, y en el aire pesado por los desinfectantes y por la enfermedad misma agitaba sus papeles para hacer secar la tinta. En estos ratos procuraba no pensar en su amazona y no hacer más que lo que hacía falta.

Si es cierto que los hombres se empeñan en proponerse ejemplos y modelos que llaman héroes, y si es absolutamente necesario que haya un héroe en esta historia, el cronista propone justamente a este héroe insignificante y borroso que no tenía más que un poco de bondad en el corazón y un ideal aparentemente ridículo. Esto dará a la verdad lo que le pertenece, a la suma de dos y dos el total de cuatro, y al heroísmo el lugar secundario que debe ocupar inmediatamente después y nunca antes de la generosa exigencia de la felicidad. Esto dará también a esta crónica su verdadero carácter, que debe ser el de un relato hecho con buenos sentimientos, es decir, con sentimientos que no son ni ostensiblemente malos, ni exaltan a la manera torpe de un espectáculo.

Ésta era, por lo menos, la opinión del doctor Rieux cuando leía en los periódicos o escuchaba en la radio las llamadas y las palabras de aliento que el mundo exterior hacía llegar a la ciudad apestada. Al mismo tiempo que los socorros enviados por el aire y por carretera, todas las tardes, por onda o en la prensa, comentarios llenos de piedad o admiración caían sobre la ciudad ya solitaria. Y siempre el tono de epopeya o el discurso brillante impacientaban al doctor. Sabía, ciertamente, que esta solicitud no era fingida. Pero veía que no era capaz de expresarse más que en el lenguaje convencional con el que los hombres intentan expresar todo lo que los une a la humanidad. Y este lenguaje no podía aplicarse a los pequeños esfuerzos cotidianos de Grand, por ejemplo, pues nadie podía darse cuenta de lo que significaba Grand en medio de la peste.

A medianoche, a veces, en el gran silencio de la ciudad desierta, en el momento de irse a la cama para un sueño demasiado corto, el doctor hacía girar el botón de su radio, y de los confines del mundo, a través de miles de kilómetros, voces desconocidas y fraternales procuraban torpemente decir su solidaridad, y la decían en efecto, pero demostrando al mismo tiempo la terrible impotencia en que se encuentra todo hombre para combatir realmente un dolor que no puede ver: "¡Orán! ¡Orán!". En vano la llamada cruzaba los mares, en vano Rieux se mantenía alerta, pronto la elocuencia crecía y denotaba la separación esencial que hacía dos extraños de Grand y del orador. "¡Orán! Orán!" "Pero no, pensaba el doctor, amar o morir juntos, no hay otra solución. Están demasiado lejos."

Y justamente lo que queda por subrayar antes de llegar a la cúspide de la peste, mientras la plaga estuvo reuniendo todas sus fuerzas para arrojarse sobre la ciudad y apoderarse definitivamente de ella, son los continuados esfuerzos, desesperados y monótonos, que los últimos individuos, como Rambert, hacían por recuperar su felicidad y arrancar a la peste esa parte de ellos mismos que defendían contra toda asechanza. Ésta era una manera de negarse a la esclavitud que los amenazaba, y aunque esta negativa no fuese tan eficaz como la otra, la opinión del cronista es que tenía ciertamente su sentido y que atestiguaba también, en su vanidad y hasta en sus contradicciones, lo que había de rebelde en cada uno de nosotros.

Rambert luchaba por impedir que la peste lo envolviese. Habiendo adquirido la certeza de que no podía salir de la ciudad por medios legales, estaba decidido, se lo había dicho a Rieux, a usar los otros. El periodista empezó por los mozos de café. Un mozo de café está siempre al corriente de todo. Pero los primeros que interrogó estaban al corriente sobre todo de las penas gravísimas con que se sancionaba ese género de negocios. Incluso, en una ocasión, lo tomaron por provocador. Le fue necesario encontrar a Cottard en casa de Rieux para avanzar un poco. Ese día estuvo hablando con Rieux de las gestiones vanas que había hecho en todas las oficinas. Días después, Cottard se encontró con Rambert en la calle y acogiéndolo con la cordialidad que en el presente ponía en todas sus relaciones:

—¿Nada todavía? —le había dicho.

—Nada.

—No se puede esperar nada de las oficinas. No están hechas para comprender.

—Es verdad. Pero yo ahora busco otra cosa. Es muy difícil.

—¡Ah! —dijo Cottard—, ya comprendo.

Él conocía una pista, y le explicaba a Rambert, llenándolo de asombro, que desde hacía cierto tiempo frecuentaba todos los cafés de Orán, que tenía amigos y que estaba informado de la existencia de una organización que se ocupaba de ese género de operaciones. La verdad era que Cottard hacía gastos que sobrepasaban sus ingresos y había tenido que meterse en negocios de contrabando de los productos racionados. Revendía también cigarrillos y alcohol malo, y cuyos precios subían sin cesar, y esto estaba produciéndole una pequeña fortuna.

—¿Está usted bien seguro? —preguntaba Rambert.

—Sí, puesto que ya me lo han propuesto.

—¿Y usted no lo ha aprovechado?

—No sea usted desconfiado —dijo Cottard con aire bonachón—: no lo he aprovechado porque yo no tengo ganas de irme. Tengo mis razones.

Y añadió después de un silencio:

—¿No me pregunta usted cuáles son mis razones?

—Supongo —dijo Rambert— que eso no me incumbe.

—En cierto sentido, no le incumbe, en efecto, pero en otro... En fin, lo único evidente es que yo me encuentro mucho mejor aquí desde que tenemos la peste con nosotros.

Rambert acortó el discurso.

—¿Cómo ponerse en contacto con esa organización?

—¡Ah! —dijo Cottard—, no es fácil, pero venga usted conmigo.

Eran las cuatro de la tarde. La ciudad se asaba lentamente bajo un cielo pesado. Todos los comercios tenían las cortinas echadas. Las calles estaban desiertas. Cottard y Rambert tomaron ciertas calles de soportales y fueron largo rato sin hablar. Era una de esas horas en que la peste se hacía invisible. Aquel silencio, aquella muerte de los colores y de los movimientos podían ser igualmente efecto del verano que de la peste. No se sabía si el aire estaba preñado de amenazas o de polvo y de ardor. Había que observar y reflexionar para descubrir la peste, pues no se traicionaba más que por signos negativos. Cottard, que tenía afinidades con ella, hizo notar a Rambert, por ejemplo, la ausencia de los perros que normalmente hubieran debido estar tumbados en los umbrales de los corredores, jadeantes, en busca de una frescura imposible.

Tomaron el bulevar de las Palmeras, atravesaron la Plaza de Armas y descendieron hacia el barrio de la Marina. A la izquierda, un café pintado de verde se escondía bajo un toldo oblicuo de lona amarilla. Al entrar, Cottard y Rambert se secaron la frente con el pañuelo. Se sentaron en unas sillas plegadizas de jardín, ante las mesas de chapa verde. La sala estaba absolutamente desierta. Zumbaban moscas en el aire. En una jaula amarilla colgada sobre la caja un loro medio desplumado yacía agobiado en su palo. Viejos cuadros que representaban escenas militares colgaban de la pared, cubiertos de mugre y de telarañas en tupidos filamentos. Encima de todas las mesas, y en la de Rambert también, había excrementos de gallina resecos, de los que no se explicaba bien el origen, hasta que de un rincón oscuro, después de un pequeño alboroto, salió dando saltitos un magnífico gallo.

El calor en aquel momento parecía seguir aumentando. Cottard se quitó la chaqueta y dio golpes en la chapa. Un hombrecillo, perdido en un largo mandil azul, salió del fondo, saludó a Cottard desde lejos, avanzó separando al gallo con un vigoroso puntapié y preguntó entre los cloqueos del ave lo que tenía que servir a aquellos señores. Cottard le pidió vino blanco y le preguntó si sabía dónde andaba un tal García. El renacuajo dijo que hacía ya muchos días que no se lo veía por el café.

—¿Cree usted que vendrá esta tarde?

—¡Oh! —dijo el otro—, yo no estoy en su pellejo. Pero ya conoce usted su hora.

—Sí, pero no es cosa muy importante. Solamente quería presentarle a un amigo.

El hombre se secaba las manos húmedas con el delantero de su mandil.

—¡Ah! ¿El señor se ocupa también de negocios?

—Sí —dijo Cottard.

El renacuajo refunfuñó:

—Entonces vuelva usted esta noche. Le mandaré al chico.

Al salir, Rambert preguntó de qué negocios se trataba.

—De contrabando, naturalmente. Hacen pasar mercancía por las puertas de la ciudad. La venden a precios muy altos.

—Bueno —dijo Rambert—, ¿tienen cómplices?

—Naturalmente.

Por la noche, el toldo estaba levantado, el loro parloteaba en la jaula y las mesas de chapa estaban rodeadas de hombres en mangas de camisa. Uno de ellos, con el sombrero de paja echado hacia atrás y una camisa blanca abierta sobre el pecho color de tierra cocida, se levantó cuando entró Cottard. Tenía cara correcta y curtida, ojos negros, pequeños, dientes blancos, dos o tres sortijas en los dedos, y alrededor de treinta años más o menos.

—Salud —dijo—, vamos a beber al mostrador.

Tomaron tres rondas en silencio.

—¿Salimos? —dijo entonces García.

Bajaron hacia el puerto y García preguntó qué era lo que querían de él. Cottard dijo que no era precisamente para negocios para lo que le había presentado a Rambert, sino solamente para lo que él llamaba una "salida". García iba derecho, delante de él, fumando. Hizo algunas preguntas diciendo "él" al hablar de Rambert, como si no se diese cuenta de su presencia.

—¿Y eso por qué? —preguntaba.

—Tiene su mujer en Francia.

—¡Ah!

Y después de cierto tiempo:

—¿Qué es de profesión?

—Periodista.

—Es un oficio en el que se habla mucho.

Rambert se calló.

—Es un amigo —dijo Cottard.

Avanzaron en silencio. Habían llegado a los muelles, el acceso estaba impedido por grandes rejas, pero se dirigieron a una pequeña taberna donde vendían sardinas fritas cuyo olor llegaba hasta ellos.

—De todos modos —concluyó García—, eso no es a mí a quien concierne, sino a Raúl. Y hace falta primero que yo lo encuentre. No será fácil.

—¡Ah! —exclamó Cottard y preguntó con animación—, ¿se esconde?

García no contestó.

Cerca ya de la taberna se paró y se volvió hacia Rambert por primera vez.

—Pasado mañana, a las once, en la esquina del cuartel de aduanas, en lo alto de la ciudad. —Hizo ademán de irse, pero se volvió hacia los dos.

—Habrá gastos —dijo.

Esto era una comprobación.

—Naturalmente —afirmó Rambert.

Poco después, el periodista daba las gracias a Cottard.

—¡Oh! no —dijo él con jovialidad—. Es una satisfacción para mí poder hacerle un servicio. Y además usted es periodista, algún día me recompensará.

A los dos días Rambert y Cottard trepaban por las calles sin sombra que llevan hacia lo alto de la ciudad. Una parte del cuartel de aduanas había sido transformada en enfermería y delante de la gran puerta se estacionaba la gente venida con la esperanza de una visita que no podía ser autorizada, o en busca de informaciones que de un momento a otro ya no serían válidas. En todo caso, ese agrupamiento de gente permitía muchas idas y venidas y esta consideración podía no ser extraña al modo en que la cita de García y Rambert había sido fijada.

—Es curiosa —dijo Cottard— su obstinación en irse. Después de todo es bien interesante lo que pasa aquí.

—No para mí —respondió Rambert.

—¡Oh!, evidentemente, algo se arriesga. Pero, en fin de cuentas, no se arriesga más con la peste que con atravesar el cruce de dos calles muy frecuentadas.

En ese momento el auto de Rieux se detuvo delante de ellos. Tarrou conducía y Rieux iba medio dormido. Se despertó para hacer las presentaciones.

—Nos conocemos —dijo Tarrou—, vivimos en el mismo hotel.

Se ofreció a llevar a Rambert a la ciudad.

—No, nosotros tenemos aquí una cita.

Rieux miró a Rambert.

—Sí —dijo éste.

—¡Ah! —dijo Cottard con asombro—, ¿el doctor está al corriente?

—Ahí viene el juez de instrucción —advirtió Tarrou mirando a Cottard.

A Cottard se le mudó la cara. El señor Othon bajaba la calle, en efecto, y se acercaba a ellos con paso vigoroso pero medido. Se quitó el sombrero al pasar junto al grupo.

—¡Buenos días, señor juez! —dijo Tarrou.

El juez devolvió los buenos días a los ocupantes del auto y mirando a Cottard y a Rambert que estaban más atrás los saludó gravemente con la cabeza. Tarrou le presentó a los dos. El juez se quedó mirando al cielo durante un segundo y suspiró diciendo que ésta era una época bien triste.

—Me han dicho, señor Tarrou, que se ocupa usted de la aplicación de las medidas profilácticas. No sé cómo manifestarle mi aprobación. ¿Cree usted, doctor, que la enfermedad se extenderá aún?

Rieux dijo que había que tener la esperanza de que no y el juez añadió que había que tener siempre esperanza porque los designios de la Providencia son impenetrables. Tarrou le preguntó si los acontecimientos le habían ocasionado un exceso de trabajo.

—Al contrario, los asuntos que nosotros llamamos de derecho común han disminuido. No tengo que ocuparme más que de las faltas graves contra las nuevas disposiciones. Nunca se había respetado tanto las leyes anteriores.

—Es —dijo Tarrou— porque en comparación parecen buenas, forzosamente.

El juez dejó el aire soñador que había tomado, la mirada como suspendida del cielo, y examinó a Tarrou con aire de frialdad.

—¿Eso qué importa? —dijo—. No es la ley lo que cuenta: es la condenación, y en eso nosotros no influimos.

—Éste —dijo Cottard cuando el juez se marchó— es el enemigo número uno.

El coche arrancó.

Poco después Rambert y Cottard vieron llegar a García. Avanzó hacia ellos sin hacer un gesto y dijo a guisa de buenos días: "Hay que esperar".

A su alrededor, la multitud, en la que dominaban las mujeres, esperaba en un silencio total. Casi todas llevaban cestos pues todas tenían la vana esperanza de que se los dejasen pasar a sus enfermos y la idea todavía más loca de que ellos podrían utilizar sus provisiones. La puerta estaba guardada por centinelas armados y, de cuando en cuando, un grito extraño atravesaba el patio que separaba el cuartel de la puerta. Entre los asistentes había caras inquietas que se volvían hacia la enfermería.

Los tres hombres estaban mirando este espectáculo, cuando a su espalda un "buenos días" neto y grave los hizo volverse. A pesar del calor, Raúl venía vestido muy correctamente. Alto y fuerte, llevaba un traje cruzado de color oscuro y un sombrero de fieltro de borde ribeteado. Su cara era muy pálida. Los ojos oscuros y la boca apretada, Raúl hablaba de un modo rápido y preciso.

—Bajen hacia la ciudad —dijo—; García, tú puedes dejarnos.

García encendió un cigarrillo y los dejó alejarse. Anduvieron rápidamente, acompasando su marcha con la de Raúl, que se había puesto en medio de ellos.

—García me ha explicado —dijo—. Eso se puede hacer. De todos modos, eso va a costarle diez mil francos.

Rambert respondió que aceptaba.

—Venga usted a comer conmigo mañana al restaurante español de la Marina.

Rambert dijo que quedaba entendido y Raúl le estrechó la mano sonriendo por primera vez. Cuando se fue, Cottard se excusó. Al día siguiente no estaría libre y por otra parte Rambert ya no tenía necesidad de él.

Cuando, al día siguiente, el periodista entró en el restaurante español, todas las cabezas se volvieron a su paso. Esta cueva sombría situada a un nivel inferior de una pequeña calle amarilla y reseca por el sol, no estaba frecuentada más que por hombres de tipo español en su mayor parte. Pero en cuanto Raúl, instalado en el fondo, hizo una seña al periodista y Rambert se dirigió hacia él, la curiosidad desapareció de los rostros, que se volvieron hacia sus platos. Raúl tenía a su mesa a un tipo alto, flaco y mal afeitado, con hombros desmesuradamente anchos, cara caballuna y pelo ralo. Sus largos brazos delgados, cubiertos de pelos negros, salían de una camisa con las mangas remangadas. Movió la cabeza tres veces cuando le presentaron a Rambert. Su nombre no había sido pronunciado y Raúl no hablaba de él más que diciendo "nuestro amigo".

—Nuestro amigo cree tener la posibilidad de ayudarlo.

Raúl se calló porque la camarera vino a preguntar lo que pedía Rambert.

—Va a ponerlo a usted en relación con dos amigos nuestros que le harán conocer a los guardias que tenemos comprados. Pero con eso no quedará terminado; habrá que esperar que los guardias juzguen ellos mismos el momento propicio. Lo más fácil será que se aloje usted durante unas cuantas noches en casa de uno de ellos, que vive cerca de las puertas. Pero antes nuestro amigo tiene que proporcionarle los contactos necesarios. Cuando todo esté concluido, es con él con quien tiene usted que arreglar las cuentas.

El amigo volvió a mover su cabeza de caballo sin dejar de revolver la ensalada de tomates y pimiento que ingurgitaba. Después habló con un ligero acento español. Propuso a Rambert citarse con él para dos días después, bajo el pórtico de la catedral.

—Todavía dos días —observó Rambert.

—Es que no es fácil —dijo Raúl—. Hay que encontrar las gentes.

El caballo asintió una vez más y Rambert aprobó sin entusiasmo. El resto de la comida lo pasaron buscando un tema de conversación. Pero esto se hizo más fácil en cuanto Rambert descubrió que el caballo era jugador de fútbol. Él había practicado mucho este deporte. Se habló pues del campeonato de Francia, del valor de los equipos profesionales ingleses y de la táctica en W. Al final de la comida, el caballo se había animado enteramente y tuteaba a Rambert para persuadirlo de que no había mejor puesto en un equipo que el de medio centro. "Comprendes —le decía—, el medio centro es el que distribuye el juego. Y distribuir el juego es todo el fútbol." Rambert era de esa opinión aunque él hubiera jugado siempre de centro delantero. La discusión fue interrumpida por una radio que después de haber machacado melodías sentimentales, de sordina, anunciaba que la víspera la peste había hecho ciento treinta y siete víctimas. Nadie reaccionó en la asamblea. El hombre de la cabeza de caballo alzó los hombros y se levantó. Raúl y Rambert lo imitaron.

Al irse, el medio centro estrechó la mano de Rambert con energía.

—Me llamo González —le dijo.

Aquellos dos días le parecieron a Rambert interminables. Fue a casa de Rieux y le contó sus gestiones al detalle. Después acompañó al doctor a una de sus visitas. Se despidió de él a la puerta de una casa donde lo esperaba un enfermo sospechoso. En el corredor hubo ruidos de carreras y de voces; avisaban a la familia de la llegada del doctor.

—Espero que Tarrou no tarde —murmuró Rieux.

Tenía aspecto cansado.

—¿La epidemia avanza? —preguntó Rambert.

Rieux dijo que no y que incluso la curva de las estadísticas subía menos de prisa. Lo que pasaba era, simplemente, que los medios de lucha contra la peste eran insuficientes.

—Nos falta material —decía—. En todos los ejércitos del mundo se reemplaza el material con hombres, pero a nosotros nos faltan hombres también.

—Han venido de fuera médicos y personal sanitario.

—Sí —dijo Rieux—. Diez médicos y un centenar de hombres es mucho, aparentemente, pero es apenas bastante para el estado actual de la enfermedad. Si la epidemia se extiende serán insuficientes.

Rieux se puso a escuchar los ruidos del interior de la casa, después sonrió a Rambert.

—Sí —dijo—, debe usted apresurarse a salir.

La cara de Rambert se ensombreció.

—Usted sabe bien —dijo con voz sorda— que no es eso lo que me lleva a marcharme.

Rieux respondió que lo sabía, pero Rambert continuó:

—Yo creo que no soy cobarde, por lo menos la mayor parte del tiempo. He tenido ocasión de comprobarlo. Solamente que hay ideas que no puedo soportar.

El doctor lo miró a la cara:

—Usted volverá a encontrarla —le dijo.

—Es posible, pero no puedo soportar la idea de que esto dure y de que ella envejezca durante este tiempo. A los treinta años se empieza a envejecer y hay que aprovecharlo todo. No sé si puede usted comprenderlo.

Rieux murmuró que creía comprenderlo, cuando Tarrou llegó, muy animado.

—Acabo de proponer a Paneloux que se una a nosotros.

—¿Y qué? —preguntó el doctor.

—Ha reflexionado y ha dicho que sí.

—Me alegro —dijo el doctor—. Me alegro de ver que es mejor que su sermón.

—Todo el mundo es así —dijo Tarrou—. Es necesario solamente darles la ocasión.

Sonrió y guiñó un ojo a Rieux.

—Ésa es mi misión en la vida: dar ocasiones.

—Perdóneme —dijo Rambert—, pero tengo que irme.

El jueves de la cita, Rambert estaba bajo el pórtico de la catedral cinco minutos antes de las ocho. La atmósfera era todavía fresca. En el cielo progresaban pequeñas nubes blancas y redondas que pronto el calor ascendente se tragaría de golpe. Un vago olor a humedad trascendía aún de los céspedes, sin embargo, resecos. El sol, detrás de las casas del lado este, calentaba sólo el casco de la Juana de Arco dorada que adornaba la plaza. Un reloj dio las ocho. Rambert dio algunos pasos bajo el pórtico desierto. Vagas salmodias llegaron hasta él del interior, mezcladas a viejos perfumes de cueva y de incienso. De pronto los cantos callaron. Una docena de pequeñas formas negras salieron de la iglesia y emprendieron un trotecito hacia la ciudad. Rambert empezó a impacientarse. Otras formas negras acometían la ascensión de las grandes escaleras y se dirigían hacia el pórtico. Encendió un cigarrillo y después se dio cuenta de que en aquel lugar no estaba muy indicado.

A los ocho y quince los órganos de la catedral empezaron a tocar en sordina. Rambert entró bajo la bóveda oscura. Al cabo de un rato pudo distinguir en la nave las pequeñas formas negras que habían pasado delante de él. Estaban todas reunidas en un rincón delante de una especie de altar improvisado, donde acababan de instalar un San Roque rápidamente ejecutado en los talleres de la ciudad. Arrodilladas, parecían haberse empequeñecido aun más, perdidas en la penumbra, como jirones de sombra coagulada, apenas más espesas, aquí y allá, que la bruma en que flotaban. Sobre ellos los órganos extendían variaciones sin fin.

Cuando Rambert salió, González iba bajando ya las escaleras y se dirigía a la ciudad.

—Creí que te habías ido —dijo González—. Era natural.

Le explicó que había estado esperando a sus amigos en otro sitio donde les habían dado cita, no lejos de allí, a las ocho menos diez. Pero los había esperado veinte minutos en vano.

—Debe de haber algún impedimento, es seguro. No siempre se está tranquilo en el trabajo que nosotros hacemos.

Le propuso otra cita para el día siguiente a la misma hora, delante del monumento a los muertos. Rambert suspiró y se echó el sombrero hacia atrás.

—Esto no es nada —concluyó González riendo—. Piensa un poco en todas las combinaciones y los pases que hay que hacer antes de marcar un tanto.

—Sin duda —dijo Rambert—, pero el partido no dura más que hora y media.

El monumento a los muertos de Orán se encuentra en el único lugar desde donde se puede ver el mar, una especie de paseo que durante un corto trecho bordea los acantilados que dominan el puerto. Al día siguiente, Rambert, anticipado en la cita, leía con atención la lista de los muertos en el campo del honor. Minutos después, dos hombres se acercaron, lo miraron con indiferencia, después fueron a acodarse en el parapeto y parecieron enteramente absorbidos por la contemplación de los muelles vacíos y desiertos. Los dos eran de la misma estatura, los dos iban vestidos con un pantalón azul y una camiseta marinera de mangas cortas. El periodista se alejó un poco, después se sentó en un banco y estuvo mirándolos a su gusto. Vio entonces que no tendrían más de veinte años. En ese momento llegó González excusándose.

"Ahí están nuestros amigos", dijo y lo llevó hacia los dos jóvenes que le presentó con los nombres de Marcel y Louis. Se parecían mucho de cara y Rambert pensó que serían hermanos.

—Bueno —dijo González—. Ya se han conocido. Ahora hay que arreglar el asunto.

Marcel o Louis dijo entonces que su turno de guardia comenzaba dos días después y duraba una semana y que había que señalar el día más cómodo. Montaban la guardia entre cuatro en la puerta del oeste y los otros dos eran militares de carrera. No había por qué meterlos en el asunto. En primer lugar, no eran seguros, y además, eso aumentaría los gastos. Pero a veces sucedía que los dos colegas iban a pasar una parte de la noche en la trastienda de un bar que conocían. Marcel o Louis proponía a Rambert instalarse en su casa cerca de las puertas y esperar a que fuesen a buscarlo. El paso, entonces, sería fácil. Pero había que darse prisa porque ya se hablaba de instalar puestos dobles en el exterior de la ciudad.

Rambert aprobó y les ofreció algunos de sus últimos cigarrillos. El que todavía no había hablado preguntó entonces a González si la cuestión de los gastos estaba arreglada y si podían recibir un adelanto.

—No —dijo González—, no hay que preocuparse, es un camarada. Los gastos se ajustarán a su partida.

Convinieron una nueva cita. González propuso otro almuerzo en el restaurante español, al día siguiente. Desde allí podrían ir a la casa de los guardias.

—La primera noche —dijo González—, iré a hacerte compañía.

Al día siguiente Rambert, al subir a su cuarto, se cruzó con Tarrou en la escalera del hotel.

—Voy a buscar a Rieux —le dijo este último—. ¿Quiere usted venir?

—Nunca estoy seguro de no molestarlo —dijo Rambert después de un momento de duda.

—No lo creo: siempre me habla mucho de usted.

El periodista reflexionó:

—Escúcheme —dijo—. Si tienen ustedes un momento después de comer, aunque sea tarde, vengan al bar del hotel los dos.

—Eso dependerá de él y de la peste.

A las once de la noche, sin embargo, Rieux y Tarrou entraron en el bar pequeño y estrecho. Una treintena de personas se codeaban y hablaban a gritos. Venidos del silencio de la ciudad apestada, los dos recién llegados se detuvieron un poco aturdidos. Comprendieron aquella agitación cuando vieron que servían alcoholes todavía. Rambert estaba en un extremo y les hacía señas desde lo alto de su taburete. Se acercaron. Tarrou empujó con tranquilidad a un vecino ruidoso.

—¿No le asusta a usted el alcohol?

—No —dijo Tarrou—, al contrario.

Rieux aspiró el olor a hierbas amargas de su vaso. Era difícil hablar en aquel tumulto, pero Rambert parecía ocupado sobre todo en beber. El doctor no podía darse enteramente cuenta de si estaba borracho. En una de las mesas que ocupaban el resto del local, un oficial de marina, con una mujer en cada brazo, contaba a un grueso interlocutor una epidemia de tifus en El Cairo. "Campos —decía—, habían hecho campos para los indígenas con tiendas para los enfermos y todo alrededor un cordón de centinelas que tiraba sobre las familias cuando intentaban llevarles, a escondidas, medicinas de curanderas. Era muy duro, pero era justo." En la otra mesa, ocupada por jóvenes elegantes, la conversación era incomprensible y se perdía entre los compases de *Saint James Infirmary* que vertía un altavoz puesto junto al techo.

—¿Está usted contento? —preguntó Rieux, levantando la voz.

—Se aproxima —dijo Rambert—. Es posible que en esta semana.

—¡Qué lástima! —exclamó Tarrou.

—¿Por qué?

Tarrou miró a Rieux.

—¡Oh! —dijo éste—, Tarrou lo ha dicho porque piensa que usted podría sernos útil aquí. Pero yo comprendo bien su deseo de marcharse.

Tarrou ofreció otra ronda. Rambert bajó de su taburete y lo miró a la cara por primera vez.

—¿En qué podría serles útil?

—Pues —dijo Tarrou, alargando la mano a su vaso, sin apresurarse—, en nuestros equipos sanitarios.

Rambert volvió a tomar aquel aire de reflexión obstinada que le era habitual y volvió a subirse al taburete.

—¿No le parecen a usted útiles esos equipos? —dijo Tarrou, que acababa de beber y miraba a Rambert atentamente.

—Muy útiles —dijo Rambert, y bebió él también.

Rieux observó que le temblaba la mano y pensó que decididamente estaba borracho.

Al día siguiente, cuando Rambert entró por segunda vez en el restaurante español, pasó por entre un pequeño grupo de hombres que habían dejado las sillas delante de la puerta y gozaban de la tarde verde y oro donde el calor iba apagándose. Fumaba un tabaco de olor acre. Dentro, el restaurante estaba casi desierto. Rambert fue a sentarse a la mesa del fondo, donde había estado con González la primera vez. Dijo a la camarera que estaba esperando. Eran las seis y media. Poco a poco los hombres fueron entrando e instalándose. Empezaron a servir y la bóveda de baja altura se llenó de ruido de cubiertos y de conversaciones sordas. A las ocho Rambert estaba todavía esperando. Encendieron la luz. Nuevos clientes llegaron a sus mesas. Pidió la comida. A las ocho y treinta había terminado, sin haber visto a González ni a los muchachos. Se puso a fumar. La sala estaba vaciándose. Fuera, la noche caía rápidamente. Un soplo tibio que venía del mar agitaba con suavidad las cortinas de la ventana. Cuando fueron las nueve Rambert se dio cuenta de que la sala estaba vacía y de que la camarera lo miraba extrañada. Pagó y se fue. Enfrente del restaurante había un café abierto. Rambert se sentó al mostrador vigilando la entrada del restaurante. A las nueve y treinta se fue para su hotel, buscando en vano el medio de encontrar a González, pues no tenía la dirección, con el corazón agobiado por la idea de todas las gestiones que había que recomenzar.

Fue en ese momento, en la oscuridad atravesada de ambulancias fugitivas, cuando se dio cuenta de que quería contarle al doctor Rieux cómo durante todo este tiempo había en cierto modo olvidado a su mujer para entregarse enteramente a buscar una brecha en el muro que lo separaba de ella. Pero fue también en ese momento, al comprobar que todas las vías estaban cerradas, cuando volvió a encontrarla en el centro de su deseo y con una explosión de dolor tan súbita que echó a correr hacia su hotel, huyendo de aquel terrible ardor que llevaba dentro, devorándole las sienes.

Al día siguiente, temprano, fue a ver a Rieux para preguntarle cómo podría encontrar a Cottard.

—Lo único que me queda —le dijo—, es volver a ponerme en la fila.

—Venga usted mañana por la tarde —dijo Rieux—. Tarrou me ha pedido que invite a Cottard, no sé para qué. Llegará a las diez: venga usted a las diez y media.

Cuando Cottard llegó a la casa del doctor, al día siguiente, Tarrou y Rieux hablaban de una curación inesperada que había habido en el distrito que este último atendía.

—Uno entre diez. Ha tenido suerte —decía Tarrou.

—¡Oh! Bueno —dijo Cottard—, no sería la peste.

Le aseguraron que se trataba exactamente de esa enfermedad.

—Esto es imposible, puesto que se ha curado. Ustedes lo saben tan bien como yo: la peste no perdona.

—En general, no —dijo Rieux—; pero con un poco de obstinación puede uno tener sorpresas.

Cottard se reía.

—No parece. ¿Ha oído usted las cifras de esta tarde?

Tarrou, que lo estaba mirando con benevolencia, dijo que él conocía las cifras y que la situación era grave, pero esto, ¿qué podía probar? Lo único que probaba era que había que tomar medidas más excepcionales.

—¡Oh! Ya las han tomado ustedes.

—Sí, pero hace falta que cada uno las tome por su cuenta.

Cottard miró a Tarrou sin comprender. Éste dijo que había demasiados hombres que seguían inactivos, que la epidemia interesaba a todos y que cada uno debía cumplir con su deber. Cualquiera podía ingresar en los equipos de voluntarios.

—Es una buena idea —dijo Cottard—, pero no serviría para nada. La peste es demasiado fuerte.

—Eso lo sabremos —dijo Tarrou, con tono paciente— cuando lo hayamos intentado todo.

Durante este tiempo, Rieux, sentado a su mesa, copiaba fichas.

Tarrou miraba a Cottard, que se agitaba en su silla.

—¿Por qué no viene usted con nosotros, señor Cottard?

Éste se levantó como ofendido y tomó su sombrero. Después, con aire de bravata:

—Además, yo, por mi parte, me encuentro muy bien en la peste y no veo la razón para meterme a hacerla terminar.

Tarrou se dio un golpe en la frente como si se sintiese iluminado por una verdad repentina.

—¡Ah!, es verdad, se me olvida que si no fuera por esta situación a usted lo detendrían.

Cottard se estremeció y se agarró a la silla como si fuera a caerse. Rieux había dejado de escribir y lo miraba con seriedad e interés.

—¿Quién se lo ha dicho? —gritó Cottard.

Tarrou pareció sorprendido y dijo:

—Pues usted; o por lo menos, eso es lo que el doctor y yo hemos creído comprender.

Y como Cottard, arrebatado de pronto por una cólera demasiado fuerte para él, tartamudeó palabras incomprensibles:

—No se altere —le dijo Tarrou—. Ni el doctor ni yo vamos a denunciarlo. Su asunto no nos interesa. Y además, la policía, todo eso es cosa que no nos gusta. Vamos; siéntese usted.

Cottard miró su silla y después de un momento de duda se sentó. Al cabo de un rato dio un suspiro.

—Es una vieja historia —empezó diciendo— que ahora han vuelto a sacar. Yo creía que eso se había dado al olvido. Pero ha habido alguno que ha hablado. Me llamaron y me dijeron que estuviese a disposición de la justicia hasta el final de las indagaciones. Entonces comprendí que acabarían por detenerme.

—¿Es grave? —preguntó Tarrou.

—Depende de lo que llame usted grave. En todo caso no es un asesinato.

—¿Cárcel o trabajos forzados?

Cottard parecía muy abatido.

—Cárcel, si tengo suerte...

Pero después de un momento añadió con vehemencia:

—Fue un error. Todo el mundo comete errores. Y no puedo soportar la idea de que me lleven por eso, de que me separen de mi casa, de mis costumbres, de todo lo mío.

—¡Ah! —preguntó Tarrou—. ¿Fue por error por lo que se le ocurrió colgarse?

—Sí, una tontería, ya lo sé.

Rieux intervino y dijo a Cottard que comprendía su inquietud pero que probablemente todo se arreglaría.

—¡Oh!, por el momento ya sé que no tengo nada que temer.

—Ya veo —dijo Tarrou— que no entrará usted en nuestros equipos.

Él, que daba vueltas al sombrero entre las manos lanzó a Tarrou una mirada indecisa:

—No deben quererme mal por eso.

—Claro que no. Pero procure usted, por lo menos —dijo Tarrou—, no propagar voluntariamente el microbio.

Cottard protestó y dijo que él no había deseado la peste, que la peste había venido porque sí, y que no era culpa suya si le servía para solucionar sus conflictos por el momento.

Cuando Rambert llegaba a la puerta, Cottard añadía con voz enérgica:

—Por lo demás, mi idea es que no conseguirán ustedes nada.

Cottard también ignoraba la dirección de González, pero dijo que podían volver al café del primer día. Quedaron citados para el día siguiente. Rieux dijo que no dejasen de informarle de la marcha del asunto y Rambert los invitó, a él y a Tarrou, para fines de la semana a cualquier hora de la noche, en su cuarto.

Por la mañana, Cottard y Rambert fueron al café y dejaron un recado para García, citándolo para la tarde o, si estaba ocupado, para el día siguiente. Por la tarde lo esperaron en vano. Al día siguiente García acudió. Escuchó en silencio la historia de Rambert. Él no estaba al corriente pero sabía que había barrios enteros custodiados durante veinticuatro horas para efectuar comprobaciones domiciliarias. Era muy probable que ni González ni los muchachos hubieran podido franquear las barreras. Pero todo lo que él podía hacer era volver a ponerlos en relación con Raúl. Naturalmente, esto no podía ser hasta dos días después.

—Ya veo —dijo Rambert—, hay que volver a empezar.

A los dos días, en la esquina de una calle, Raúl confirmó la hipótesis de García: los barrios bajos estaban custodiados. Había que volver a tomar contacto con González. Dos días después, Rambert almorzaba con el jugador de fútbol.

—Qué tontería —decía éste—, debíamos haber dejado convenido el modo de volver a encontrarnos.

Ésta era también la opinión de Rambert.

—Mañana por la mañana iremos a casa de los chicos y procuraremos arreglarlo todo.

Al día siguiente, los chicos no estaban en su casa. Les dejaron una cita para el día siguiente a las doce en la plaza del Liceo. Y Rambert se volvió a su casa con una expresión que asombró a Tarrou cuando lo encontró al mediodía.

—¿No marcha eso? —le preguntó Tarrou.

—A fuerza de recomenzar —dijo Rambert. Y le repitió su invitación—: Vengan ustedes esta noche.

Por la noche, cuando entraron en el cuarto de Rambert, éste estaba echado. Se levantó, llenó los vasos que tenía preparados. Rieux, tomando el suyo, le preguntó si todo estaba en buen camino. Rambert dijo que después de haber dado una vuelta en redondo había llegado al punto de partida y que todavía le esperaba una cita más. Bebió y añadió:

—Naturalmente, no vendrán.

—No hay por qué sentar un principio —dijo Tarrou.

—Ustedes no han comprendido todavía —observó Rambert alzando los hombros.

—¿Qué?

—La peste.

—¡Ah! —dijo Rieux.

—No, ustedes no han comprendido que su mecanismo es recomenzar.

Rambert fue a un rincón del cuarto y abrió un pequeño gramófono.

—¿Qué disco es ése? —preguntó Tarrou—, creo que lo conozco.

Rambert respondió que era *Saint James Infirmary*.

En medio del disco se oyeron dos tiros a lo lejos.

—Un perro, o una evasión —dijo Tarrou.

Un momento después el disco se acabó y la sirena de una ambulancia se empezó a distinguir, creciendo al pasar bajo la ventana y disminuyendo después hasta apagarse.

—Este disco es absurdo —dijo Rambert—. Y además es la décima vez que lo oigo en el día.

—¿Tanto le gusta?

—No, pero no tengo otro.

Y después de un momento:

—Está visto que la cosa consiste en recomenzar.

Preguntó a Rieux cómo iban los equipos. Había cinco ya trabajando y se esperaba formar varios más. Rambert estaba sentado en la cama y parecía estudiar sus uñas. Rieux observaba su silueta corta y fuerte, encogida en el borde de la cama, pero de pronto vio que Rambert lo miraba.

—Sabe usted, doctor —le dijo—, he pensado mucho en su organización. Si no estoy ya con ustedes, es porque tengo mis motivos. Por lo demás yo creo que sirvo para algo: hice la guerra de España.

—¿De qué lado?

—Del lado de los vencidos. Pero después he reflexionado.

—¿Sobre qué? —dijo Tarrou.

—Sobre el valor. Bien sé que el hombre es capaz de acciones grandes, pero si no es capaz de un gran sentimiento no me interesa.

—Parece ser que es capaz de todo.

—No, es incapaz de sufrir o de ser feliz largo tiempo. Por lo tanto no es capaz de nada que valga la pena.

Rambert miró a los dos.

—Dígame, Tarrou, ¿usted es capaz de morir por un amor?

—No sé, pero me parece que no, por el momento.

—Ya lo ve. Y es usted capaz de morir por una idea, esto está claro. Bueno: estoy harto de la gente que muere por una idea. Yo no creo en el heroísmo: sé que eso es muy fácil, y he llegado a convencerme de que en el fondo es criminal. Lo que me interesa es que uno viva y muera por lo que ama.

Rieux había escuchado a Rambert con atención. Sin dejar de mirarlo, le dijo con dulzura:

—El hombre no es una idea, Rambert.

Rambert saltó de la cama con la cara ardiendo de pasión.

—Es una idea y una idea pequeña, a partir del momento en que se desvía del amor, y justamente ya nadie es capaz de amar. Resignémonos, doctor. Esperemos llegar a serlo y si verdaderamente esto no es posible, esperaremos la liberación general sin hacernos los héroes. Yo no paso de ahí.

Rieux se levantó con repentino aspecto de cansancio.

—Tiene usted razón, Rambert, tiene usted enteramente razón y yo no quería por nada del mundo desviarlo de lo que piensa hacer, que me parece justo y bueno. Sin embargo, es preciso que le haga comprender que aquí no se trata de heroísmo. Se trata solamente de honestidad. Es una idea que puede que le haga reír, pero el único medio de luchar con la peste es la honestidad.

—¿Qué es la honestidad? —dijo Rambert, poniéndose serio de pronto.

—No sé qué es, en general. Pero, en mi caso, sé que no es más que hacer mi oficio.

—¡Ah! —dijo Rambert, con furia—, yo no sé cuál es mi oficio. Es posible que esté equivocado eligiendo el amor.

Rieux le salió al paso:

—No, no está usted equivocado.

Rambert miraba a los dos pensativo.

—Ustedes dos creen que no tienen nada que perder con todo esto. Es más fácil estar del buen lado.

Rieux vació su vaso.

—Vamos —dijo—, tenemos mucho que hacer.

Salió.

Tarrou lo siguió, pero en el momento de salir se volvió hacia Rambert y le dijo:

—¿Usted sabe que la mujer de Rieux se encuentra en un sanatorio a cientos de kilómetros de aquí?

Rambert hizo un gesto de sorpresa. Pero Tarrou había salido ya.

A primera hora de la mañana Rambert telefoneó al doctor.

—¿Aceptaría usted que yo trabaje ahí hasta que haya encontrado el medio de irme?

A lo largo del hilo hubo un silencio y después:

—Sí, Rambert. Se lo agradezco mucho.

3

Así, durante semanas y semanas, los prisioneros de la peste se debatieron como pudieron. Y algunos de ellos, como Rambert, llegaron incluso a imaginar que seguían siendo hombres libres, que podían escoger. Pero, de hecho, se podía decir en ese momento, a mediados del mes de agosto, que la peste lo había envuelto todo. Ya no había destinos individuales, sino una historia colectiva que era la peste y sentimientos compartidos por todo el mundo. El más importante era la separación y el exilio, con lo que eso significaba de miedo y de rebeldía. He aquí por qué el cronista cree que conviene, en ese momento culminante de la enfermedad, descubrir de modo general, y a título de ejemplo, los actos de violencia de los vivos, los entierros de los muertos y el sufrimiento de los amantes separados.

Fue a mediados de ese año cuando empezó a soplar un gran viento sobre la ciudad apestada, que duró varios días. El viento es particularmente temido por los habitantes de Orán porque como no encuentra ningún obstáculo natural en la meseta donde está alzada la ciudad, se precipita sobre ella, arremolinándose en las calles con toda su violencia. La ciudad, durante tantos meses en que no había caído ni una sola gota de agua para refrescarla, se había cubierto de una costra gris que se hacía escamatosa al contacto del aire. El aire levantaba olas de polvo y de papeles que azotaban las piernas de los paseantes, cada vez más raros. Se los veía por las calles, apresurados, encorvados hacia adelante, con un pañuelo o la mano tapándose la boca. Por la tarde, en lugar de las reuniones con que antes se intentaba prolongar lo más posible aquellos días, que para cada uno de ellos podía ser el último, se veían pequeños grupos de gente que volvían a su casa a toda prisa o se metían en los cafés, y a veces, a la hora del crepúsculo, que en esta época llegaba ya más pronto, las calles estaban desiertas y sólo el viento lanzaba por ellas su lamento continuo. Del mar, revuelto y siempre invisible, subía olor de algas y de sal. La ciudad desierta, flanqueada por el polvo, saturada de olores marinos, traspasada por los gritos del viento, gemía como una isla desdichada.

Hasta ahora, la peste había hecho muchas más víctimas en los barrios extremos, más poblados y menos confortables, que en el centro de la ciudad. Pero, de pronto, pareció aproximarse e instalarse en los barrios de los grandes negocios. Los habitantes acusaban al viento de transportar los gérmenes de la infección. "Baraja las cartas", decía el director del hotel. Pero sea lo que fuere, los barrios del centro sabían que había llegado su turno cuando oían, de noche, silbar cerca, cada vez más frecuentemente, el timbre de la ambulancia que hacía resonar bajo sus ventanas la llamada torva y sin pasión de la peste.

Se tuvo la idea de aislar, en el interior mismo de la ciudad, ciertos barrios particularmente castigados y de no dejar salir de ellos más que a los hombres cuyos servicios eran indispensables. Los que hasta entonces habían vivido en esos barrios no pudieron menos de considerar esta medida como una burla, dirigida especialmente contra ellos, y por contraste consideraban hombres libres a los habitantes de los otros barrios. Estos últimos, en cambio, encontraban un consuelo en sus momentos difíciles imaginando que había otros menos libres que ellos. "Hay quien es todavía más prisionero que yo", era la frase que resumía la única esperanza posible.

En esta época, poco más o menos, hubo también un recrudecimiento de los incendios, sobre todo en los barrios de placer, al oeste de la ciudad. Según informaciones, se trataba de algunas gentes que, al volver de hacer cuarentena, enloquecidas por el duelo y la desgracia, prendían fuego a sus casas haciéndose la ilusión de que mataban la peste. Costó mucho trabajo detener esas ocurrencias que, por su frecuencia, ponían continuamente en peligro barrios enteros, a causa del furioso viento. Después de haber demostrado en vano que la desinfección de las casas efectuada por las autoridades era suficiente para excluir todo peligro de contaminación, fue necesario dictar castigos muy severos contra esos incendiarios inocentes. Y no fue la idea de la prisión lo que logró detener a aquellos desgraciados, sino la certeza que todos tenían de que una pena de prisión equivalía a una pena de muerte, por la excesiva mortalidad que se comprobaba en la cárcel municipal. Sin duda, esa aprensión no carecía de fundamento. Por razones evidentes, la peste se encarnizaba más con todos los que vivían en grupos: soldados, religiosos o presos. Pues, a pesar del aislamiento de ciertos detenidos, una prisión es una comunidad y lo prueba el hecho de que en nuestra cárcel municipal pagaron su tributo a la enfermedad los guardianes tanto como los presos. Desde el punto de vista superior de la peste, todo el mundo, desde el director hasta el último detenido, estaba condenado y, acaso por primera vez, reinaba en la cárcel una justicia absoluta.

Fue en vano que las autoridades intentasen introducir las jerarquías en este nivelamiento, concibiendo la idea de condecorar a los guardianes muertos en el ejercicio de sus funciones. Como estaba decretado el estado de sitio, y, en cierto modo, se podía considerar movilizados a los guardianes, les dieron la medalla militar como homenaje póstumo. Pero, si bien los detenidos no protestaron, en los medios militares no cayó bien la cosa: hicieron notar, a justo título, que podía establecerse una confusión lamentable en el espíritu de la gente. Se escuchó su demanda y se decidió que lo más simple era dar a los guardianes que morían la medalla de la epidemia. Pero en cuanto a los primeros el mal ya estaba hecho: no se podía pensar en quitarles la condecoración, y los centros militares siguieron manteniendo su punto de vista. Por otra parte, en cuanto a la medalla de la epidemia, tenía el inconveniente de no producir el efecto moral que se había obtenido con la condecoración militar, puesto que en tiempo de epidemia era trivial obtener una condecoración de ese género. Todo el mundo quedó descontento.

Además, la administración penitenciaria no pudo obrar como habían obrado las autoridades religiosas y, en una escala menor, las militares. Los frailes de los dos únicos conventos de la ciudad habían sido dispersados y alojados provisionalmente en las casas de familias piadosas. También, en la medida de lo posible, ciertas compañías habían sido destacadas de sus cuarteles y puestas en guarnición en escuelas o en edificios públicos. Así, la enfermedad, que aparentemente había forzado a los habitantes a una solidaridad de sitiados, rompía al mismo tiempo las asociaciones tradicionales, devolviendo a los individuos a su soledad. Esto era desconcertante.

Es fácil pensar que todas estas circunstancias, unidas al viento, llevaran la idea del incendio a ciertas mentes. Las puertas de la ciudad fueron atacadas por la noche varias veces, pero ahora por pequeños grupos armados. Hubo tiroteos, heridos y alguna evasión. Se reforzaron los puestos de guardia y las tentativas cesaron rápidamente. Sin embargo, bastaron para levantar en la ciudad un soplo de revolución que provocó escenas de violencia. Algunas casas, incendiadas o cerradas por razones sanitarias, fueron saqueadas. A decir verdad, es difícil suponer que esos actos fuesen premeditados. La mayor parte de las veces, una ocasión súbita llevaba a personas, hasta entonces honorables, a cometer acciones a veces reprensibles que fueron pronto imitadas. Había insensatos que se precipitaban en una casa en llamas, ante el propietario mismo idiotizado por el dolor. En vista de su indiferencia, el ejemplo de los primeros era seguido por muchos espectadores y en la calle oscura, al resplandor del incendio, se veía huir por todas partes sombras deformadas por las llamas y por los objetos o por los muebles que llevaban a cuestas. Fueron estos incendios los que obligaron a las autoridades a convertir el estado de peste en estado de sitio y a aplicar las leyes pertinentes. Se fusiló a dos ladrones, pero es dudoso que eso hiciera impresión a los otros, pues, en medio de tantos muertos, esas dos ejecuciones pasaron inadvertidas: eran una gota de agua en el mar. Y a decir verdad, escenas semejantes se repitieron con harta frecuencia sin que las autoridades hiciesen nada por intervenir. La única medida que pareció impresionar a todos los habitantes fue la institución del toque de queda. A partir de las once, la ciudad, hundida en la oscuridad más completa, era de piedra.

Bajo las noches de luna, alineaba sus muros blancos y sus calles rectilíneas, nunca señaladas por la mancha negra de un árbol, nunca turbadas por las pisadas de un transeúnte ni por el grito de un perro. La gran ciudad silenciosa no era entonces más que un conjunto de cubos macizos e inertes, entre los cuales las efigies taciturnas de bienhechores olvidados o de antiguos grandes hombres, ahogados para siempre en el bronce, intentaban únicamente, con sus falsos rostros de piedra o de hierro, invocar una imagen desvaída de lo que había sido el hombre. Esos ídolos mediocres imperaban bajo un cielo pesado, en las encrucijadas sin vida, bestias insensibles que representaban a maravilla el reino inmóvil en que habíamos entrado o por lo menos su orden último, el orden de una necrópolis donde la peste, la piedra y la noche hubieran hecho callar, por fin, toda voz.

Pero la noche estaba también en todos los corazones y tanto las verdades como las leyendas que se contaban sobre los entierros no eran como para tranquilizar a nuestros conciudadanos. Pues evidentemente hay que hablar de los entierros, y el cronista pide perdón por ello. Bien sabe el reproche que podrán hacerle a este respecto, pero su única justificación es que hubo entierros durante todo este tiempo y que en cierto modo se vio obligado, como se vieron todos nuestros conciudadanos, a ocuparse de los entierros. No es en absoluto aficionado a ese género de ceremonias: prefiere, por el contrario, la sociedad de los vivos y, por ejemplo, los baños de mar. Pero los baños de mar habían sido suprimidos y la sociedad de los vivos temía constantemente tener que dejar paso a la sociedad de los muertos. Ésta era la evidencia. Claro que siempre podía uno esforzarse en no verla. Podía uno taparse los ojos y negarla, pero la evidencia tiene una fuerza terrible que acaba siempre por arrastrarlo todo. ¿Qué medio puede haber de rechazar los entierros el día en que los seres que amáis necesitan un entierro?

Pues bien, lo que caracterizaba al principio nuestras ceremonias ¡era la rapidez! Todas las formalidades se habían simplificado y en general las pompas fúnebres se habían suprimido. Los enfermos morían separados de sus familias y estaban prohibidos los rituales velatorios; los que morían por la tarde pasaban la noche solos y los que morían por la mañana eran enterrados sin pérdida de momento. Se avisaba a la familia, por supuesto, pero, en la mayoría de los casos, ésta no podía desplazarse porque estaba en cuarentena si había tenido con ella al enfermo. En el caso en que la familia no hubiera estado antes con el muerto, se presentaba a la hora indicada, que era la de la partida para el cementerio, después de haber lavado el cuerpo y haberlo puesto en el féretro.

Supongamos que esta formalidad se llevaba a cabo en el hospital donde trabajaba el doctor Rieux. La escuela tenía una salida por detrás del cuerpo principal del edificio. Una gran pieza que daba sobre el corredor estaba llena de féretros. En el corredor mismo, la familia encontraba un solo féretro ya cerrado. En seguida se pasaba a lo más importante, es decir, se hacía firmar ciertos papeles al cabeza de familia. Se cargaba inmediatamente el cuerpo en un coche automóvil que era o bien un verdadero furgón o bien una ambulancia transformada. Los parientes subían en uno de los taxis todavía autorizados y a toda velocidad los coches volaban al cementerio por calles poco céntricas. A la puerta, los guardias detenían el convoy, ponían un sello en el pase oficial, sin el cual era imposible obtener lo que nuestros conciudadanos llamaban una última morada, se apartaban y los coches iban a colocarse detrás de un terreno cuadrado donde múltiples fosas esperaban ser colmadas. Un cura recibía el cuerpo, pues los servicios fúnebres habían sido suprimidos en la iglesia. Se sacaba el féretro entre rezos, se le ponían las cuerdas, se lo arrastraba y se lo hacía deslizar: daba contra el fondo, el cura agitaba el hisopo y la primera tierra retumbaba en la tapa. La ambulancia había ya partido para someterse a la desinfección y, mientras las paletadas de tierra iban sonando cada vez más sordamente, la familia se amontonaba en el taxi. Un cuarto de hora después estaban en su casa.

Así, todo pasaba con el máximo de rapidez y el mínimo de peligro. Y, sin duda, por lo menos al principio, es evidente que el sentimiento natural de las familias quedaba lastimado. Pero, en tiempo de peste, ésas son consideraciones que no es posible tener en cuenta: se había sacrificado todo a la eficacia. Por lo demás, si la moral de la población había sufrido al principio por estas prácticas, pues el deseo de ser enterrado decentemente está más extendido de lo que se cree, poco después, por suerte, el problema del abastecimiento empezó a hacerse difícil y el interés de los habitantes derivó hacia las preocupaciones inmediatas. Absorbidas por la necesidad de hacer colas, de efectuar gestiones y llenar formalidades si querían comer, las gentes ya no tuvieron tiempo de pensar en la forma en que morían los otros a su alrededor ni en la que morirían ellos un día. Así, esas dificultades materiales que parecían un mal se convirtieron en una ventaja. Y todo hubiera ido bien si la epidemia no se hubiera extendido como ya hemos visto.

Llegó a suceder que los féretros fueron escasos, faltó tela para las mortajas y lugar en el cementerio. Hubo que reflexionar. Lo más simple, siempre por razones de eficacia, fue agrupar las ceremonias y, cuando era necesario, multiplicar los viajes entre el hospital y el cementerio. Así, en lo que concierne al servicio de Rieux, el hospital disponía en ese momento de cinco féretros; una vez llenos, la ambulancia los cargaba. En el cementerio, se vaciaban las cajas. Los cuerpos, color de herrumbre, eran cargados en angarillas y esperaban bajo un cobertizo, preparado con este fin. Los féretros se regaban con una solución antiséptica, se volvían a llevar al hospital y la operación recomenzaba tantas veces como era necesario. La organización era muy buena y el prefecto estaba satisfecho. Incluso le dijo a Rieux que aquello estaba mejor que las carretas de muertos conducidas por negros, tales como se describían en las crónicas de las antiguas pestes.

—Sí —dijo Rieux—, el entierro es lo mismo, pero nosotros hacemos fichas. El progreso es incontestable.

A pesar de ese éxito de la administración, el carácter desagradable que revestían las formalidades obligó a la prefectura a alejar a las familias de las ceremonias. Se toleraba únicamente que fueran a la puerta del cementerio y aun esto no era oficial. Pues en lo que concierne a la última ceremonia, las cosas habían cambiado un poco. Al fondo del cementerio, en un espacio vacío, cubierto de lentiscos, habían cavado dos inmensas fosas. Había una para los hombres y otra para las mujeres. Desde este punto de vista las autoridades respetaban el decoro y sólo más tarde, por la fuerza de los acontecimientos, este último pudor desapareció y se enterraron envueltos, los unos sobre los otros, hombres y mujeres, sin preocuparse de la decencia. Afortunadamente, esta confusión extrema alcanzó solamente los últimos momentos de la plaga. En el período que nos ocupa la separación de las fosas existía y la prefectura ponía en ello mucho empeño. En el fondo de cada una de ellas una gruesa capa de cal viva humeaba y hervía. Al borde del agujero, un montículo de la misma cal dejaba estallar en el aire sus burbujas. Cuando los viajes de la ambulancia terminaban, se llevaban todo el cortejo de las angarillas, se dejaban deslizar hasta el fondo, unos junto a otros los cuerpos desnudos y más o menos retorcidos y se los cubría con cal viva, después con tierra, pero nada más que hasta cierta altura, reservándose un espacio para los que habrían de llegar. Al día siguiente, los parientes eran invitados a firmar en un registro, lo que marcaba la diferencia que puede haber entre los hombres y, por ejemplo, los perros: la comprobación era siempre posible.

Para todas estas operaciones hacía falta personal y siempre se estaba a punto de carecer de él. Muchos de los enfermeros y de los enterradores, al principio oficiales y después improvisados, murieron de la peste. Por muchas precauciones que se tomasen, el contagio llegaba un día. Pero, bien mirado, lo más asombroso es que no faltaron nunca hombres para esta faena durante todo el tiempo de la epidemia. El período crítico se sintió un poco antes de que la peste hubiera alcanzado su momento culminante y las inquietudes del doctor Rieux eran fundadas. La mano de obra no era suficiente ni para los equipos ni para lo que se llamaba el trabajo grueso. Pero a partir del momento en que la peste se apoderó realmente de la ciudad, entonces su exceso mismo arrastró consecuencias muy cómodas, porque desorganizó toda la vida económica y produjo un gran número de desocupados. La mayor parte no se reclutaba para los equipos, pero los trabajos más gruesos fueron siendo facilitados por ellos. A partir de ese momento se vio que la miseria era más fuerte que el miedo, tanto más cuanto que el trabajo estaba pagado en proporción al peligro. Los servicios sanitarios llegaron a disponer de una lista de solicitantes, y en cuanto una vacante se producía se avisaba inmediatamente a los primeros de la lista que —si en el intervalo no habían causado ellos también una vacante— no dejaban de presentarse. Así, pues, el prefecto, que había vacilado durante mucho tiempo en utilizar a los condenados a largas penas para ese género de trabajo, pudo evitarse llegar a ese extremo. Según su opinión, mientras hubiera desocupados, se podía esperar.

Bien o mal, hasta fines del mes de agosto, nuestros conciudadanos pudieron ser conducidos a su última morada, si no decentemente, por lo menos con el suficiente orden para que la administración tuviera la tranquilidad de conciencia de cumplir con su deber. Pero hay que anticipar algo sobre la continuación de los hechos para relatar los últimos procedimientos a que hubo que recurrir. El grado en que la peste se mantuvo a partir del mes de agosto sobrepasaba con mucho en la acumulación de víctimas a las posibilidades que ofrecía nuestro pequeño cementerio. De nada sirvió tirar lienzos de pared, abrir a los muertos una puerta de escape hacia los terrenos cercanos: hubo que acabar por encontrar otra cosa. Primero, se decidió enterrar por la noche, lo que dispensaba de tener ciertos miramientos. Se podía amontonar los cuerpos cada vez más numerosos en las ambulancias. Y los raros paseantes retrasados que, contraviniendo la regla, andaban por los barrios extremos después del toque de queda, o aquellos que eran llevados allí por su oficio, encontraban a veces largas filas de ambulancias que pasaban a toda marcha haciendo resonar, con su timbre sin vibración, las calles vacías de la noche. Los cuerpos eran arrojados en las fosas apresuradamente. No habían terminado de caer cuando las paletadas de cal se desparramaban sobre sus rostros y la tierra los cubría anónimamente en los hoyos que se cavaban cada vez más profundos.

Poco más tarde hubo que buscar otra salida. Una disposición de la prefectura expropió a los ocupantes de concesiones a perpetuidad y todos los restos exhumados fueron al horno crematorio. Pero pronto hubo que conducir a los muertos mismos de la peste a la cremación. Entonces hubo que utilizar el antiguo horno de incineración que se encontraba al este de la ciudad, fuera de las puertas. Se llevó más lejos el piquete de la guardia y un empleado del Ayuntamiento facilitó mucho la tarea de las autoridades aconsejando que se utilizaran los tranvías que llegaban al paseo del mirador y que se encontraban ahora sin empleo. Con este fin se acondicionó el interior de los coches y de los remolques quitando los asientos y se llevó la vía en dirección al horno que llegó a ser un final del trayecto.

Y durante los últimos días del verano, como bajo las lluvias del otoño, se pudo ver a lo largo del mirador, en el corazón de la noche, pasar extraños convoyes de tranvías sin viajeros bamboleándose sobre el mar. Los habitantes acabaron por saber lo que era. Y a pesar de las patrullas que impedían el acceso al mirador, algunos grupos llegaban a trepar muchas veces por las rocas cortadas a pico sobre las olas y arrojaban flores al paso de los tranvías. Los vehículos traqueteaban en la noche de verano, con su cargamento de flores y de muertos.

Por la mañana, los primeros días, un vapor espeso y nauseabundo planeaba sobre los barrios orientales de la ciudad. Según la opinión de todos los médicos, aquellas exhalaciones, aunque desagradables, no podían perjudicar a nadie. Pero los habitantes de aquellos barrios amenazaban con abandonarlos, persuadidos de que la peste se abatiría sobre ellos desde lo alto del cielo, de tal modo que hubo que dirigir hacia otra parte los humos por medio de un sistema de complicadas canalizaciones y los vecinos se calmaron. Sólo los días de mucho viento un vago olor les recordaba que estaban instalados en un nuevo orden y que las llamas de la peste devoraban su ración todas las noches.

Éstas fueron las máximas consecuencias de la epidemia. Pero fue suerte que no creciese más, porque se hubiera podido temer que el ingenio de nuestros burócratas, las disposiciones de la prefectura e incluso la capacidad de absorción del horno llegasen a ser sobrepasados. Rieux sabía que se habían previsto soluciones desesperadas para ese caso, tales como arrojar los cadáveres al mar, e imaginaba fácilmente su espuma monstruosa sobre el agua azul. Sabía también que si las estadísticas seguían subiendo, ninguna organización, por excelente que fuese, podría resistir; sabía que los hombres acabarían por morir amontonados y por pudrirse en las calles, a pesar de la prefectura; y que la ciudad vería en las plazas públicas a los agonizantes agarrándose a los vivos con una mezcla de odio legítimo y de estúpida esperanza.

Éste era el género de evidencia y de aprensiones que mantenía en nuestros conciudadanos el sentimiento de su destierro y su separación. A este respecto, el cronista sabe perfectamente lo lamentable que es no poder relatar aquí nada que sea realmente espectacular, como por ejemplo algún héroe reconfortante o alguna acción deslumbrante, parecidos a los que se encuentran en las narraciones antiguas. Y es que nada es menos espectacular que una peste, y por su duración misma las grandes desgracias son monótonas. En el recuerdo de los que los han vivido, los días terribles de la peste no aparecen como una gran hoguera interminable y cruenta, sino más bien como un ininterrumpido pisoteo que aplasta todo a su paso.

No, la peste no tenía nada que ver con las imágenes arrebatadoras que habían perseguido al doctor Rieux al principio de la epidemia. Era ante todo una administración prudente e impecable de buen funcionamiento. Así pues, dicho sea entre paréntesis, por no traicionar nada y sobre todo por no traicionarse a sí mismo, el cronista ha tendido a la objetividad. No ha querido modificar casi nada en beneficio del arte, excepto en lo que concierne a las necesidades elementales de un relato coherente. Y es la objetividad misma lo que lo obliga a decir ahora que si el gran sufrimiento de esta época, tanto el más general como el más profundo, era la separación, y si es indispensable en consecuencia dar una nueva descripción de él en este estudio de la peste, no es menos verdadero que este mismo sufrimiento perdía en tales circunstancias mucho de su patetismo.

Nuestros conciudadanos, aquellos que habían sufrido más con la separación, ¿se acostumbraron a una situación tal? No sería enteramente justo confirmarlo. Sería más exacto decir que sufrían un descarnamiento tanto moral como físico. Al principio de la peste se acordaban muy bien del ser que habían perdido y lo añoraban. Pero si recordaban claramente el rostro amado, su risa, tal o cual día en que reconocían haber sido dichosos, difícilmente podían imaginar lo que el otro estaría haciendo en el momento mismo en que lo evocaban, en lugares ya tan remotos. En suma, en ese momento no les faltaba la memoria, pero la imaginación les era insuficiente. En el segundo estadio de la peste acabarían perdiendo la memoria también. No es

151

que hubiesen olvidado su rostro, no, pero sí algo que es lo mismo; ese rostro había perdido su carne, no lo veían ya en su interior. Y habiéndose quejado durante las primeras semanas de que su amor tenía que entenderse únicamente con sombras, se dieron cuenta, poco a poco, de que esas mismas sombras podían llegar a descarnarse más, perdiendo hasta los ínfimos colores que les daba el recuerdo. Al final de aquel largo tiempo de separación, ya no podían imaginar la intimidad que había habido entre ellos ni el hecho de que hubiese podido vivir a su lado un ser sobre quien podían en todo momento poner la mano.

Desde este punto de vista, todos llegaron a vivir la ley de la peste, más eficaz cuanto más mediocre. Ni uno entre nosotros tenía grandes sentimientos. Pero todos experimentaban sentimientos monótonos. "Ya es hora de que esto termine", decían, porque en tiempo de peste es normal buscar el fin del sufrimiento colectivo y porque, de hecho, deseaban que terminase. Pero todo se decía sin el ardor ni la actitud de los primeros tiempos, se decía sólo con las pocas razones que nos quedaban todavía claras y que eran muy pobres. Al grande y furioso impulso de las primeras semanas había sucedido un decaimiento que hubiera sido erróneo tomar por resignación, pero que no dejaba de ser una especie de consentimiento provisional.

Nuestros conciudadanos se habían puesto al compás de la peste, se habían adaptado, como se dice, porque no había medio de hacer otra cosa. Todavía tenían la actitud que se tiene ante la desgracia o el sufrimiento, pero ya no eran para ellos punzantes. El doctor Rieux consideraba que, justamente, esto era un desastre, porque el hábito de la desesperación es peor que la desesperación misma. Antes, los separados no eran tan infelices porque en su sufrimiento había un fuego que ahora ya se había extinguido. En el presente, se los veía en las esquinas, en los cafés o en casa de los amigos, plácidos y distraídos, con miradas tan llenas de tedio que, por culpa de ellos, toda la ciudad parecía una sala de espera. Los que tenían un oficio cumplían con él en el estilo mismo de la peste: meticulosamente y sin brillo. Todo el mundo era modesto. Por primera vez los separados hablaban del ausente sin escrúpulos, no tenían inconvenientes en emplear el lenguaje de todos, en considerar su separación enfocándola como a las estadísticas de la epidemia. Hasta allí habían hurtado furiosamente su sufrimiento a la desgracia colectiva, pero ahora aceptaban la confusión. Sin memoria y sin esperanza, vivían instalados en el presente. A decir verdad, todo se volvía presente. La peste había quitado a todos la posibilidad de amor e incluso de amistad. Pues el amor exige un poco de porvenir y para nosotros no había ya más que instantes.

Claro está que nada de eso era absoluto. Porque si es cierto que todos los que estaban separados llegaron a este estado, hay que reconocer que no llegaron todos al mismo tiempo y también que, una vez instalados en esta nueva actitud, había relámpagos, retrocesos, momentos de súbita lucidez que volvían a darles una sensibilidad más joven y más dolorosa. Bastaba que llegasen a uno de esos momentos de distracción en que se ponían a hacer algún proyecto que implicaba el término de la peste. Bastaba que sintiesen más pesadamente, a causa de cualquier combinación de ideas, la fuerza de unos celos sin motivo. Otros tenían también inesperados renacimientos, salían de su sopor ciertos días de la semana, el domingo, naturalmente, y el sábado por la tarde, porque esos días estaban consagrados a ciertos ritos en tiempo del ausente. O también, con cierta melancolía, al caer la tarde, les llegaba la advertencia no siempre confirmada, de que iba a volverles la memoria. Esta hora de la tarde, que para los creyentes es la hora del examen de conciencia, es dura para el prisionero o el exiliado que no tiene que examinar más que el vacío. Quedaban un momento suspendidos de ella, después volvían a la atonía y se encerraban en la peste.

Ya quedaba explicado que todo consistía en renunciar a lo que había en ellos de más personal. Mientras que en los primeros tiempos de la peste eran heridos por una multitud de pequeñeces que contaban mucho para ellos y nada para los otros, y hacían así la experiencia de la vida personal, ahora, por el contrario, no se interesaban sino en lo que interesaba a los otros, no tenían más que ideas generales y su amor mismo había tomado para ellos la fisonomía más abstracta. A tal punto estaban abandonados a la peste que a veces les sucedía no esperar sino en su sueño y se sorprendían pensando: "¡Los bubones y acabar de una vez!" Pero, en verdad, ya estaban dormidos; todo aquel tiempo fue como un largo sueño. La ciudad estaba llena de dormidos despiertos que no escapaban realmente a su suerte sino esas pocas veces en que, por la noche, su herida, en apariencia cerrada, se abría bruscamente. Y despertados por ella con un sobresalto, tanteaban con una especie de distracción sus labios irritados, volviendo a encontrar en un relámpago su sufrimiento, súbitamente rejuvenecido, y con él, el rostro acongojado de su amor. Por la mañana volvían a la plaga, esto es, a la rutina.

Pero, se dirá, esos separados, ¿qué aspecto tenían? Pues bien no tenían ningún aspecto particular. O, si se quiere, tenían el mismo aspecto de los demás, un aspecto enteramente general. Compartían la placidez y las agitaciones pueriles de la ciudad. Perdían la apariencia del sentido crítico adquiriendo la apariencia de la sangre fría. Se podía ver, por ejemplo, a los más inteligentes haciendo como que buscaban, al igual de todo el mundo, en los periódicos o en las emisiones de radio, razones para creer en un rápido fin de la peste, para concebir esperanzas quiméricas o experimentar temores sin fundamento ante la lectura de ciertas consideraciones que cualquier periodista había escrito al azar, bostezando de aburrimiento. Por lo demás, bebían cerveza o cuidaban enfermos, holgazaneaban o trabajaban hasta agotarse. Clasificaban fichas o ponían discos, sin diferenciarse en nada los unos de los otros. Dicho de otro modo, no escogían nada. La peste había suprimido las tablas de valores. Y esto se veía, sobre todo, en que nadie se preocupaba de la calidad de los trajes ni de los alimentos. Todo se aceptaba en bloque.

Podemos decir, para terminar, que los separados ya

no tenían aquel curioso privilegio que al principio los preservaba. Habían perdido el egoísmo del amor y el beneficio que conforta. Ahora, al menos, la situación estaba clara: la plaga alcanzaba a todo el mundo. Todos nosotros en medio de las detonaciones que estallaban a las puertas de la ciudad, entre los choques que acompasaban nuestra vida o nuestra muerte, en medio de los incendios y de las fichas, del terror y de las formalidades, emplazados a una muerte ignominiosa pero registrada, entre los humos espantosos y los timbres impasibles de las ambulancias, nos alimentábamos con el mismo pan de exilio, esperando sin saberlo la misma reunión y la misma paz conmovedora. Nuestro amor estaba siempre ahí, sin duda, pero sencillamente no era utilizable, era pesado de llevar, inerte en el fondo de nosotros mismos, estéril como el crimen o la condenación. No era más que una paciencia sin porvenir y una esperanza obstinada. Y desde este punto de vista, la actitud de algunos de nuestros conciudadanos era como esas largas colas en los cuatro extremos de la ciudad, a la puerta de los almacenes de productos alimenticios. Era la misma resignación y la misma longanimidad a la vez ilimitada y sin ilusiones. Había solamente que llevar este sentimiento a una escala mil veces mayor en lo que concierne a la separación, porque en ese caso se trataba de otra hambre y que podía devorarlo todo.

En último caso, si se quiere tener una idea justa del estado de ánimo en que se encontraban los separados en Orán, hay que evocar de nuevo esas eternas tardes doradas y polvorientas que caían sobre la ciudad sin árboles mientras que hombres y mujeres se desparramaban por todas las calles. Pues, extrañamente, lo que subía entonces hasta las terrazas, todavía soleadas, en la ausencia de los ruidos de coches y de máquinas que son de ordinario el lenguaje de las ciudades, no era más que un enorme rumor de pasos y de voces sordas, el doloroso deslizarse de miles de suelas ritmado por el silbido de la plaga en el cielo cargado, un pisoteo interminable y sofocante, en fin, que iba llenando toda la ciudad y que cada tarde daba su voz más fiel, y más mortecina, a la obstinación ciega que en nuestros corazones reemplazaba entonces al amor.

4

Durante los meses de septiembre y octubre toda la ciudad vivió doblegada a la peste. Centenares de miles de hombres daban vueltas sobre el mismo lugar, sin avanzar un paso, durante semanas interminables. La bruma, el calor y la lluvia se sucedieron en el cielo. Bandadas silenciosas de estorninos y de tordos, que venían del mar, pasaban muy alto dando un rodeo, como si el azote de Paneloux, la extraña lanza de madera que silbaba, volteada sobre las casas, los mantuviese alejados. A principios de octubre, grandes aguaceros barrieron las calles. Y durante este tiempo no se produjo nada que no fuese ese continuo dar vueltas sin avanzar.

Rieux y sus amigos descubrieron entonces hasta qué punto estaban cansados. En realidad, los hombres de los equipos sanitarios no lograban ya digerir el cansancio. El doctor Rieux lo notaba al observar en sus amigos y en él mismo los progresos de una rara indiferencia. Por ejemplo, los hombres que hasta entonces habían demostrado un interés tan vivo por todas las noticias de la peste dejaron de preocuparse de ella por completo. Rambert, a quien habían encargado provisionalmente de dirigir una de las residencias de cuarentena instalada desde hacía poco en su hotel, conocía perfectamente el número de los que tenía en observación. Estaba al corriente de los menores detalles del sistema de evacuación inmediata que había organizado para los que presentaban súbitamente síntomas de la enfermedad, pero era incapaz de decir la cifra semanal de las víctimas de la peste, ignoraba realmente si ésta avanzaba o retrocedía. Pese a todo vivía con la esperanza de una evasión próxima.

En cuanto a los otros, absorbidos en su trabajo día y noche, no leían periódicos ni escuchaban radio. Y si se comentaba con ellos los resultados de la semana hacían como si se interesaran, pero en el fondo lo acogían todo con esa indiferencia distraída que se supone en los combatientes de las grandes guerras, agotados por el esfuerzo, pendientes sólo de no desfallecer en su deber cotidiano, sin esperar ni la operación decisiva ni el día del armisticio.

Grand, que continuaba haciendo los cálculos necesarios, hubiera sido seguramente incapaz de informar sobre los resultados generales. Al contrario de Tarrou, de Rambert y de Rieux, siempre duros para el cansancio, no había tenido nunca buena salud. Y sin embargo acumulaba sobre sus obligaciones de auxiliar del Ayuntamiento, la secretaría de los equipos de Rieux y, además, sus trabajos nocturnos. Así estaba siempre en continuo estado de agotamiento, sostenido por dos o tres ideas fijas tales como la de prometerse unas vacaciones completas después de la peste, durante una semana por lo menos, y trabajar entonces de modo positivo en lo que tenía entre manos, hasta llegar a "abajo el sombrero". Sufría también bruscos enternecimientos y en esas ocasiones se ponía a hablarle a Rieux de Jeanne, preguntándose dónde podría estar en aquel momento y si al leer el periódico lo recordaría. En una de estas conversaciones que sostenía con él, Rieux mismo se sorprendió un día hablando de su propia mujer en el tono más trivial, cosa que no había hecho nunca. No estaba muy seguro de la veracidad de los telegramas que ella le ponía, siempre tranquilizadores. Y se había decidido a telegrafiar al director del sanatorio. Como respuesta había recibido la notificación de un retroceso en el estado de la enferma, asegurándole, al mismo tiempo, que se emplearían todos los medios para contener el mal. Se había reservado esta noticia y sólo por el cansancio podía explicarse que se la hubiera confiado a Grand en aquel momento. Después de hablarle de Jeanne, Grand le había preguntado por su mujer y Rieux le había respondido. Grand había dicho:

"Usted ya sabe que eso ahora se cura muy bien". Y Rieux había asentido, diciendo simplemente que la separación empezaba a ser demasiado larga, y que él hubiera podido ayudar a su mujer a triunfar de la enfermedad, mientras que ahora tenía que sentirse enteramente sola. Después se había callado y había respondido evasivamente a las preguntas de Grand.

Los otros estaban en el mismo estado. Tarrou resistía mejor, pero sus cuadernos demuestran que, si su curiosidad no se había hecho menos profunda, había perdido, en cambio, su diversidad. Durante todo ese período llegó a no interesarse más que por Cottard. Por la noche, en casa de Rieux, donde acabó por instalarse cuando convirtieron el hotel en casa de cuarentena, apenas escuchaba a Grand o al doctor cuando comentaban los resultados del día. Llevaba en seguida la conversación hacia los pequeños detalles de la vida oranesa, que generalmente le preocupaban.

En cuanto a Castel, el día en que vino a anunciar al doctor que el suero estaba preparado, después de que hubieron decidido hacer la primera prueba en el niño del señor Othon, cuyo caso parecía desesperado, Rieux empezó a comunicarle las últimas estadísticas, cuando se dio cuenta de que su viejo amigo se había quedado profundamente dormido en la butaca. Y ante este rostro, en el que siempre había algo de dulzura y de ironía que le daban una perpetua juventud, ahora súbitamente abandonado, con un hilo de saliva asomándole en los labios entreabiertos, dejando ver todo su desgaste y su vejez, Rieux sintió que se le apretaba la garganta.

Por todas estas debilidades Rieux calculaba las dimensiones de su cansancio. Su sensibilidad se desmandaba. Encadenada la mayor parte del tiempo, endurecida y desecada, estallaba de cuando en cuando dejándole entregado a emociones que no podía dominar. Su única defensa era encerrarse en ese endurecimiento, apretar el nudo que se había formado dentro de él. Sabía con certeza que ésta era la única manera de continuar. Por lo demás, no tenía muchas ilusiones y el cansancio le quitaba las pocas que le quedaban.

Pues sabía que aun, durante un período cuyo término no podía entrever, su misión no era curar, sino únicamente diagnosticar. Descubrir, ver, describir, registrar, y después desahuciar, ésta era su tarea. Había mujeres que le tomaban la mano gritando: "¡Doctor, déle usted la vida!". Pero él no estaba allí para dar la vida sino para ordenar el aislamiento. ¿A qué conducía el odio que leía entonces en las caras? "No tiene usted corazón", le habían dicho un día; sin embargo, tenía un corazón. Le servía para soportar las veinte horas diarias que pasaba viendo morir a hombres que estaban hechos para vivir. Le servía para recomenzar todos los días; pero eso sí, sólo tenía lo suficiente para eso. ¿Cómo pretender que le alcanzase para dar la vida?

No, no era su socorro lo que distribuía a lo largo del día, eran meros informes. A eso no se lo podía llamar un oficio de hombre. Pero, después de todo, ¿a quién entre toda esa muchedumbre aterrorizada se le dejaba la facultad de ejercer un oficio de hombre? A decir verdad, era una suerte que existiese el cansancio. Si Rieux hubiera estado más entero, este olor de muerte difundido por todas partes hubiera podido volverlo sentimental. Pero cuando no se ha dormido más que cuatro horas no se es sentimental. Se ven las cosas como son, es decir, que se las ve según la justicia, según la odiosa e irrisoria justicia. Y los otros, los desahuciados, lo sabían perfectamente, ellos también. Antes de la peste lo recibían siempre como a un salvador. Él podía arreglarlo todo con tres píldoras y una jeringa y le apretaban el brazo al acompañarlo por los pasillos. Era halagador pero peligroso. Ahora, por el contrario, se presentaba con una escolta de soldados y había que empezar a culatazos con la puerta para que la familia se decidiese a abrir. Ahora querrían arrastrarlo y arrastrar con ellos a la humanidad entera hacia la muerte. ¡Ah! Era bien cierto que los hombres no se puedan pasar sin los hombres, era bien cierto que tan desamparado estaba él como aquellos desgraciados y que él también merecía aquel estremecimiento de piedad que cuando se apartaba de ellos dejaba crecer en sí mismo.

Éstos eran, por lo menos durante aquellas interminables semanas, los pensamientos que el doctor Rieux revolvía en su cabeza mezclados a los que atañían a su separación, y eran también los mismos que veía reflejarse en las caras de sus amigos. Pero el efecto más peligroso del agotamiento que ganaba, poco a poco, a todos los que mantenían esta lucha contra la plaga, no era esta indiferencia ante los acontecimientos exteriores o ante los testimonios de los otros, sino el abandono a que se entregaban. Habían llegado a evitar todos los movimientos que no fueran indispensables o que les pareciesen superiores a sus fuerzas. Así llegaron a abandonar, cada vez más frecuentemente, las reglas de higiene que tenían prescriptas, a olvidar algunas de las numerosas desinfecciones que debían practicar sobre ellos mismos, a correr, sin precaverse contra el contagio, hacia los atacados de peste pulmonar, porque, avisados en el último momento para acudir a las casas infectadas, les había parecido agotador ir primero al local donde se hacían las instalaciones necesarias. En esto estaba el verdadero peligro, pues era la lucha misma contra la peste la que los hacía más vulnerables a ella. Lo dejaban todo al azar y el azar no tiene miramientos con nadie.

Sin embargo, había un hombre en la ciudad que no parecía agotado ni descorazonado y que seguía siendo la viva imagen de la satisfacción. Ese hombre era Cottard. Sabía mantenerse apartado de todo y continuar sus relaciones con los demás, pero sobre todo procuraba ver a Tarrou lo más frecuentemente que el trabajo de éste se lo permitía, en parte porque Tarrou estaba bien informado sobre su caso, en parte porque lo acogía siempre con una cordialidad inalterable. Era un continuo milagro; Tarrou, a pesar del trabajo que realizaba, seguía siempre amable y atento. Incluso cuando ciertas noches llegaba a aplastarlo el cansancio, encontraba al día siguiente una nueva energía. "Con él —había dicho Cottard a Rambert— se puede hablar porque es un hombre. Siempre está uno seguro de ser comprendido."

Por esta razón, las notas de Tarrou que corresponden a esa época recaen poco a poco sobre el personaje Cottard. Tarrou ha procurado dar un cuadro de las reacciones y las reflexiones de Cottard, tal como le habían sido confiadas por éste o tal como él las había interpretado. Bajo el epígrafe "Relaciones de Cottard con la peste" este cuadro ocupa unas cuantas páginas del cuaderno y el cronista cree conveniente dar aquí un resumen. La opinión general de Tarrou sobre el pequeño rentista se resumía en este juicio: "Es un personaje que crece". Según las apariencias, crecía también su buen humor. Estaba satisfecho del giro que tomaban los acontecimientos. A veces expresaba el fondo de su pensamiento ante Tarrou con observaciones de este género: "Evidentemente, esto no va mejor. Pero por momentos, todo el mundo está en el lío".

"Está claro, añade Tarrou, él está amenazado como los otros pero justamente lo está con los otros. Y además cree seriamente, estoy seguro de ello, que no puede ser alcanzado por la peste. Se apoya sobre la idea, que no es tan tonta como parece, de que un hombre que es presa de una gran enfermedad o de una profunda angustia queda por ello mismo a salvo de todas las otras angustias o enfermedades. '¿Ha observado usted, me dice, que no puede uno acumular enfermedades? Supóngase que tuviese una enfermedad grave o incurable, un cáncer serio o una buena tuberculosis, no pescará usted nunca el tifus o la peste; es imposible. Y la cosa llega más lejos. No habrá visto nunca morir a un canceroso de un accidente de automóvil.' Verdadera o falsa, esta idea pone a Cottard de buen humor. Lo único que no quiere es ser separado de los demás. Prefiere estar sitiado con todos los otros a estar preso solo. Con la peste se acabaron las investigaciones secretas. Los expedientes, las fichas, las informaciones misteriosas y los arrestos inminentes. Propiamente hablando, se acabó la policía, se acabaron los crímenes pasados o actuales, se acabaron los culpables. No hay más que condenados que esperan el más arbitrario de los indultos y, entre ellos, los policías mismos." Así

Cottard, siempre según la interpretación de Tarrou, estaba dispuesto a considerar los síntomas de angustia y de confusión que representaban nuestros conciudadanos con una satisfacción indulgente y comprensiva que podía expresarse por un: "¡Qué va usted a decirme!, eso yo ya lo he pasado".

"Yo me he esforzado en hacerle comprender que la única manera de no estar separado de los otros es tener la conciencia tranquila: me ha mirado malignamente, y me ha dicho: 'Entonces, según eso, nadie está nunca con nadie'. Y después: 'Puede usted creerlo, yo se lo aseguro. El único medio de hacer que las gentes estén unas con otras es mandarles la peste. Y si no, mire usted a su alrededor.' En verdad comprendo bien lo que quiere decir y comprendo que le parezca cómoda la vida que llevamos. ¿Cómo no reconocería en los que pasan junto a él las reacciones que antes tuvo él mismo; la tentativa que hace cada uno de lograr que todo el mundo esté con él, la amabilidad que se despliega para informar a un transeúnte desorientado, cuando antes sólo se le manifestaba mal humor; la precipitación de la gente hacia los restaurantes de lujo, la satisfacción que tienen de encontrarse y permanecer allí; la afluencia desordenada que forma cola todos los días en el cine, que llena todas las salas de espectáculos y los *dancings* mismos, que se reparte como una marea desencadenada en todos los lugares públicos; el echarse atrás ante cualquier contacto, y el apetito de calor humano, sin embargo, que impulsa a los hombres unos hacia otros, los codos hacia los codos, los sexos hacia los sexos? Cottard ha conocido todo eso antes que ellos, es evidente. Excepto las mujeres, porque con su cara... Y supongo que cuando se le haya ocurrido ir a buscar prostitutas, habrá desistido por temor a la mala fama que ello pudiera acarrearle.

"En resumen, la peste lo ha sepultado bien. De un hombre que era solitario sin querer serlo, ha hecho un cómplice. Pues es, visiblemente, un cómplice y lo es con delectación. Es cómplice de todo lo que ve, de las supersticiones, de los errores irrazonados, de las susceptibilidades de todas esas almas alertas; de su enloquecimiento y su palidez al menor dolor de cabeza, puesto que saben que la enfermedad empieza por esos dolores, y de su sensibilidad irritada, susceptible, inestable, en fin, que transforma en ofensas los olvidos y que se aflige por la pérdida de un botón."

Tarrou salía frecuentemente con Cottard y después contaba en sus cuadernos cómo se hundían en la multitud sombría, de los crepúsculos o de las noches, hombro con hombro, sumergiéndose en una masa blanca y negra en la que, de cuando en cuando, caían los escasos resplandores de alguna lámpara, y acompañando al rebaño humano hacia los placeres ardorosos que lo salvaban del frío de la peste. Lo que Cottard buscaba meses antes en los lugares públicos, el lujo, la vida desahogada, todo lo que soñaba sin poder alcanzar, es decir, el placer desenfrenado, un pueblo entero se lo entregaba ahora a él. Aunque el precio de todo subía inconteniblemente, nunca se había malgastado tanto dinero, y aunque a la mayor parte le faltaba lo necesario, nunca se había despilfarrado más lo superfluo. Todos los juegos aumentaban, mantenidos por ociosos que eran más bien cesantes. Tarrou y Cottard seguían a veces durante largo rato a alguna de esas parejas que antes procuraban ocultar lo que las unía y que ahora, apretados una contra otro, paseaban obstinadamente a través de la ciudad, sin ver la muchedumbre que los rodeaba, con la distracción un poco estática de las grandes pasiones. Cottard se enternecía: "¡Ah, son magníficos!" —decía—. Y hablaba alto, se esponjaba en medio de la fiebre colectiva, de las propinas regias que sonaban a su alrededor y de las intrigas que se armaban ante sus ojos.

Sin embargo, Tarrou creía que había poca maldad en la actitud de Cottard. Su "eso yo ya lo he pasado" indicaba más desgracia que triunfo. "Yo creo —decía Tarrou— que empieza a sentir algo de amor por estos hombres, presos entre el cielo y los muros de su ciudad. Por ejemplo, creo que de buena gana les explicaría si pudiera que la cosa no es tan horrible: 'Ya los oye usted, me dijo un día, ya los oye usted: después de la peste haré esto, después de la peste haré esto otro... Se envenenan la existencia en vez de estar tranquilos. Y no se dan cuenta de las ventajas que tienen. ¿Es que yo podría decir: después de mi condena haré esto o lo otro? La condena es un principio no es un fin. Mientras que la peste... ¿Quiere usted saber mi opinión? Son desgraciados porque no se despreocupan. Yo sé lo que digo.'

"Evidentemente, él sabe lo que dice —añade Tarrou—. Él valora en su justo precio las contradicciones de los habitantes de Orán, que aunque sienten profundamente la necesidad de un calor que los una, no se abandonan a ella por la desconfianza que aleja a los unos de los otros. Todo el mundo sabe bien que no se puede tener confianza en su vecino, que es capaz de darle la peste sin que lo note y de aprovecharse de su abandono para inficionarlo. Cuando uno se ha pasado los días, como Cottard, viendo posibles delatores en todos aquellos cuya compañía sin embargo buscaba, se puede comprender ese sentimiento. Se está muy bien entre gentes que viven en la idea de que la peste, de la noche a la mañana, puede ponerles la mano en el hombro y de que acaso está ya preparándose a hacerlo en el momento mismo en que uno se vanagloria de estar sano y salvo. En la medida de lo posible él está a su gusto en medio del terror. Pero precisamente porque él ha sentido todo esto antes que ellos, yo creo que no puede experimentar enteramente con ellos toda la crueldad de esta incertidumbre. En suma, al mismo tiempo que nosotros, los que todavía no hemos muerto de la peste, él sabe que su libertad y su vida están también a dos pasos de ser destruidas. Pero, puesto que él ha vivido en el terror, encuentra normal que los otros lo conozcan a su turno. Más exactamente, el terror le parece así menos pesado de llevar que si estuviese solo. En esto es en lo que está equivocado y porque es más difícil de comprender que otros. Pero, después de todo, es por eso por lo que merece más que otros que se intente comprenderlo."

En fin, las páginas de Tarrou terminan con un relato que ilustra la conciencia singular que invadía al mismo tiempo a Cottard y a los pestíferos. Este relato reconstruye, poco más o menos, la atmósfera difícil de la época y por esto el cronista le asigna mucha importancia.

Habían ido a la Ópera Municipal donde daban el *Orfeo* de Glück. Era Cottard el que había invitado a Tarrou. La compañía había venido al principio de la peste para dar unas representaciones en nuestra ciudad. Bloqueada por la enfermedad se había puesto de acuerdo con el teatro de la Ópera para dar un espectáculo una vez por semana. Así, desde hacía varios meses, todos los viernes nuestro teatro Municipal vibraba con los lamentos melodiosos de Orfeo y con las llamadas imponentes de Eurídice. Sin embargo, el espectáculo seguía contando con el favor del público y tenía todos los días grandes entradas. Instalados en los puestos más caros, Cottard y Tarrou dominaban un patio de butacas lleno hasta reventar por los más elegantes de nuestros ciudadanos. Los que llegaban se preocupaban visiblemente de llamar la atención. Bajo la luz resplandeciente de la sala, antes de levantarse el telón, los músicos afinaban discretamente sus instrumentos, las siluetas se destacaban con precisión, al pasar de una fila a otra se inclinaban con gracia. En el ligero murmullo de una conversación de buen tono, los hombres recobraban el aplomo que les faltaba horas antes por las calles negras de la ciudad. El frac espantaba a la peste.

Durante todo el primer acto Orfeo se lamentó con facilidad, algunas mujeres vestidas con túnicas comentaron con gracia su desdicha y cantaron al amor. La sala reaccionaba con calor discreto. Apenas se notó que Orfeo introducía en su aria del segundo acto ciertos trémolos que no figuraban en la partitura y que pedía con cierto exceso de patetismo al dueño de los Infiernos que se dejase conmover por su llanto. Algunos movimientos o sacudidas que se le escaparon parecieron a los más informados efectos de estilización que enriquecían la interpretación del cantante.

Fue necesario que llegase el gran dúo de Orfeo y Eurídice del tercer acto (el momento en que Eurídice vuelve a alejarse de su amante) para que cierta sorpresa recorriese la sala. Y como si el cantante no hubiera estado esperando más que ese movimiento del público o, más exactamente todavía, como si el rumor del patio de butacas lo hubiera corroborado en lo que sentía, en ese mismo momento avanzó de un modo grotesco, con los brazos y las piernas separados, en su atavío clásico, y se desplomó entre los idílicos decorados que siempre habían sido anacrónicos pero que a los ojos de los espectadores no lo fueron hasta aquel momento, y de modo espantoso. Pues al mismo tiempo la orquesta enmudeció, la gente de las butacas se levantó y empezó a evacuar la sala, primero en silencio, como se sale de una iglesia cuando termina el servicio, o de una cámara mortuoria después de una visita, las mujeres recogiendo sus faldas y saliendo con la cabeza baja, los hombres guiando a sus compañeras por el codo, evitándoles chocar con los asientos bajados. Pero poco a poco el movimiento se hizo más precipitado, el murmullo se convirtió en exclamación y la multitud afluyó a las salidas apretándose y empujándose entre gritos. Cottard y Tarrou, que solamente se habían levantado, se quedaron solos ante una imagen de lo que era su vida de aquellos momentos: la peste en el escenario, bajo el aspecto de un histrión desarticulado, y en la sala los restos inútiles del lujo, en forma de abanicos olvidados y encajes desgarrados sobre el rojo de las butacas.

Rambert, que desde los primeros días de septiembre trabajaba seriamente con Rieux, había pedido un día de licencia para encontrarse con González y los dos chicos delante del instituto de muchachos.

Ese día, González y Rambert vieron llegar a los dos chicos riendo. Dijeron que la otra vez no habían tenido suerte pero que había que confiar. En todo caso, no era aquélla su semana de guardia; era necesario tener paciencia hasta la siguiente. Entonces recomenzarían. Rambert dijo que ésa era la palabra. González propuso entonces una cita para el lunes próximo, con el propósito de instalar a Rambert ese mismo día en la casa de Marcel y Louis. "Nosotros, tú y yo, nos citaremos, pero si yo no llego, tú te vas directamente a casa de ellos. Hay que explicarte dónde viven." Pero Marcel o Louis dijo que lo más fácil era llevarlo en aquel momento. Si no era muy exigente habría comida para los cuatro, y de ese modo se podría dar cuenta. González dijo que era una buena idea y se fueron todos hacia el puerto.

Marcel y Louis vivían al final del barrio de la Marina, cerca de las puertas que daban sobre el mirador. Era una casita española de muros espesos, de contraventanas de madera pintada, con habitaciones desnudas y sombrías. Tenían arroz que servía la madre de los muchachos, una vieja española sonriente y llena de arrugas. González se extrañó, pues el arroz faltaba ya en la ciudad. "En las puertas se arregla uno", dijo Marcel. Rambert comía y bebía, y González dijo que era un verdadero camarada, mientras él pensaba únicamente en la semana que tenía que pasar.

La realidad era que tuvo que esperar dos semanas porque los turnos de guardia se hicieron de quince días para reducir el número de los equipos. Durante esos quince días Rambert trabajó sin escatimar esfuerzo, de modo ininterrumpido, como con los ojos cerrados, de la mañana a la noche. Tarde ya se acostaba y dormía con un sueño pesado. El paso brusco de la ociosidad a este trabajo agotador lo dejaba sin sueño y sin fuerzas. Hablaba poco de su evasión. Un hecho notable: al cabo de una semana confesó al doctor que, por primera vez, la noche anterior se había emborrachado. Al salir del bar tuvo de pronto la impresión de que se le hinchaban las ingles y de que al mover los brazos sentía una dificultad en las axilas. Pensó en seguida que era la peste, y la única reacción que tuvo —tanto él como Rieux convinieron en que no era razonable— fue la de correr hacia la parte alta de la ciudad y allí, en una plazoleta desde donde no se llegaba a divisar el mar pero desde donde se veía un poco más de cielo, llamar a gritos a su mujer, por encima de la ciudad. Cuando llegó a su casa no se descubrió en el cuerpo ningún signo de infección y no quedó muy orgulloso de aquella brusca crisis. Rieux dijo que comprendía muy bien que se pudiese obrar así. "En todo caso, dijo, sucede con frecuencia que tenga uno ganas de hacerlo."

—El señor Othon me ha hablado de usted esta mañana —añadió Rieux en el momento en que Rambert se iba—. Me ha preguntado si lo conocía: "Aconséjele usted, me ha dicho, que no frecuente los medios de contrabando. Se hace notar."

—¿Qué quiere decir esto?

—Esto quiere decir que tiene usted que darse prisa.

—Gracias —dijo Rambert, estrechando la mano del doctor. Al llegar a la puerta se volvió. Rieux observó que por primera vez desde el principio de la peste, se sonreía.

—Entonces ¿por qué no impide usted que me marche?

Rieux movió la cabeza con su gesto habitual y dijo que eso era cosa de Rambert, que había escogido la felicidad y que él no tenía argumentos que oponerle. Se sentía incapaz de juzgar lo que estaba bien y lo que estaba mal en este asunto.

—¿Y por qué me dice usted que me dé prisa?

Rieux sonrió a su vez.

—Es posible que sea porque yo también tengo ganas de hacer algo por la felicidad.

Al día siguiente no hablaron más de ello pero trabajaron juntos. A la otra semana Rambert se instaló por fin en la casa de los españoles. Le hicieron una cama en la habitación común. Como los muchachos no iban a comer a casa y como le habían rogado que saliera lo menos posible, estaba solo la mayor parte del tiempo, o se ponía a charlar con la madre de los muchachos. Era una vieja madre española seca y altiva, vestida de negro, con la cara morena y arrugada bajo el pelo blanco muy limpio. Silenciosa, cuando miraba a Rambert le sonreía con los ojos.

Alguna vez le preguntó si no temía llevarle la peste a su mujer. Él creía que había que correr ese riesgo y que, después de todo, era un riesgo mínimo; en cambio, quedándose en la ciudad se exponía a ser separado de ella para siempre.

—¿Cómo es ella? —le preguntó la vieja sonriendo.

—Encantadora.

—¿Bonita?

—Yo creo que sí.

—¡Ah! —dijo ella—, es por eso. ¿No cree usted en Dios? —dijo la vieja, que iba a misa todas las mañanas.

Él reconoció que no, y la vieja repitió que era por eso.

—Tiene usted razón, debe reunirse con ella. Si no, ¿qué le quedaría a usted?

El resto del tiempo Rambert se lo pasaba dando vueltas, junto a las paredes enjalbegadas y desnudas, tocando los abanicos que estaban clavados en ellas o contando los madroños que bordeaban el tapete. Por la tarde volvían los muchachos. No hablaban mucho, sólo lo suficiente para decirle que todavía no era el momento. Después de cenar Marcel tocaba la guitarra y bebían todos anisado. Rambert seguía pensando.

El miércoles, Marcel llegó diciendo:

"Todo está listo para mañana a medianoche. Estáte preparado." De los dos hombres que hacían la guardia con ellos, uno había caído con la peste y el otro, que vivía con él, estaba en observación. Así, durante dos o tres días, Marcel y Louis estarían solos. Por la noche fueron a terminar los últimos detalles. Al día siguiente todo sería posible; Rambert les dio las gracias. "¿Está usted contento?", le preguntó la vieja. Él dijo que sí, pero pensaba en otra cosa.

Al día siguiente, bajo un cielo pesado, el calor era húmedo y sofocante. Las noticias de la peste eran malas. La vieja española conservaba la serenidad, sin embargo. "Hay mucho pecado en el mundo, decía, así que ¡a la fuerza!" Tanto Rambert como Marcel y Louis andaban con el torso desnudo, pero a pesar de todo les corría el sudor por los hombros y por el pecho. En la penumbra de la casa, con las persianas bajas, sus cuerpos parecían más morenos y relucientes. Rambert daba vueltas sin hablar. De pronto, a las cuatro de la tarde, se vistió y dijo que salía.

—Cuidado —le dijo Marcel—, es a medianoche. Todo está preparado.

Rambert fue a casa del doctor. La madre de Rieux le dijo que lo encontraría en el hospital en la parte alta de la ciudad. Delante del puesto de guardia, la muchedumbre de siempre daba vueltas sobre el mismo lugar. "¡Circulen!", decía un sargento de ojos saltones. La gente circulaba pero en redondo. "No hay nada que esperar", decía el sargento, cuyo traje estaba empapado de sudor. Ellos ya sabían que no había nada que esperar y sin embargo seguían allí. Rambert enseñó un pase al sargento, que le indicó el despacho de Tarrou. La puerta daba sobre el patio. Se cruzó con el Padre Paneloux que salía del despacho.

Era una pequeña habitación, blanca y sucia, que olía a farmacia y a trapos húmedos. Tarrou, sentado a una mesa de madera negra, con las mangas de la camisa remangadas, se secaba con el pañuelo el sudor que le corría por la sangría del brazo.

—¿Todavía aquí? —le dijo.

—Sí, quisiera hablar con Rieux.

—Está en la sala. Si podemos resolverlo sin él será mejor.

—¿Por qué?

—Está agotado. Yo le evito todo lo que puedo.

Rambert miró a Tarrou. Vio que había adelgazado, el cansancio le hacía borrosos los ojos y todas las facciones. Sus anchos hombros estaban como encogidos. Llamaron a la puerta y entró un enfermero enmascarado de blanco. Dejó sobre la mesa de Tarrou un paquete de fichas y dijo con una voz que la máscara ahogaba: "Seis" y se fue. Tarrou miró a Rambert y le enseñó las fichas extendidas en abanico.

—¿Qué bonitas, eh? ¡Pues no!, no son tan bonitas, son muertos. Los muertos de esta noche.

Frunciendo la frente recogió el paquete de fichas.

—Lo único que nos queda es la contabilidad.

Tarrou se levantó y se apoyó en la mesa.

—¿Se va usted pronto?

—Hoy a medianoche.

Tarrou dijo que se alegraba y que tuviera cuidado.

—¿Dice usted eso sinceramente?

Tarrou alzó los hombros:

—A mi edad es uno sincero forzosamente. Mentir cansa mucho.

—Tarrou —dijo Rambert—, perdóneme, pero quiero ver al doctor.

—Sí, ya sé. Es más humano que yo. Vamos.

—No es eso —dijo Rambert con esfuerzo, y se detuvo.

Tarrou lo miró y de pronto le sonrió.

Fueron por un pasillo cuyos muros estaban pintados de verde claro y donde flotaba una luz de acuario. Antes de llegar a una doble puerta-vidriera, detrás de la cual se veía un curioso ir y venir de sombras, Tarrou hizo entrar a Rambert en una salita con las paredes cubiertas de armarios. Abrió uno de ellos y sacó de un esterilizador dos máscaras de gasa, dio una a Rambert para que se tapara con ella. Rambert le preguntó si aquello servía para algo y Tarrou respondió que no, pero que inspiraba confianza a los demás.

Empujaron la puerta-vidriera. Era una inmensa sala, con las ventanas herméticamente cerradas a pesar de la estación. En lo alto de las paredes zumbaban los aparatos que renovaban la atmósfera y sus hélices curvas agitaban el aire espeso y caldeado, por encima de las dos filas de camas. De todos lados subían gemidos sordos o agudos que formaban un solo lamento monótono.

Algunos hombres vestidos de blanco pasaban con lentitud bajo la luz cruel que vertían las altas aberturas defendidas con barrotes.

Rambert se sentía mal en el terrible calor de aquella sala y le costó trabajo reconocer a Rieux inclinado sobre una forma gimiente. El doctor estaba punzando las ingles de un enfermo que sujetaban dos enfermeros a los lados de la cama. Cuando se enderezó dejó caer su instrumento en el platillo que un ayudante le ofrecía y se quedó un rato inmóvil, mirando al hombre mientras lo vendaban.

—¿Qué hay de nuevo? —dijo a Tarrou, cuando vio que se le acercaba.

—Paneloux ha aceptado reemplazar a Rambert en la casa de cuarentena. Ha hecho ya muchas cosas. Queda por organizar el tercer equipo de inspección sin Rambert.

Rieux aprobó con la cabeza.

—Castel ha terminado sus primeras preparaciones. Propone un experimento.

—¡Ah! —dijo Rieux—, eso está bien.

—Además, está aquí Rambert.

Rieux se volvió. Por encima de la máscara guiñó un poco los ojos al ver a Rambert.

—¿Qué hace usted aquí? —le dijo—, usted debiera estar en otra parte.

Tarrou le dijo que la cosa era para aquella noche y Rambert añadió: "En principio".

Cada vez que uno de ellos hablaba, la máscara de gasa se hinchaba en el sitio de la boca. Esto hacía que la conversación resultase un poco irreal, como un diálogo entre estatuas.

—Querría hablar con usted —dijo Rambert.

—Saldremos juntos, si quiere. Espéreme en el despacho de Tarrou.

Un momento después, Rambert y Rieux se instalaban en el asiento posterior del coche. Tarrou conducía.

—Se acabó la gasolina —dijo Tarrou, al echar a andar—. Mañana andaremos a pie.

—Doctor —dijo Rambert—, yo no me voy: quiero quedarme con ustedes.

Tarrou no rechistó, siguió conduciendo. Rieux parecía incapaz de salir de su cansancio.

—¿Y ella? —dijo con voz sorda.

Rambert dijo que había reflexionado y seguía creyendo lo que siempre había creído, pero que sabía que si se iba tendría vergüenza. Esto le molestaría para gozar del amor a su mujer. Pero Rieux se enderezó y dijo con voz firme que eso era estúpido y que no era en modo alguno vergonzoso elegir la felicidad.

—Sí —dijo Rambert—, puede, puede uno tener vergüenza de ser el único en ser feliz.

Tarrou, que había ido callado todo el tiempo sin volver la cabeza hizo observar que si Rambert se decidía a compartir la desgracia de los hombres, ya no le quedaría tiempo para la felicidad. Era necesario que tomase una decisión.

—No es eso —dijo Rambert—. Yo había creído siempre que era extraño a esta ciudad y que no tenía nada que ver con ustedes. Pero ahora, después de haber visto lo que he visto, sé que soy de aquí, quiéralo o no. Este asunto nos toca a todos.

Nadie respondió y Rambert terminó por impacientarse.

—¡Ustedes lo saben mejor que nadie! Si no ¿qué hacen en el hospital? ¿Es que ustedes han escogido y han renunciado a la felicidad?

No respondió ninguno de los dos. El silencio duró mucho tiempo hasta que llegaron cerca de la casa del doctor. Rambert repitió su última pregunta, todavía con más fuerza y solamente Rieux se volvió hacia él. Rieux se enderezó con esfuerzo:

—Perdóneme, Rambert —dijo—, pero no lo sé. Quédese con nosotros si así lo desea.

Un tropezón del coche en un bache lo hizo callar. Después añadió, mirando al espacio:

—Nada en el mundo merece que se aparte uno de los que ama. Y sin embargo, yo también me aparto sin saber por qué.

Rieux se dejó caer sobre el respaldo.

—Es un hecho, eso es todo —dijo con cansancio—. Registrémoslo y saquemos las consecuencias.

—¿Qué consecuencias? —preguntó Rambert.

—¡Ah! —dijo Rieux—, no puede uno al mismo tiempo curar y saber. Así que curemos lo más a prisa posible, es lo que urge.

174

A medianoche, Tarrou y Rieux estaban haciendo el plano del barrio que Rambert estaba encargado de inspeccionar, cuando Tarrou miró su reloj. Al levantar la cabeza encontró la mirada de Rambert.

—¿Los ha prevenido usted? —Rambert apartó los ojos.

—Había enviado unas líneas —dijo—, antes de venir a verlos.

Hasta los últimos días de octubre no se ensayó el suero de Castel. Éste era, prácticamente, la última esperanza de Rieux. En el caso de que fuese un nuevo fracaso, el doctor estaba persuadido de que la ciudad quedaría a merced de la plaga que podía prolongar sus efectos durante varios meses todavía o decidirse a parar sin razón.

La víspera del día en que Castel fue a visitar a Rieux, el niño del señor Othon había caído enfermo y toda la familia había tenido que ponerse en cuarentena. La madre, que había salido de ella poco tiempo atrás, se encontró aislada por segunda vez. Respetuoso con los preceptos establecidos, el juez hizo llamar al doctor Rieux en cuanto vio en el cuerpo del niño los síntomas de la enfermedad. Cuando Rieux llegó, el padre y la madre estaban de pie junto a la cama. La niña había sido alejada. El niño estaba en el período de abatimiento y se dejó reconocer sin quejarse. Cuando el doctor levantó la cabeza, encontró la mirada del juez y detrás de él la cara pálida de la madre, que se tapaba la boca con un pañuelo y seguía los movimientos del doctor con ojos desorbitados.

—Es eso, ¿no? —dijo el juez con voz fría.

—Sí —respondió Rieux, mirando nuevamente al niño. Los ojos de la madre se desorbitaron más, pero no dijo nada. El Juez también siguió callado y luego dijo en un tono más bajo:

—¡Bueno!, doctor, debemos hacer lo prescripto.

Rieux evitó mirar a la madre, que seguía con el pañuelo sobre la boca.

—Se hará en seguida —dijo titubeando—, si puedo telefonear.

El señor Othon dijo que él lo acompañaría al teléfono, pero el doctor se volvió hacia la mujer.

—Lo siento infinitamente. Tendrá usted que preparar algunas cosas. Ya sabe lo que es esto.

—Sí —dijo ella moviendo la cabeza—, voy a hacerlo.

Antes de dejarlos, Rieux no pudo menos de preguntarles si necesitaban algo. La mujer siguió mirando en silencio, pero el juez desvió la mirada.

—No —dijo. Luego, tragando la saliva añadió—: pero salve usted a mi hijo.

La cuarentena que al principio no había sido más que una simple formalidad, había quedado organizada por Rieux y Rambert de un modo muy estricto. Habían exigido particularmente que los miembros de una familia fuesen aislados unos de otros, porque si uno de ellos estaba inficionado sin saberlo, había que evitar que contagiase la enfermedad a los demás. Rieux explicó todas estas razones al juez, que las encontró bien. Y sin embargo él y su mujer se miraron de tal modo que el doctor sintió hasta qué punto esta separación los dejaba desamparados. La señora Othon y su niña podían alojarse en el hotel de cuarentena dirigido por Rambert. Pero para el juez no había más lugar que el campo de aislamiento que la prefectura estaba organizando en el estadio municipal, con la ayuda de unas tiendas pertenecientes al servicio de vías públicas. Rieux le pidió excusas, pero el señor Othon dijo que la regla era una sola y que era justo obedecer.

En cuanto al niño, fue transportado al hospital auxiliar e instalado en una antigua sala de clase donde habían puesto diez camas. Al cabo de unas veinte horas, Rieux consideró su caso desesperado. Aquel frágil cuerpecito se dejaba devorar por la infección sin reaccionar. Pequeños bubones dolorosos, apenas formados, bloqueaban las articulaciones de sus débiles miembros. Estaba vencido de antemano. Por esto Rieux tuvo la idea de ensayar en él el suero de Castel. Aquella

176

misma noche, después de la cena, practicaron la larga inoculación, sin obtener una sola reacción del niño. Al amanecer del otro día, todos acudieron a verlo para saber lo que resultaba de esta experiencia decisiva.

El niño había salido de su sopor y se revolvía convulsivamente entre las sábanas. El doctor Castel y Tarrou estaban a su lado desde las cuatro de la mañana, siguiendo paso a paso los progresos o las treguas de la enfermedad. A la cabecera de la cama el sólido cuerpo de Tarrou se curvaba un poco a los pies de Rieux, y a su lado Castel, sentado, leía, con toda la apariencia de la tranquilidad, un viejo libro. Poco a poco, a medida que crecía la luz en la antigua clase, los otros fueron llegando. El primero, Paneloux, que se puso al otro lado de la cama frente a Tarrou, con la espalda apoyada en la pared. Se leía en su cara una expresión dolorosa, y el cansancio de todos estos días en que había puesto tanto de su parte había acentuado las arrugas de su frente. Después llegó Joseph Grand. Eran las siete y se excusó por llegar sin aliento. No podía quedarse más que un minuto; venía para saber si sabían ya algo más o menos preciso. Rieux, sin decir una palabra, le señaló al niño que con los ojos cerrados, la cara descompuesta, los dientes apretados tanto como le permitían sus fuerzas, volvía de un lado para otro la cabeza sobre la almohada. Cuando había ya luz suficiente para que se pudiera distinguir en el encerado, que había quedado en su sitio, la huella de las últimas fórmulas de ecuación, llegó Rambert. Se apoyó en los pies de la cama de al lado y sacó un paquete de cigarrillos. Pero después de echar una mirada al niño volvió a guardárselo en el bolsillo.

Castel, sentado, miraba a Rieux por encima de las gafas.

—¿Tiene usted noticias del padre?

—No —dijo Rieux—, está en el campo de aislamiento.

El doctor se aferró con fuerza a la barandilla de la cama donde el niño gemía. No quitaba los ojos del enfermito, que de pronto se puso rígido, con los dientes apretados, y se arqueó un poco por la cintura, separando lentamente los brazos y las piernas. De aquel pequeño cuerpo, desnudo bajo una manta de cuartel, subía un olor a lana y a sudor agrio. El niño aflojó un poco la tensión de su rigidez, retrajo brazos y piernas hacia el centro de la cama, y, siempre ciego y mudo, pareció respirar más de prisa. La mirada de Rieux se encontró con la de Tarrou que apartó los ojos.

Ya habían visto morir a otros niños puesto que los horrores de aquellos meses no se habían detenido ante nada, pero no habían seguido nunca sus sufrimientos minuto tras minuto como estaban haciendo desde el amanecer. Y, sin duda, el dolor infligido a aquel inocente nunca había dejado de parecerles lo que en realidad era: un escándalo. Pero hasta entonces se habían escandalizado, en cierto modo, en abstracto, porque no habían mirado nunca cara a cara, durante tanto tiempo, la agonía de un inocente.

En ese momento el niño, como si se sintiese mordido en el estómago, se encogió de nuevo, con un débil quejido. Se quedó así encorvado durante minutos eternos, sacudido por estremecimientos y temblores convulsivos, como si su frágil esqueleto se doblegase al viento furioso de la peste y crujiese bajo el soplo insistente de la fiebre. Pasada la borrasca, se calmó un poco, la fiebre pareció retirarse y abandonarlo, anhelante, sobre una arena húmeda y envenenada donde el proceso semejaba ya la muerte. Cuando la ola ardiente lo envolvió por tercera vez, animándolo un poco, el niño se encogió, se escurrió hasta el fondo de la cama en el terror de la llama que lo envolvía y agitó locamente la cabeza rechazando la manta. Gruesas lágrimas brotaron bajo sus párpados inflamados, que le corrieron por la cara, y al final de la crisis, agotado, crispando las piernas huesudas y los brazos, cuya carne había desaparecido en cuarenta y ocho horas, el niño tomó en la cama la actitud de un crucificado grotesco.

Tarrou se levantó y con su mano pesada enjugó aquel pequeño rostro empapado de lágrimas y de sudor. Hacía ya un momento que Castel había cerrado el libro y miraba al enfermo. Empezó a hablar, pero tuvo que toser antes de terminar la frase porque su voz se hizo de pronto desentonada.

—No ha tenido mejoría matinal, ¿no es cierto, Rieux?

Rieux dijo que no, pero que resistía más tiempo de lo normal. Paneloux, que parecía hundido en la pared, dijo sordamente:

—Si tiene que morir, así habrá sufrido más largo tiempo.

Rieux se volvió bruscamente hacia él y abrió la boca para decir algo pero se calló, hizo un visible esfuerzo por dominarse y de nuevo llevó su mirada hacia el niño. La luz crecía en la sala. En las otras cinco camas había formas humanas que se revolvían y se quejaban con una discreción que parecía concertada. El único que gritaba en el otro extremo de la sala, lanzaba, con intervalos singulares, pequeñas exclamaciones que expresaban más el asombro que el dolor. Parecía que hasta para los enfermos ya no había aquel terror de los primeros tiempos: ahora su manera de tomar la enfermedad era una especie de consentimiento. Sólo el niño se debatía con todas sus fuerzas. Rieux, que de cuando en cuando le tomaba el pulso, sin necesidad, más bien por salir de la inmovilidad impotente en que estaba, sentía al cerrar los ojos que aquella agitación se mezclaba al tumulto de su propia sangre. Se identificaba entonces con el niño supliciado y procuraba sostenerlo con toda su fuerza todavía intacta. Pero, reunidas por un minuto, las pulsaciones de los dos corazones se desacordaban pronto, el niño se le escapaba, y su esfuerzo se hundía en el vacío. Entonces dejaba la manecita sobre la cama y volvía a su puesto.

A lo largo de los muros pintados al temple, la luz pasaba del rosa al amarillo. Detrás de los cristales empezaba a crepitar una mañana de calor. Apenas oyeron que Grand se marchaba diciendo que volvería. Todos esperaban. El niño, con los ojos siempre cerrados, pareció calmarse un poco. Las manos que se habían vuelto como garras arañaban suavemente los lados de la cama. Las levantó un poco, arañó la manta junto a las rodillas y de pronto encogió las piernas, pegó los muslos al vientre y se quedó inmóvil. Abrió los ojos por primera vez y miró a Rieux que estaba delante de él. En su cara hundida, convertida ya en una arcilla gris, la boca se abrió de pronto, dejando escapar un solo grito sostenido que la respiración apenas alteraba y que llenó la sala con una protesta monótona, discorde y tan poco humana que parecía venir de todos los hombres a la vez. Rieux apretó los dientes y Tarrou se volvió para otro lado. Rambert se acercó a la cama junto a Castel, que cerró el libro que había quedado abierto sobre sus rodillas. Paneloux miró esa boca infantil ultrajada por la enfermedad y llena de aquel grito de todas las edades. Se dejó caer de rodillas y a todo el mundo le pareció natural oírle decir con voz ahogada pero clara a través del lamento anónimo que no cesaba: "Dios mío, salva a esta criatura".

Pero el niño siguió gritando y los otros enfermos se agitaron. El que lanzaba las exclamaciones, al fondo de la sala, precipitó el ritmo de su quejido hasta hacer de él un verdadero grito, mientras que los otros se quejaban cada vez más. Una marea de sollozos estalló en la sala cubriendo la plegaria de Paneloux, y Rieux, agarrado a la barra de la cama, cerró los ojos, como borracho de cansancio y de asco.

Cuando volvió a abrirlos encontró a su lado a Tarrou.

—Tengo que irme —dijo a Rieux—, no puedo soportarlo más.

Pero bruscamente los otros enfermos se callaron. El doctor notó que el grito del niño se había hecho más débil, que seguía apagándose hasta llegar a extinguirse. Alrededor los lamentos recomenzaron, pero sordamente, y como un eco lejano de aquella lucha que acababa de terminar. Pues había terminado. Castel pasó al otro lado de la cama y dijo que había concluido. Con la boca abierta pero callado, el niño reposaba entre las mantas en desorden, empequeñecido de pronto, con restos de lágrimas en las mejillas.

Paneloux se acercó a la cama e hizo los ademanes

de la bendición. Después se recogió la sotana y se fue por el pasillo central.

—¿Hay que volver a empezar? —preguntó Tarrou a Castel.

El viejo doctor movió la cabeza.

—Es posible —dijo con una sonrisa crispada—. Después de todo ha resistido mucho tiempo.

Pero Rieux se alejaba de la sala con un paso tan precipitado y con tal aire que cuando alcanzó a Paneloux y pasó junto a él, éste alargó el brazo para detenerlo.

—Vamos, doctor —le dijo.

Pero con el mismo movimiento arrebatado Rieux se volvió y lo rechazó con violencia.

—¡Ah!, éste, por lo menos, era inocente, ¡bien lo sabe usted!

Después, franqueando la puerta de la sala antes que Paneloux, cruzó el patio de la escuela hasta el fondo. Se sentó en un banco, entre los árboles pequeños y polvorientos; y se enjugó el sudor que le corría hasta los ojos. Sentía ganas de gritar para desatar el nudo violento que le estrujaba el corazón. El calor caía lentamente entre las ramas de los ficus. El cielo azul de la mañana iba cubriéndose rápidamente por una envoltura blanquecina que hacía el aire más sofocante. Rieux se abandonó en el banco. Miraba las ramas y el cielo hasta ir recobrando lentamente su respiración, hasta asimilar un poco el cansancio.

—¿Por qué hablarme con esa cólera? —dijo una voz detrás de él—. Para mí también era insoportable ese espectáculo.

Rieux se volvió hacia Paneloux.

—Es verdad —dijo—, perdóneme. El cansancio es una especie de locura. Y hay horas en esta ciudad en las que no siento más que rebeldía.

—Lo comprendo —murmuró Paneloux—, esto subleva porque sobrepasa nuestra medida. Pero es posible que debamos amar lo que no podemos comprender.

Rieux se enderezó de pronto. Miró a Paneloux con toda la fuerza y la pasión de que era capaz y movió la cabeza.

—No, padre —dijo—. Yo tengo otra idea del amor y estoy dispuesto a negarme hasta la muerte a amar esta creación donde los niños son torturados.

Por la cara de Paneloux pasó una sombra de turbación.

—¡Ah!, doctor —dijo con tristeza—, acabo de comprender eso que se llama la gracia.

Pero Rieux había vuelto a dejarse caer en el banco. Desde el fondo de su cansancio que había renacido, respondió con algo más de dulzura:

—Es lo que yo no tengo; ya lo sé. Pero no quiero discutir esto con usted. Estamos trabajando juntos por algo que nos une más allá de las blasfemias y de las plegarias. Esto es lo único importante.

Paneloux se sentó junto a Rieux. Parecía emocionado.

—Sí —dijo—, usted también trabaja por la salvación del hombre.

Rieux intentó sonreír.

—La salvación del hombre es una frase demasiado grande para mí. Yo no voy tan lejos. Es su salud lo que me interesa, su salud, ante todo.

Paneloux titubeó.

—Doctor —dijo.

Pero se detuvo. En su frente también aparecieron gotas de sudor. Murmuró "hasta luego" y sus ojos brillaron al levantarse. Ya se marchaba cuando Rieux, que estaba reflexionando, se levantó también y dio un paso hacia él.

—Vuelvo a pedirle perdón por lo de antes —le dijo—, una explosión así no se repetirá.

Paneloux le alargó la mano y dijo con tristeza:

—¡Y, sin embargo, no lo he convencido!

—¿Eso qué importa? —dijo Rieux—. Lo que yo odio es la muerte y el mal, usted lo sabe bien. Y quiéralo o no estamos juntos para sufrirlo y combatirlo.

Rieux retenía la mano de Paneloux.

—Ya ve usted —le dijo, evitando mirarlo—. Dios mismo no puede separarnos ahora.

Desde que había entrado en los equipos sanitarios, Paneloux no había dejado los hospitales ni los lugares donde se encontraba la peste. Se había situado entre los hombres del salvamento en el lugar que creía que le correspondía, esto es, en el primero. No le había faltado el espectáculo de la muerte. Y aunque, en principio, estaba protegido por el suero, la aprensión por su propia suerte no había llegado a serle extraña. Aparentemente siempre había conservado la serenidad. Pero, a partir de aquel día en que había visto durante tanto tiempo morir a un niño pareció cambiado. Se leía en su cara una tensión creciente. Y el día en que dijo a Rieux sonriendo que estaba preparando un corto tratado sobre el tema: "¿Puede un cura consultar a un médico?", el doctor tuvo la impresión de que se trataba de algo más serio de lo que decía Paneloux. Como el doctor manifestó el deseo de conocer ese trabajo, Paneloux le anunció que iba a pronunciar un sermón en la misa de los hombres y que en esta ocasión expondría algunos de sus puntos de vista.

—Yo quisiera que usted viniese, doctor; el tema le interesará.

El padre pronunció un segundo sermón en un día de gran viento. A decir verdad, las filas de los asistentes no estaban tan tupidas como en el primero. En las circunstancias difíciles que atravesaba la ciudad, la palabra "novedad" había perdido su sentido. Además, la mayor parte de las gentes, cuando no habían abandonado enteramente sus deberes religiosos o cuando no los hacían coincidir con una vida personal profundamente inmoral, reemplazaban las prácticas ordinarias por supersticiones poco razonables. Preferían llevar medallas protectoras o amuletos de San Roque a ir a misa.

Se puede poner como ejemplo el uso inmoderado que nuestros conciudadanos hacían de las profecías. En la primavera se había esperado de un momento a otro el fin de la enfermedad, y nadie se preocupaba de pedir a los demás opiniones sobre la duración de la epidemia puesto que todo el mundo estaba persuadido de que pronto no la habría. Pero a medida que los días pasaban, empezaron a temer que aquella desdicha no tuviera verdaderamente fin, y al mismo tiempo aquel fin era el objeto de todas las esperanzas. Se pasaban de mano en mano diversas profecías de algunos magos o de santos de la Iglesia Católica. Ciertos impresores de la ciudad vieron pronto el partido que podían sacar de aquella novelería y propagaron en numerosos ejemplares los textos que circulaban. Dándose cuenta de que la curiosidad del público era insaciable, acabaron por emprender búsquedas en las bibliotecas municipales sobre todos los testimonios de ese género de que la tradición podía proveerles, y los repartieron por la ciudad. Cuando la historia misma empezó a estar escasa de profecías se las encargaron a los periodistas, que en este punto, por lo menos, resultaron tan competentes como sus modelos de los siglos pasados.

Algunas de estas profecías aparecían como folletín en los periódicos y no eran leídas con menos avidez que las historias sentimentales de los tiempos en que había salud. Muchos de esos vaticinios se apoyaban en cálculos caprichosos en los que intervenían el milésimo del año, el número de muertos y la suma de los meses pasados bajo el imperio de la peste. Otros establecían comparaciones con las grandes pestes de la historia buscando similitudes (que las profecías llamaban constantes) y por medio de cálculos no menos caprichosos pretendían sacar enseñanza para la presente. Pero los más apreciados por el público eran sin disputa los que en un lenguaje apocalíptico anunciaban series de acontecimientos que siempre podían parecer los que la ciudad iba experimentando y cuya complejidad permitía todas las interpretaciones. Nostradamus y Santa Odilia eran consultados a diario y siempre con fruto. Lo que había de común en todas las profecías es que, en fin de cuentas, eran todas ellas tranquilizadoras. Sólo la peste no lo era.

Con estas supersticiones habían substituido la religión nuestros conciudadanos, y por eso el sermón de

Paneloux se oyó en una iglesia sólo llena en sus tres cuartas partes. La tarde del sermón, cuando llegó Rieux, el viento que se infiltraba en ráfagas cada vez que se abrían las puertas de la entrada circulaba libremente por entre los oyentes. El padre subió al púlpito en una iglesia fría y silenciosa con una asistencia exclusivamente compuesta de hombres. Habló con un tono dulce y más meditado que la primera vez y, en varias ocasiones, los asistentes advirtieron cierta vacilación en su sermón. Cosa curiosa, ya no decía "vosotros", sino "nosotros".

Su voz fue haciéndose más firme. Comenzó por recordar que desde hacía varios meses la peste estaba entre nosotros y que ahora ya la conocíamos bien por haberla visto tantas veces sentarse a nuestra mesa o a la cabecera de los que amábamos, caminar a nuestro lado o esperar nuestra llegada en el lugar donde trabajábamos. Ahora, pues, podíamos seguramente comprender mejor lo que nos iba diciendo sin cesar y que en el primer momento de sorpresa acaso no comprendimos bien. Lo que el padre Paneloux había predicado en aquel mismo sitio seguía siendo cierto —o por lo menos ésta era su convicción—. Pero acaso, como a todos puede suceder, y por esto se golpeaba el pecho, lo había pensado y lo había dicho sin caridad. Lo que seguía siendo cierto es que toda cosa deja algo en nosotros. La prueba más cruel es siempre beneficiosa para el cristiano. Y justamente lo que el cristiano debe procurar es encontrar su beneficio, y saber de qué está hecho ese beneficio, y cuál es el medio de encontrarlo.

En ese momento las gentes se arrellanaron un poco en los bancos y se colocaron en la forma más cómoda posible. Una de las hojas acolchadas de la puerta de entrada golpeaba suavemente: alguien se levantó para sujetarla. Y Rieux distraído por ese movimiento escuchó mal a Paneloux que seguía su sermón. Decía, poco más o menos, que no hay que intentar explicarse el espectáculo de la peste, sino intentar aprender de ella lo que se puede aprender. Rieux comprendió confusamente que, según el padre, no había nada que explicar.

Su atención pudo intensificarse cuando Paneloux dijo con firmeza que respecto de Dios había unas cosas que se podían explicar y otras que no. Había con certeza el bien o el mal. Había, por ejemplo, un mal aparentemente necesario y un mal aparentemente inútil. Don Juan hundido en los infiernos y la muerte de un niño. Pues si es justo que el libertino sea fulminado, el sufrimiento de un niño no se puede comprender. Y, a decir verdad, no hay nada sobre la tierra más importante que el sufrimiento de un niño, nada más importante que el horror que este sufrimiento nos causa ni que las razones que procuraremos encontrarle. Por lo demás, en la vida Dios nos lo facilita todo, y hasta ahí la religión no tiene mérito. Pero en esto nos pone ante un muro infranqueable. Estamos, pues, ante la muralla de la peste y a su sombra mortal tenemos que encontrar nuestro beneficio. El padre Paneloux no recurrió a las fáciles ventajas que le permitían escalar el muro. Hubiera podido decir que la eternidad de delicias que esperaba al niño le compensaría de su sufrimiento, pero, en verdad, no sabía nada. ¿Quién podría afirmar que una eternidad de dicha puede compensar un instante de dolor humano? No será ciertamente un cristiano, cuyo maestro ha conocido el dolor en sus miembros y en su alma. No, el padre seguiría al pie del muro, fiel a este desgarramiento cuyo símbolo es la cruz, cara a cara con el sufrimiento de un niño. Y diría sin temor a los que escuchaban ese día: "Hermanos míos, ha llegado el momento en que es preciso creerlo todo o negarlo todo. Y ¿quién de entre vosotros se atrevería a negarlo todo?"

Rieux tuvo apenas tiempo de detenerse a pensar que el padre estaba bordeando la herejía cuando éste seguía ya afirmando con fuerza que en esta imposición, en esta pura exigencia estaba el beneficio del cristiano. Ahí estaba también su virtud. El padre sabía que lo que había de excesivo en la virtud de que iba a hablar desagradaría a muchos espíritus acostumbrados a una moral más indulgente y más clásica. Pero la religión del tiempo de peste no podía ser la religión de todos los días. Y si Dios puede admitir, e incluso desear, que el alma repose y goce en el tiempo de la dicha, la quiere extremada en los extremos de la desgracia. Dios hace hoy en día a sus criaturas el don de ponerlas en una desgracia tal que les sea necesario encontrar y asumir la virtud más grande, la de decidir entre Todo o Nada.

Un autor profano, de esto hace siglos, había pretendido revelar los secretos de la Iglesia afirmando que no hay Purgatorio. Daba como sobreentendido con esto que no había términos medios, que no había más que Paraíso e Infierno y que no se podía ser más que salvado o condenado, según se hubiese elegido. Esto era, según Paneloux, una herejía que sólo había podido nacer en un alma libertina. Pues lo cierto era que había un Purgatorio. Pero sin duda había ciertas épocas en las que ese Purgatorio no debía constituir una esperanza; había épocas en las que no se podía hablar de pecado venial. Todo pecado era mortal y toda indiferencia criminal. Todo era todo o no era nada.

Paneloux se detuvo y Rieux oyó en ese momento, por debajo de las puertas, los quejidos del viento que parecían redoblarse. El padre decía que la virtud de aceptación total de que estaba hablando no debía ser comprendida en el restringido sentido que se le daba de ordinario; no se trataba de la trivial resignación ni siquiera de la difícil humildad. Se trataba de humillación, porque el sufrimiento de un niño es humillante para la mente y el corazón, pero precisamente por eso hay que pasar por ello. Precisamente por eso —y Paneloux aseguraba a sus oyentes que lo que iba a decir era difícil de decir— había que quererlo porque Dios lo quería. Únicamente así el cristiano no soslayará nada, y sin otra salida, irá al fondo de la decisión esencial. Elegirá creer en todo por no verse reducido a negar todo. Y como las buenas mujeres que en las iglesias, en esos momentos, habiendo oído decir que los bubones que se forman son la vía natural por donde el cuerpo expulsa la infección, dice: "Dios mío, dadles los bubones", el cristiano se abandonará a la voluntad divina aunque le sea incomprensible. No se puede decir: "Esto lo comprendo, pero esto otro es inaceptable". Hay que saltar al corazón de lo inaceptable que se nos ofrece, justamente para que podamos hacer nuestra elección. El sufrimiento de los niños es nuestro pan amargo, pero sin ese pan nuestras almas perecerían de hambre espiritual.

Aquí, el pequeño bullicio que se oía en las pausas del padre Paneloux empezó a hacerse sentir, pero súbitamente el predicador recomenzó con energía como si se dispusiera a preguntar a sus oyentes cuál era la conducta que había que seguir. El padre Paneloux sospechaba que todos estaban a punto de pronunciar la terrible palabra: fatalismo. Pues bien, no retrocedería ni ante ese término siempre que pudiera añadirle el adjetivo "activo". Ciertamente, tenía que repetirlo, no había que imitar a los cristianos de Abisinia, de los cuales ya había hablado. Tampoco había que imitar a los apestados de Persia, que lanzaban sus harapos sobre los equipos sanitarios cristianos invocando al cielo a voces para que diese la peste a los infieles, que querían combatir el mal enviado por Dios. Pero tampoco, ni mucho menos, había que imitar a los monjes de El Cairo que en las epidemias del siglo pasado daban la comunión cogiendo la hostia con pinzas para evitar el contacto de aquellas bocas húmedas y calientes donde la infección podía estar dormida. Los pestíferos persas y los monjes pecaban igualmente pues para los primeros el sufrimiento de un niño no contaba y para los segundos, por el contrario, el miedo, harto humano, al dolor lo había invadido todo. En los dos casos, el problema era soslayado. Todos seguían sordos a la voz de Dios. Pero había otros ejemplos que Paneloux quería recordar. Según el cronista de la gran peste de Marsella, de los ochenta y un religioso del convento de la Merced sólo cuatro sobrevivieron a la fiebre, y de esos cuatro tres huyeron. Esto es lo que dijeron los cronistas y su oficio no los obligaba a decir más. Pero al leer estas crónicas, todo el pensamiento del padre Paneloux iba hacia aquel que había quedado solo, a pesar de los setenta y siete muertos y, sobre todo, a pesar del ejemplo de sus tres hermanos. Y el padre, pegando con un puño en el borde del púlpito, gritó: "¡Hermanos míos, hay que ser ese que se queda!"

No se trataba de rechazar las precauciones, el orden inteligente que la sociedad impone al desorden de una plaga. No había que escuchar a esos moralistas que decían que había que ponerse de rodillas y abandonarlo todo. Había únicamente que empezar a avanzar en las tinieblas, un poco a ciegas, y procurar hacer el bien. Pero, por lo demás, había que perseverar y optar por encomendarse a Dios, incluso ante la muerte de los niños, y sin buscar subterfugios personales.

Aquí el padre Paneloux evocó la figura del obispo Belzunce durante la peste de Marsella. Recordó que el obispo hacia el fin de la epidemia, habiendo hecho todo lo que debía hacer y creyendo que no había ningún remedio, se encerró con víveres para subsistir en su casa e hizo tapiar la puerta. Los habitantes de la ciudad, para los que había sido un ídolo, por una transformación del sentimiento, frecuente en los casos del extremo dolor, se indignaron contra él, rodearon su casa de cadáveres para infectarlo y hasta arrojaron cuerpos por encima de la tapias para hacerlo perecer con más seguridad. Así, el obispo, por una debilidad, había creído aislarse en el mundo de la muerte, y los muertos le habían caído del cielo sobre la cabeza. Así también nosotros debemos persuadirnos de que no hay una isla en la peste. No, no hay término medio. Hay que admitir lo que nos causa escándalo porque si no habría que escoger entre amar a Dios u odiarlo. Y ¿quién se atrevería a escoger el odio a Dios?

"Hermanos míos —dijo al fin Paneloux, anunciando que iba a terminar—, el amor de Dios es un amor difícil. Implica el abandono total de sí mismo y el desprecio de la propia persona. Pero sólo Él puede borrar el sufrimiento y la muerte de los niños, sólo Él puede hacerla necesaria, mas es imposible comprenderla y lo único que nos queda es quererla. Ésta es la difícil lección que quiero compartir con vosotros. Ésta es la fe, cruel a los ojos de los hombres, decisiva a los ojos de Dios, al cual hay que acercarse. Es preciso que nos pongamos a la altura de esta imagen terrible. Sobre esa cumbre todo se confundirá y se igualará, la verdad brotará de la aparente injusticia. Por esto en muchas iglesias del Mediodía de Francia duermen los pestíferos desde hace siglos bajo las losas del coro, y los sacerdotes hablan sobre sus tumbas, y el espíritu que propagan brota de estas cenizas en las que también los niños pusieron su parte."

Al salir Rieux, una violenta corriente de aire se arremolinó en la puerta entreabierta y azotó en plena cara a los fieles. Trajo hasta la iglesia un olor a lluvia, un perfume de aceras mojadas que hacía adivinar el aspecto de la ciudad antes de haber salido. A un cura ya de edad, y a un joven diácono que salía con él, delante de Rieux, les fue difícil sujetar sus sombreros. El más viejo no dejó sin embargo de comentar el sermón. Reconocía y admiraba la elocuencia de Paneloux pero se inquietaba por el atrevimiento de las ideas que el padre había expuesto. Le parecía que aquel sermón demostraba más inquietud que fuerza y a la edad de Paneloux un sacerdote no tiene derecho a estar inquieto. El joven diácono, con la cabeza baja para protegerse del viento, aseguró que él frecuentaba mucho al padre, que estaba al corriente de su evolución y que su tratado sería todavía mucho más atrevido y seguramente no obtendría el imprimátur.

—Entonces ¿cuál es su idea? —le dijo el viejo.

Había llegado al atrio y el viento aullante los envolvía, cortando la palabra al más joven. Cuando pudo hablar dijo solamente:

—Si un cura consulta a un médico, hay contradicción.

Cuando Rieux lo comentó con Tarrou, éste le dijo que él conocía un cura que había perdido la fe durante la guerra al ver la cara de un joven con los ojos saltados.

—Paneloux tiene razón —dijo Tarrou—. Cuando la inocencia puede tener los ojos saltados, un cristiano tiene que perder la fe o aceptar tener los ojos saltados. Paneloux no quiere perder la fe: irá hasta el final. Esto es lo que ha querido decir.

Esta observación de Tarrou ¿permite aclarar un poco los acontecimientos desdichados que sobrevinieron y en los que la conducta de Paneloux pareció incomprensible a los que lo rodeaban? Júzguese por lo que sigue.

Unos días después del sermón, Paneloux tuvo que ocuparse de su mudanza. Fue el momento en que la evolución de la enfermedad provocó en la ciudad constantes traslados. Y así como Tarrou había tenido que dejar su hotel para alojarse en casa de Rieux, el padre tuvo que dejar el departamento donde su orden lo había instalado para ir a vivir a casa de una vieja señora frecuentadora de iglesias y todavía indemne de la peste. Durante la mudanza, el padre sintió crecer su cansancio y su angustia, y a causa de ello perdió la estimación de su hospedadora, pues habiéndolo ésta elogiado calurosamente los méritos de la profecía de Santa Odilia, el padre había mostrado una ligera impaciencia, debido, seguramente, a su agotamiento. Por más que se esforzó después de obtener de la señora al menos una benévola neutralidad, no pudo lograrlo: le había hecho mala impresión. Y todas las noches, antes de irse a su cuarto invadido por oleadas de puntillas de crochet, tenía que ver la espalda de su hospedadora sentada en el salón y llevarse el recuerdo del "buenas noches" que le dirigía secamente sin volverse. En una de esas noches, al ir a acostarse, zumbándole los oídos, sintió que se desencadenaba en su pulso y en sus sienes la marea de una fiebre que venía incubándose hacía días.

Lo que sucedió después, sólo fue conocido por los relatos de la dueña de casa.

Por la mañana la señora se había levantado temprano. Extrañada de no ver salir al padre de su cuarto, después de mucho dudar se había decidido a llamar a la puerta. El padre estaba todavía acostado, había pasado una noche de insomnio. Sufría de opresión en el pecho y parecía más congestionado que de costumbre. Según sus propios términos, le había propuesto con cortesía llamar a un médico, pero su proposición había sido rechazada con una violencia que consideraba lamentable y no había podido hacer más que retirarse. Un poco más tarde, el padre había tocado el timbre y la había hecho llamar. Se había excusado por su movimiento del mal humor y le había dicho que no podía tratarse de la peste porque no sentía ninguno de los síntomas característicos, sino que debía ser un cansancio pasajero. La señora le había respondido con dignidad que su proposición no había sido inspirada por una inquietud en ese orden: no se había preocupado por su propia seguridad que estaba en las manos de Dios, sino que había pensado únicamente en la salud del padre, de la que, en parte, se sentía responsable. Como él seguía sin decir nada, la señora, deseando según ella cumplir enteramente con su deber, le había propuesto otra vez llamar al médico. El padre se había negado de nuevo, pero añadiendo ciertas explicaciones que ella había encontrado muy confusas. Creía haber comprendido tan sólo, y esto era precisamente lo que le resultaba incomprensible, que el padre rehusaba la consulta porque no estaba de acuerdo con sus principios. La señora había sacado en conclusión que la fiebre trastornaba las ideas de su huésped y se había limitado a llevarle una tisana.

Siempre decidida a llenar con exactitud las obligaciones que la situación le creaba, había ido regularmente cada dos horas a verlo y lo que más le había impresionado era la agitación incesante en que el padre había pasado el día. Tan pronto arrojaba las ropas de la cama como las recogía, pasándose sin cesar las manos por la frente húmeda y enderezándose para intentar toser con una tos ahogada, ronca y espesa, que parecía un desgarramiento. Era como si luchase con la imposibilidad de arrancar del fondo de su garganta tapones de algodón que estuviesen ahogándolo. Al final de estas crisis se dejaba caer hacia atrás con todos los síntomas del agotamiento. Por último se incorporó a medias y se quedó mirando al espacio que estaba en frente, con una fijeza más vehemente que la agitación anterior. Pero la señora no se atrevió todavía a llamar al médico por no contrariarlo. Podía ser un simple acceso de fiebre, por muy espectacular que pareciese.

A primeras horas de la tarde intentó nuevamente hablar al padre y no obtuvo como respuesta más que palabras confusas. Repitió su proposición, pero entonces el padre, incorporándose medio ahogado, le respondió claramente que no quería médico. En ese momento la señora decidió esperar hasta la mañana siguiente y si el padre no había mejorado telefonear al número que la agencia Ransdoc repetía diez veces al día, por la radio. Siempre alerta a sus deberes tenía la intención de visitar a su huésped por la noche y tener cuidado de él. Pero por la noche, después de haberle dado la tisana, se echó un poco en su cama y durmió hasta el amanecer. Corrió al cuarto del padre.

Estaba tendido sin movimiento. A la extrema congestión de la víspera había sucedido una especie de palidez tanto más sensible cuanto que las facciones de la cara estaban aún llenas. El padre miraba fijamente la pequeña araña de cuentas multicolores que colgaba sobre la cama. Al entrar la señora volvió la cabeza. Según ella, parecía que lo hubiesen apaleado durante toda la noche y que hubiera perdido la capacidad de reaccionar. Ella le preguntó cómo se encontraba y con una voz que le pareció asombrosamente indiferente dijo que se encontraba mal, que no necesitaba médico y que era suficiente que lo llevasen al hospital para que todo estuviese en regla. La señora, aterrada, corrió al teléfono.

Rieux llegó al mediodía. A las explicaciones de la señora respondió solamente que Paneloux tenía razón y que debía ser ya demasiado tarde. El padre lo acogió con el mismo aire indiferente. Rieux lo reconoció y quedó sorprendido de no encontrar ninguno de los síntomas principales de la peste bubónica o pulmonar, fuera del ahogo y la opresión del pecho.

—No tiene usted ninguno de los síntomas principales de la enfermedad —le dijo—, pero en realidad no puedo asegurar nada; tengo que aislarlo.

El padre sonrió extrañamente, como con cortesía,

pero se calló. Rieux salió para telefonear y en seguida volvió y se quedó mirando al padre.

—Yo estaré cerca de usted —le dijo con dulzura. El padre se reanimó un poco y levantó hacia el doctor sus ojos, a los que pareció volver una especie de calor. Después articuló tan difícilmente que era imposible saber si lo decía con tristeza o no:

—Gracias. Pero los religiosos no tienen amigos. Lo tienen todo puesto en Dios.

Pidió el crucifijo que estaba en la cabecera de la cama y cuando se lo dieron se quedó mirándolo.

En el hospital, Paneloux no volvió a separar los dientes. Se abandonó como una cosa inerte a todos los tratamientos que le impusieron, pero no soltó el crucifijo. Sin embargo, el caso del padre seguía siendo ambiguo. La duda persistía en la mente de Rieux. Era la peste y no era la peste. Además, desde hacía algún tiempo parecía que la peste se complacía en despistar los diagnósticos. Pero en el caso del padre Paneloux la continuación demostró que esta incertidumbre carecía de importancia.

La fiebre subió. La tos se hizo cada vez más ronca y torturó al enfermo durante todo el día. Por la noche, al fin, el padre expectoró aquel algodón que lo ahogaba: estaba rojo. En medio de la borrasca de la fiebre, Paneloux permaneció con su mirada indiferente y cuando a la mañana siguiente lo encontraron muerto, medio caído fuera de la cama, sus ojos no expresaban nada. Se inscribió en su ficha: "Caso dudoso."

La fiesta de Todos los Santos no fue ese año como otras veces. En verdad, el tiempo era de circunstancias: había cambiado bruscamente y los calores tardíos habían cedido la plaza, de golpe, al fresco. Como los otros años un viento frío soplaba continuamente. Grandes nubes corrían de un lado a otro del horizonte, cubriendo de sombras las casas, sobre las que volvía a caer, después que pasaban, la luz fría y dorada del cielo de noviembre. Los primeros impermeables habían hecho su aparición. Pero se notaba que había un número sorprendente de telas cauchutadas y brillantes. Los periódicos habían informado que doscientos años antes, durante las grandes pestes del Mediodía, los médicos se vestían con telas aceitadas para preservarse y los comercios se aprovechaban de esto para colocar un surtido inmenso de trajes pasados de moda, gracias a los cuales cada uno esperaba quedar inmune.

Pero todos estos rasgos de la estación no podían hacer olvidar que los cementerios estaban desiertos. Otros años los tranvías iban llenos del olor insulso de los crisantemos, y procesiones de mujeres se encaminaban a los lugares donde los suyos estaban enterrados para poner flores en sus tumbas. Era el día en que se trataba de compensar a los muertos del aislamiento y el olvido en que se los había tenido durante largos meses. Pero este año nadie quería pensar en los muertos, precisamente porque se pensaba demasiado. Ya no se trataba de ir hacia ellos con un poco de nostalgia y melancolía, ya no eran los abandonados ante los que hay que ir a justificarse una vez al año; eran los intrusos que se procura olvidar. Por eso el Día de los Muertos fue ese año, en cierto modo, escamoteado. Según Cottard, en quien Tarrou encontraba un lenguaje cada vez más irónico, todos los días eran el Día de los Muertos.

Y realmente los fuegos de la peste ardían con una alegría cada vez más grande en el horno crematorio. Llegó un día en que el número de muertos aumentó más; parecía que la peste se hubiera instalado cómodamente en su paroxismo y que diese a sus crímenes cotidianos la precisión y la regularidad de un buen funcionario. En principio, y según la opinión de las personas competentes, éste era un buen síntoma. Al doctor Richard, por ejemplo, el gráfico de los progresos de la peste con su subida incesante y después la larga meseta que le sucedía, le parecía enteramente reconfortante: "Es un buen gráfico, es un excelente gráfico", decía. Opinaba que la enfermedad había alcanzado lo que él llamaba un rellano. Ahora, seguramente, empezaría ya a decrecer. Atribuía el mérito de esto al nuevo suero de Castel que acababa de obtener algunos éxitos imprevistos. El viejo Castel no lo contradecía, pero creía que, de hecho, nada se podía probar, pues la historia de las epidemias señala imprevistos rebotes. La prefectura, que desde hacía tanto tiempo deseaba llevar un poco de calma al espíritu público, sin que la peste se lo hubiese permitido hasta tanto, se proponía reunir a los médicos para pedirles un informe sobre el cambio actual, cuando, de pronto, el doctor Richard fue arrebatado por la peste, precisamente en el rellano de la enfermedad.

La prefectura, ante este ejemplo impresionante, sin duda, pero que después de todo no probaba nada, volvió al pesimismo con la misma inconsecuencia con que primero se había entregado al optimismo. Castel se limitó a preparar su suero lo más cuidadosamente posible. Ya no había un solo edificio público que no hubiera sido transformado en hospital o en lazareto, y si todavía se respetaba la prefectura era porque había que conservar aquel sitio para reunirse. Pero en general, vista la estabilidad relativa de la peste en esta época, la organización dirigida por Rieux no llegó a ser sobrepasada. Los médicos y los ayudantes que contribuían con un esfuerzo agotador no se veían obligados a imaginar que les esperasen esfuerzos mayores. Únicamente tenían que continuar con regularidad aquel trabajo, por así decir, sobrehumano. Las formas pulmonares de la infección que se habían manifestado ya antes, se multiplicaron en los cuatro extremos de la ciudad, como si el viento prendiese y activase incendios en los pechos. En medio de vómitos de sangre, los enfermos eran arrebatados mucho más rápidamente. El contagio parecía ser ahora más peligroso con esta nueva forma de la epidemia. En verdad las opiniones de los especialistas habían sido siempre contradictorias sobre este punto. Para mayor seguridad, el personal sanitario seguía respirando bajo máscaras de gasa desinfectada. A primera vista, la enfermedad parecía que hubiera debido extenderse, pero como los casos de peste bubónica disminuían, la balanza estaba en equilibrio.

Se podía tener también otros motivos de inquietud a causa de las dificultades en el aprovisionamiento que crecían cada vez más. La especulación había empezado a intervenir y sólo se conseguían a precios fabulosos los artículos de primera necesidad que faltaban en el mercado ordinario. Las familias pobres se encontraban, así, en una situación muy penosa, mientras que las familias ricas no carecían casi de nada. Aunque la peste, por la imparcialidad eficiente que usaba en su ministerio, hubiera debido afirmar el sentido de igualdad en nuestros conciudadanos, el juego natural de los egoísmos hacía que, por el contrario, se agravase más en el corazón de los hombres el sentimiento de la injusticia. Quedaba, claro está, la verdad irreprochable de la muerte, pero a ésa nadie la quería. Los pobres, que de tal modo pasaban hambre, pensaban con más nostalgia todavía en las ciudades y en los campos vecinos, donde la vida era libre y el pan no era caro. Puesto que no se podía alimentarlos suficientemente, sentían, aunque sin razón, que hubieran debido dejarlos partir. De tal modo que había acabado por aparecer una consigna que se leía en las paredes o que otras veces gritaban al paso del prefecto: "Pan o espacio". Esta fórmula irónica daba la medida de ciertas manifestaciones rápidamente reprimidas, pero cuyo carácter de gravedad no pasaba inadvertido.

Los periódicos, naturalmente, obedecían a la orden de optimismo a toda costa que habían recibido. Leyéndolos, lo que caracterizaba la situación era "el ejemplo conmovedor de serenidad y sangre fría" que daba la población. Pero en una ciudad cerrada, donde nada podía quedar secreto, nadie se engañaba sobre "el ejemplo" dado por la comunidad. Y para tener una idea de la serenidad y sangre fría en la cuestión, bastaba con entrar en un lugar de cuarentena o en uno de los campos de aislamiento que habían sido organizados por la dirección. Sucede que el cronista ocupado en otros sitios no los ha conocido y por esto no puede citar aquí más que el testimonio de Tarrou. Tarrou cuenta en sus cuadernos una visita que hizo con Rambert al campo instalado en el estadio Municipal. El estadio se encuentra casi en las puertas de la ciudad y da por un lado sobre la calle por donde pasan los tranvías y por otro sobre terrenos baldíos que se extienden hasta el borde de la meseta donde está construida la ciudad. El estadio está rodeado por altos muros de cemento, así que bastó con poner centinelas en las cuatro puertas de entrada para hacer difícil la evasión. Igualmente, los muros impedían a las gentes del exterior importunar con su curiosidad a los desgraciados que estaban en cuarentena. En cambio, éstos, a lo largo del día, oían, sin verlos, los tranvías que pasaban, y adivinaban, por el ruido más o menos grande que arrastraban con ellos, las horas de entrada o salida de las oficinas. Sabían también que la vida continuaba a unos metros de allí y que los muros de cemento separaban dos universos más extraños el uno al otro que si estuvieran en planetas diferentes.

Fue un domingo por la tarde cuando Tarrou y Rambert decidieron dirigirse al estadio. Iban acompañados por González, el jugador de fútbol con quien Rambert se había encontrado y que había terminado por acceder a dirigir por turnos la vigilancia del estadio. Rambert tenía que presentarse al administrador del campo. González le había dicho a las dos, en el momento de encontrarse, que aquélla era la hora en que antes de la peste se cambiaba de ropa para comenzar el match. Ahora que los estadios habían sido incautados esto ya no era posible y González se sentía, y ése era su aspecto, un hombre de más. Ésta era una de las razones que lo habían llevado a aceptar la vigilancia, a condición de no tener que ejercerla más que los fines de semana. El cielo estaba cubierto a medias y González, mirando hacia arriba, comentó que este tiempo, ni lluvioso ni caluroso, era el más favorable para un buen partido. Empezó a evocar a su modo el olor de la embrocación de los vestuarios, las tribunas atestadas, las camisetas de colores vivos sobre el terreno amarillento, las limonadas de la primavera y las gaseosas del verano que pican en la garganta reseca con mil agujas refrescantes.

Tarrou notó también que durante todo el trayecto, a través de las calles del barrio llenas de baches, el jugador no dejaba de dar patadas a todas las piedras que encontraba. Procuraba lanzarlas bien dirigidas a las bocas de las alcantarillas y si acertaba decía: "uno a cero". Cuando terminaba un cigarro, escupía la colilla hacia delante e intentaba darle con el pie. Cerca ya del estadio, unos niños que estaban jugando tiraron una pelota hacia el grupo que pasaba y González se apresuró a devolverla con precisión.

Entraron, al fin, en el estadio. Las tribunas estaban llenas de gente, pero el terreno estaba cubierto por varios centenares de tiendas rojas, dentro de las cuales se veían catres y morrales. Se había reservado las plataformas para que los internados pudieran guarecerse del calor o de la lluvia. Lo único que tenían que hacer era volver a colocar las tiendas al ponerse el sol. Debajo de las tribunas estaban las duchas que habían instalado, y los antiguos vestuarios de los jugadores habían sido transformados en despachos o en enfermerías. La mayor parte de los interesados estaba en las tribunas, otros erraban por las gradas. Algunos estaban sentados a la entrada de su tienda y paseaban sobre las cosas una mirada vaga. En las tribunas, algunos estaban tumbados y parecían esperar.

—¿Qué hacen durante todo el día? —preguntó Tarrou a Rambert.

—Nada.

Efectivamente, casi todos llevaban los brazos colgando y las manos vacías. Esta inmensa asamblea de hombres era extrañamente silenciosa.

—Los primeros días, no podía uno entenderse aquí —dijo Rambert—, pero a medida que pasa el tiempo van hablando cada vez menos.

Según sus notas, Tarrou los comprendía, y los veía al principio metidos en sus tiendas ocupados en oír volar las moscas o en rascarse vociferando su cólera o su miedo cuando encontraban orejas complacientes. Ahora no les quedaba más que callarse y desconfiar. Había una especie de desconfianza que caía del cielo gris, y, sin embargo, luminoso, sobre el campo rojizo.

Sí, todos tenían aire de desconfianza. Puesto que los habían separado de los otros no sería sin razón, y se les veía que buscaban sus razones y que temían. Todos los que Tarrou observaba tenían miradas errantes, todos parecían sufrir de la separación de aquello que constituye su vida. Y como no podían pensar siempre en la muerte, no pensaban en nada. Estaban vacantes. "Pero lo peor —escribía Tarrou— es que están olvidados y lo saben. Los que los conocen los han olvidado porque están pensando en otra cosa y esto es comprensible. Los que los quieren los han olvidado también porque tienen que ocuparse de gestiones y proyectos para hacerlos salir. Esto también es normal. Y, en fin de cuentas, uno ve que nadie es capaz de pensar realmente en nadie, ni siquiera durante la mayor de las desgracias. Pues pensar realmente en alguien es pensar minuto tras minuto, sin distraerse con nada, ni con los cuidados de la casa, ni con la mosca que vuela, ni con las comidas, ni con las picazones. Pero siempre hay moscas y picazones. Por esto la vida es tan difícil de vivir, y ellos lo saben bien."

El administrador que venía hacia ellos les dijo que un tal señor Othon quería verlos. Condujo a González a su despacho y después los llevó hacia un rincón de las tribunas donde el señor Othon, que se mantenía apartado, se levantó para saludarlos. Estaba vestido como siempre y llevaba el mismo cuello duro. Tarrou notó únicamente que sus tufos de las sienes estaban más despeinados y que llevaba desatado el cordón de un zapato. El juez tenía aspecto muy cansado y no miró ni una sola vez a sus interlocutores a la cara. Dijo que se alegraba mucho de verlos y que les encargaba dar las gracias al doctor Rieux por todo lo que había hecho. Ellos se callaron.

—Tengo la esperanza —dijo el juez después de un rato— de que Jacques no haya sufrido demasiado.

Era la primera vez que Tarrou le oía pronunciar el nombre de su hijo y comprendió que algo había cambiado en él. El sol bajaba hacia el horizonte y por entre dos nubes entraban sus rayos oblicuamente hasta las tribunas, dorando las caras de los tres hombres.

—No —dijo Tarrou—, verdaderamente, no creo que haya sufrido.

Cuando se retiraron, el juez siguió mirando hacia el lado por donde venía el sol.

Fueron a decir adiós a González, que estaba estudiando un cuadro de vigilancia por turnos.

El jugador les estrechó las manos sonriendo.

—Por lo menos he vuelto a los vestuarios —dijo—, ésa es la cosa.

Poco después, cuando el administrador los acompañaba hacia la salida, un enorme chicharreo se oyó en las tribunas: eran los altavoces que en otros sitios servían para anunciar el resultado de los matches o para presentar los equipos, y que ahora advertían gangosamente que los internados debían volver a sus tiendas para que la comida de la tarde pudiera serles distribuida. Los hombres dejaron lentamente las tribunas y se recogieron a sus tiendas arrastrando los pies. Cuando todos estuvieron preparados, dos carritos eléctricos, como los que se ven en las estaciones, pasaron por entre las tiendas llevando grandes marmitas. Los hombres alargaban la mano, dos cucharones se hundían en las dos marmitas, saliendo cargados para aterrizar en dos escudillas. El coche volvía a ponerse en marcha y lo mismo se repetía en la tienda siguiente.

—Es científico —dijo Tarrou al administrador.

Había llegado el crepúsculo y el cielo se había despejado. Una luz suave y fresca bañaba el campo. En la paz de la tarde se oyeron ruidos de platos y cucharas por todas partes. Algunos murciélagos revoloteaban sobre las tiendas y desaparecían rápidamente. Un tranvía chirrió en la aguja, del otro lado de los muros.

—Pobre juez —murmuró Tarrou al salir—. Habría que hacer algo por él, pero ¿qué se puede hacer por un juez?

Había también en la ciudad otros muchos campos de los que el cronista por escrúpulo y por falta de información directa no puede decir nada. Pero lo que sí puede decir es que la existencia de esos campos, el olor a hombres que venía de ellos, los enormes ruidos de los altavoces al caer de la tarde, el misterio de los muros y el miedo de esos lugares reprobados pesaban sobre la moral de nuestros conciudadanos y añadían confusión y malestar. Los incidentes y los conflictos con la administración se multiplicaron.

A fin de noviembre las mañanas llegaron a ser muy frías. Lluvias torrenciales lavaron el suelo, a chorros, limpiaron el cielo y lo dejaron puro, sin nubes, sobre las calles relucientes. Por las mañanas un sol débil esparcía sobre la ciudad una luz refulgente y fría. Hacia la tarde, por el contrario, el aire volvía a hacerse tibio. Éste fue el momento que Tarrou eligió para franquearse un poco con el doctor Rieux.

Una noche, a eso de las diez, después de una larga y agotadora jornada, Tarrou acompañó a Rieux que iba a hacer su visita de la tarde al viejo asmático. El cielo brillaba suavemente sobre las casas del barrio.

En los cruces de algunas calles oscuras, un ligero viento soplaba sin ruido. Del silencio de aquellas calles pasaron al parloteo del viejo. Éste les dijo que había muchos descontentos, que las tajadas son siempre para los mismos, que tanto va el cántaro a la fuente que al fin se rompe y que probablemente, aquí se frotaba las manos, habría gresca. El doctor le prodigó sus cuidados sin que él dejase de lamentar los acontecimientos.

Oyeron pasos sobre el techo. La mujer del viejo, viendo el interés de Tarrou por aquel ruido, les explicó que los vecinos salían a la terraza. Dijo también que había muy bonita vista, desde allá arriba, y que las terrazas de casi todas las casas se tocaban, comunicándose por algún lado, y así podían las mujeres del barrio visitarse sin salir a la calle.

—Sí —dijo el viejo—, suban un poco. Allá arriba hay buen aire.

Encontraron la terraza sola y provista de tres sillas. De un lado, tan lejos como alcanzaba la vista, no se distinguían más que terrazas que acababan por quedar adosadas a una masa oscura y rocosa que correspondía a la primera colina. Del otro lado, por encima de algunas calles y del puerto que no era visible, la mirada se sumergía en un horizonte en el que el cielo y el mar se unían en una palpitación idéntica. Más allá de donde sabían que quedaban los acantilados, una claridad cuyo origen no se alcanzaba a ver aparecía y desaparecía regularmente: el faro del paso, desde la primavera, se encendía para los barcos que debían desviarse hacia otros puertos. En el cielo barrido y pulido por el viento brillaban las estrellas puras y la claridad lejana del faro esparcía de cuando en cuando una ráfaga cenicienta. La brisa traía olores de especias y de rocas. El silencio era absoluto.

—Qué buen tiempo hace —dijo Rieux sentándose—. Es como si la peste no hubiese llegado hasta aquí.

Tarrou, de espaldas a él, miraba el mar.

—Sí —dijo después de un rato—, hace buen tiempo.

Vino a sentarse junto al doctor y lo miró atentamente. Tres veces se apareció un resplandor en el cielo. De las profundidades de la calle llegó hasta ellos ruido de platos. Una puerta golpeó dentro de la casa.

—Bueno —dijo Tarrou con un tono enteramente natural—, ¿usted no ha procurado nunca saber quién soy yo? ¿Me tiene usted alguna amistad?

—Sí —respondió el doctor—, se la tengo. Pero hasta ahora nos ha faltado el tiempo.

—Si es así, me tranquiliza. ¿Quiere usted que este momento sea el momento de la amistad?

Por toda respuesta Rieux le sonrió.

—Bueno, pues, ahí va...

En alguna calle lejana un auto pareció resbalar en el pavimento mojado y según se alejaba se perdieron detrás de él algunas exclamaciones confusas que habían roto un momento el silencio. Después, el silencio volvió a caer sobre los dos hombres con todo su peso de cielo y de estrellas. Tarrou se había levantado para apoyarse en la baranda de la terraza frente a Rieux, que seguía hundido en su silla. Sólo se veía su figura maciza recortada contra el cielo. Habló durante mucho

tiempo y he aquí poco más o menos su discurso recons-
truido.

"Digamos para simplificar, Rieux, que yo padecía ya
de la peste mucho antes de conocer esta actitud y esta
epidemia. Basta con decir que soy como todo el mundo. Pero hay gentes que no lo saben o que se encuentran bien en ese estado y hay gentes que lo saben y
quieren salir de él. Siempre he querido salir.

"Cuando yo era joven vivía con la idea de mi inocencia, es decir, sin ninguna idea. No soy del genero de
los atormentados, yo empecé bien. Todo me salía como
es debido, estaba a mi gusto en el terreno de la inteligencia y mucho más en el de las mujeres. Si tenía
alguna inquietud se iba como había venido. Un día
empecé a reflexionar.

"Tengo que advertirle que yo no era pobre como
usted. Mi padre era abogado general, que es una buena
situación. Sin embargo, no se daba ninguna importancia, era de natural bonachón. Mi madre era sencilla y
apagada, no he dejado de quererla nunca, pero prefiero
no hablar de ella. Él se ocupaba de mí con cariño y creo
que hasta intentaba comprenderme. Seguramente tenía
aventuras por ahí, ahora creo saberlo, y claro está que
estoy lejos de indignarme por ello. Se conducía en todo
como era de esperar, sin herir a nadie. Por decirlo en
dos palabras, no era muy original, y hoy que ya ha
muerto, me doy cuenta de que si no vivió como un santo
tampoco fue una mala persona. Estaba en el justo medio, eso es todo, era el tipo de hombre por quien se
puede sentir un razonable afecto, que puede durar.

"Pero tenía una particularidad: la gran guía Chaix era
su libro de cabecera. No es que viajase mucho: sólo
viajaba en las vacaciones para ir a Bretaña, donde tenía
una pequeña propiedad. Pero era capaz de decirle a
usted exactamente las horas de salida y de llegada del
tren París-Berlín, las combinaciones de los horarios que
había que hacer para ir de Lyon a Varsovia, el número
exacto de kilómetros que había entre las capitales que
usted escogiese. ¿Podría decir cómo hay que ir de
Briançon a Chamoix? Hasta un jefe de estación se per-

dería. Bueno, pues mi padre no se perdía en modo alguno. Se ejercitaba todas las noches en enriquecer sus conocimientos en esta materia y estaba orgulloso de ello. A mí me divertía mucho hacerle preguntas y comprobarlas en la Chaix, reconociendo que no se equivocaba. Esos pequeños ejercicios nos unían mucho, pues yo era para él un auditorio cuya buena voluntad sabía apreciar. Yo por mi parte creía que esta superioridad suya en ferrocarriles valía tanto como cualquier otra.

"Pero estoy insistiendo en esto y no quiero dar demasiada importancia a este hombre decente. En resumen: él no tuvo más que una influencia indirecta en mi determinación. A lo más me proporcionó una ocasión. Cuando cumplí los diecisiete años mi padre me invitó un día a ir a oírlo. Se trataba de un asunto importante en los Tribunales y seguramente él creyó que quedaría muy bien a mis ojos. Creo también que contaba con que este acto, propio para impresionar a las mentes jóvenes, influiría en mí para decidirme a elegir la misma carrera que él había seguido. Yo acepté por complacerlo y también porque tenía curiosidad de verlo y oírlo representando un papel tan diferente del que hacía entre nosotros. No pensé en otra cosa. Lo que pasaba en un tribunal me había parecido siempre tan natural e inevitable como una revista militar del 14 de julio o una distribución de premios. Tenía de todo ello una idea muy abstracta que no me desagradaba.

"Sin embargo, no conservo de ese día más que una sola imagen: la del culpable. Yo creo que era culpable, realmente, poco importa de qué. Pero aquel hombrecillo de pelo rojo y ralo, de unos treinta años parecía tan decidido a reconocerlo todo, tan sinceramente alterado por lo que había hecho y por lo que iban a hacerle, que al cabo de unos minutos yo ya no tuve ojos más que para él. Tenía el aspecto de un búho deslumbrado por una luz demasiado viva. El nudo de la corbata no se le ajustaba al nacimiento del cuello. Se mordía las uñas de una sola mano, la derecha... En fin, no insisto, ya comprende usted; estaba vivo.

"Pero yo me di cuenta de ello bruscamente, cuando

hasta aquel momento no lo había visto más que a través de la cómoda categoría del 'inculpado'. No puedo decir que me olvidase de mi padre, pero había algo que me oprimía el estómago y me impedía toda atención que no fuese la que prestaba al reo. No escuchaba nada de lo que decían: sentía solamente que querían matar a aquel ser viviente y un instinto, formidable como una ola, me llevaba a ponerme de su lado, con una especie de ceguera obstinada. No me desperté de este delirio hasta que empezó mi padre la acusación.

"Transfigurado por la toga roja, ni bonachón ni afectuoso, bullían en su boca las frases enormes que sin cesar salían de ella, como culebras. Comprendí que estaba pidiendo la muerte de aquel hombre, en nombre de la sociedad, y que incluso pedía que le cortasen el pescuezo. Bueno, no decía más que: 'Esa cabeza debe caer'; después de todo la diferencia no era muy grande. Y en verdad, acabó siendo la misma cosa, puesto que llegó a obtener aquella cabeza. Claro que no fue él quien hizo el trabajo. Y yo, que seguía todo aquello hasta el final, sólo yo tuve con aquel desgraciado una intimidad vertiginosa que mi padre nunca tuvo. Sin embargo, él tenía que asistir, según la costumbre, a eso que llaman, delicadamente, los últimos momentos y que habría que llamar el más abyecto de los asesinatos.

"A partir de ese día no pude volver a mirar la guía Chaix sin un asco infinito. A partir de ese día empecé a interesarme con horror por la justicia, por las sentencias de muerte, por las ejecuciones, y comprendía con una especie de vértigo, que mi padre había debido asistir muchas veces a esos asesinatos y que eso debía pasar aquellos días en que se levantaba muy temprano. Sí, esos días ponía el despertador. No me atreví a hablar de ello con mi madre, pero empecé a observarla y comprendí que entre ellos no había nada, que llevaba una vida de renunciamiento. Esto, como yo decía entonces, me ayudó a perdonarla. Después he sabido que no había nada que perdonarle, porque había sido pobre toda su vida hasta que se había casado y la pobreza le había enseñado la resignación.

"Creerá usted que voy a decirle que me fui de casa en seguida. Pero no, me quedé todavía varios meses, casi un año. Pero tenía el corazón enfermo. Una noche mi padre pidió el despertador porque tenía que levantarse temprano. No dormí en toda la noche. Al día siguiente cuando volvió ya me había ido. Tengo que añadir que mi padre me hizo buscar, que fui a verlo y que sin más explicación le dije tranquilamente que si me obligaba a volver me mataría. Acabó por aceptar, pues era de carácter más bien débil, me echó un discurso sobre lo estúpido que era querer vivir su vida (así es como se explicaba mi decisión y yo no lo disuadí), me hizo mil advertencias y reprimió las lágrimas que sinceramente se le saltaban. Luego, ya mucho tiempo después, fui a ver a mi madre con frecuencia y entonces lo encontré alguna vez. Estas relaciones yo creo que le bastaron. Yo por mi parte no tenía ninguna animosidad contra él, solamente un poco de tristeza en el corazón. Cuando murió me llevé a mi madre conmigo, y conmigo estaría si no hubiera muerto.

"He insistido mucho en estas cosas del principio de mi vida porque fueron realmente un principio. Conocí la pobreza a los dieciocho años, saliendo de la abundancia. Hice mil oficios para ganarme la vida y eso no me salió demasiado mal. Pero seguía obsesionándome la sentencia de muerte. Quería saldar las cuentas del búho rojo y, en consecuencia, hice política, como se dice. No quería ser un apestado, eso es todo. Llegué a tener la convicción de que la sociedad en que vivía reposaba sobre la pena de muerte y que combatiéndola, combatía el crimen. Yo llegué por mí mismo a ese convencimiento y otros me corroboraron en ello; de hecho era verdad en gran parte. Entonces me fui del lado de los que amaba y a los que no he dejado de amar. Estuve mucho tiempo con ellos y no ha habido país de Europa donde no haya compartido sus luchas. Pero bueno, a otra cosa.

"Naturalmente, yo sabía que nosotros también pronunciábamos a veces grandes sentencias. Pero me aseguraban que esas muertes eran necesarias para llegar a un mundo donde no se matase a nadie. Esto era verdad en cierto modo, y después de todo, acaso yo no soy capaz de mantenerme en ese orden de verdades. Lo cierto es que yo dudaba, pero pensaba en el búho y esto me hacía seguir. Hasta el día que tuve que ver una ejecución (fue en Hungría) y el mismo vértigo que me había poseído de niño volvió a oscurecer mis ojos de hombre.

"¿Ha visto usted fusilar a un hombre alguna vez? No, seguramente, eso se hace en general por invitación y el público tiene que ser antes elegido. El caso es que usted no ha pasado de las estampas de los libros. Una venda en los ojos, un poste y a lo lejos unos cuantos soldados. Pues bien, ¡no es eso! ¿Sabe usted que el pelotón se sitúa a metro y medio del condenado? ¿Sabe usted que si diera un paso hacia adelante se daría con los fusiles en el pecho? ¿Sabe usted que a esta distancia los fusileros concentran su tiro en la región del corazón y que entre todos, con sus balas hacen un agujero donde se podría meter el puño? No, usted no lo sabe porque son detalles de los que no se habla. El sueño de los hombres es más sagrado que la vida para los apestados. No se debe impedir que duerman las buenas gentes. Sería de mal gusto: el buen gusto consiste en no insistir, todo el mundo lo sabe. Pero yo no he vuelto a dormir bien desde entonces. El mal gusto se me ha quedado en la boca y no he dejado de insistir, es decir, de pensar en ello.

"Al fin comprendí, por lo menos, que había sido yo también un apestado durante todos esos años en que con toda mi vida había creído luchar contra la peste. Comprendía que había contribuido a la muerte de miles de hombres, que incluso la había provocado, aceptando como buenos los principios y los actos que fatalmente la originaban. Los otros no parecían molestos por ello, o, al menos, no lo comentaban nunca espontáneamente. Yo tenía un nudo en la garganta. Estaba con ellos y, sin embargo, estaba solo. Cuando se me ocurría manifestar mis escrúpulos me decían que había que pensar bien las cosas que estaban en juego y me daban razones a veces impresionantes para hacerme tragar lo que yo no era capaz de digerir. Yo les decía que los grandes apestados, los que se ponen las togas rojas, tienen también excelentes razones y que si admitía las razones de fuerza mayor y las necesidades invocadas por los apestados menores, no podía rechazar las de los grandes. Ellos me hacían notar que la manera de dar la razón a los de las togas rojas era dejarles el derecho exclusivo a sentenciar. Pero yo me decía que si cedía a uno una vez no había razón para detenerse. Creo que la historia me ha dado la razón y que hoy día están a ver quién es el que más mata. Están poseídos por el furor del crimen y no pueden hacer otra cosa.

"En todo caso, mi asunto no era el razonamiento; era el búho rojo, esa cochina aventura donde aquellas cochinas bocas apestadas anunciaban a un hombre entre cadenas que tenía que morir y ordenaban todas las cosas para que muriese después de noches y noches de agonía, durante las cuales esperaba con los ojos abiertos ser asesinado. Era el agujero en el pecho. Y yo me decía, mientras tanto, que por mi parte me negaré siempre a dar una sola razón, una sola, lo oye usted, a esta repugnante carnicería. Sí, me he decidido por esta ceguera obstinada mientras no vea más claro.

"Desde entonces no he cambiado. Hace mucho tiempo que tengo vergüenza, que me muero de vergüenza de haber sido, aunque desde lejos y aunque con buena voluntad, un asesino yo también. Con el tiempo me he dado cuenta de que incluso los que eran mejores que otros no podían abstenerse de matar o de dejar matar, porque está dentro de la lógica en que viven, y he comprendido que en este mundo no podemos hacer un movimiento sin exponernos a matar. Sí, sigo teniendo vergüenza, he llegado al convencimiento de que todos vivimos en la peste y he perdido la paz. Ahora la busco, intentando comprenderlos a todos y no ser enemigo mortal de nadie. Sé únicamente que hay que hacer todo lo que sea necesario para no ser un apestado y que sólo eso puede hacernos esperar la paz o una buena muerte a falta de ello. Eso es lo único que puede aliviar a los hombres y, si no salvarlos, por lo menos hacerles el menor mal posible y a veces incluso un poco de bien.

"Por eso me he decidido a rechazar todo lo que, de cerca o de lejos, por buenas o por malas razones, haga morir o justifique que se haga morir.

"Por esto es por lo que no he tenido nada que aprender con esta epidemia, si no es que tengo que combatirla al lado de usted. Yo sé a ciencia cierta (sí, Rieux, yo lo sé todo en la vida, ya lo está usted viendo) que cada uno lleva en sí mismo la peste, porque nadie, nadie en el mundo está indemne de ella. Y sé que hay que vigilarse a sí mismo sin cesar para no ser arrastrado en un minuto de distracción a respirar junto a la cara de otro y pegarle la infección. Lo que es natural es el microbio. Lo demás, la salud, la integridad, la pureza, si usted quiere, son un resultado de la voluntad, de una voluntad que no debe detenerse nunca. El hombre íntegro, el que no infecta a casi nadie es el que tiene el menor número posible de distracciones. ¡Y hace falta tal voluntad y tal tensión para no distraerse jamás! Sí, Rieux, cansa mucho ser un pestífero. Pero cansa más no serlo. Por eso hoy día todo el mundo parece cansado, porque todos se encuentran un poco pestíferos. Y por eso, sobre todo, los que quieren dejar de serlo llegan a un extremo tal de cansancio que nada podrá librarlos de él más que la muerte.

"Desde ese tiempo sé que yo ya no sirvo para el mundo y que a partir del momento en que renuncié a matar me condené a mí mismo en un exilio definitivo. Los otros serán los que harán la historia. Sé también que no puedo juzgar a esos otros. Hay una condición que me falta para ser un razonable asesino. Por supuesto, no es ninguna superioridad. Me avengo a ser lo que soy, he conseguido llegar a la modestia. Sé únicamente que hay en este mundo plagas y víctimas y que hay que negarse tanto como le sea a uno posible a estar con las plagas. Esto puede que le parezca un poco simple y yo no sé si es simple verdaderamente, pero sé que es cierto. He oído tantos razonamientos que han estado a punto de hacerme perder la cabeza y que se la han hecho perder a tantos otros, para obligarlo a uno a consentir en el asesinato, que he llegado a comprender que todas las desgracias de los hombres provienen de no hablar claro. Entonces he tomado el partido de hablar y obrar claramente, para ponerme en buen camino. Así que afirmo que hay plagas y víctimas, y nada más. Si diciendo esto me convierto yo también en plaga, por lo menos será contra mi voluntad. Trato de ser un asesino inocente. Ya ve usted que no es una gran ambición.

"Claro que tiene que haber una tercera categoría: la de los verdaderos médicos, pero de éstos no se encuentran muchos porque debe ser muy difícil. Por esto decido ponerme del lado de las víctimas para evitar estragos. Entre ellas, por lo menos, puedo ir viendo cómo se llega a la tercera categoría, es decir, a la paz."

Cuando terminó, Tarrou se quedó balanceando una pierna y dando golpecitos con el pie en el suelo de la terraza. Después de un silencio, el doctor se enderezó un poco y preguntó a Tarrou si tenía una idea del camino que había que escoger para llegar a la paz.

—Sí, la simpatía.

Dos timbres de ambulancia sonaron a lo lejos. Las exclamaciones que se oían confusas poco tiempo antes, se reunieron en un extremo de la ciudad junto a la colina rocosa. Se oyó al mismo tiempo algo que pareció una detonación. Después volvió el silencio. Rieux contó dos parpadeos del faro. La brisa pareció hacerse más fuerte y al mismo tiempo llegó del mar como un soplo con olor a sal. Ahora se oía claramente la sorda respiración de las olas que venían a chocar con el acantilado.

—En resumen —dijo Tarrou con sencillez—, lo que me interesa es cómo se puede llegar a ser un santo.

—Pero usted cree en Dios.

—Justamente. Puede llegarse a ser un santo sin Dios; ése es el único problema concreto que admito hoy día.

Bruscamente, un gran resplandor surgió del lado de donde se habían oído los gritos y remontando la corriente del viento un clamor oscuro llegó hasta los dos hombres. El resplandor desapareció en seguida y lejos, al final de las terrazas, no quedó más que un poco enrojecido el espacio. En una ráfaga de viento llegaron gritos de hombres, después el ruido de una descarga y el clamor de una multitud. Tarrou se levantó y escuchó. Ya no se oía nada.

—Otra vez están peleándose en las puertas.

—Ya ha terminado —dijo Rieux.

Tarrou murmuró que eso no terminaría nunca y que seguiría habiendo víctimas porque ésa era la norma.

—Es posible —respondió el doctor—, pero, sabe usted, yo me siento más solidario con los vencidos que con los santos. No tengo afición al heroísmo ni a la santidad. Lo que me interesa es ser hombre.

—Sí, los dos buscamos lo mismo, pero yo soy menos ambicioso.

Rieux creyó que Tarrou bromeaba y lo miró, pero a la vaga claridad del cielo vio una cara triste y seria.

El viento se levantó de nuevo, Rieux lo sintió sobre su piel casi tibio, Tarrou se desperezó.

—¿Sabe usted —dijo— lo que debiéramos hacer por la amistad?

—Lo que usted quiera —dijo Rieux.

—Darnos un baño de mar. Hasta para un futuro santo es un placer digno.

Rieux sonrió.

—Con nuestros pases podemos ir hasta la escollera. Después de todo, es demasiado tonto no vivir más que en la peste. Es evidente que un hombre tiene que batirse por las víctimas. Pero si por eso deja de amar todo lo demás, ¿de qué sirve que se bata?

—Sí —dijo Rieux—, vamos allá.

Un momento después, el auto se detenía junto a las verjas del puerto. La luna había salido. Un cielo lechoso proyectaba por todas partes sombras pálidas. Detrás de ellos quedaba la ciudad como estancada y de allí dimanaba un soplo caliente y enfermizo que los empujaba hacia el mar. Enseñaron sus papeles a un guardia que los examinó largo rato. Pasaron, y por los terraplenes cubiertos de toneles, entre el olor a vino y a pescado, tomaron la dirección de la escollera. Poco antes de llegar, el olor a yodo y a las algas les anunció el mar. Después empezaron a oírlo.

El mar zumbaba suavemente al pie de los grandes bloques de la escollera. Cuando bajaron los escalones apareció a su vista espeso, como de terciopelo, flexible y liso como un animal. Se acomodaron en las rocas, de cara a la extensión. Las aguas se hinchaban y se abismaban lentamente. Esta respiración tranquila del mar hacía nacer y desaparecer reflejos oleosos en la superficie del agua. Ante ellos la noche no tenía límites. Rieux, que sentía bajo sus dedos la cara áspera de las rocas, estaba lleno de una extraña felicidad. Se volvió a mirar a Tarrou y adivinó en la expresión tranquila y grave de su amigo aquella misma felicidad que no olvidaba nada, ni siquiera el asesinato.

Se desnudaron. Rieux se zambulló el primero. Fría al principio, el agua le fue pareciendo tibia a medida que avanzaba. Después de unas cuantas brazadas sintió que el mar de aquella noche era tibio, con la tibieza de los mares de otoño, que toman a la tierra el calor almacenado durante largos meses. Nadó acompasadamente. El golpeteo de sus pies dejaba atrás de él un hervidero de espuma, el agua se deslizaba a lo largo de sus brazos, para ceñirse a sus piernas. Un pesado chapoteo le anunció que Tarrou se había zambullido. Rieux se echó boca arriba y se quedó inmóvil de cara al cielo lleno de luna y de estrellas. Respiró largamente, fue oyendo cada vez más claro el ruido del agua removida, extrañamente claro en el silencio y la soledad del mar; Tarrou se acercaba, empezó a oír su respiración. Rieux se volvió, se puso al nivel de su amigo y nadaron al mismo ritmo. Tarrou avanzaba con más fuerza que él y tuvo que precipitar su movimiento. Durante unos minutos avanzaron con la misma cadencia y el mismo vigor, solitarios, lejos del mundo, liberados al fin de la ciudad y de la peste. Rieux se detuvo el primero y volvieron hacia la costa lentamente, excepto un momento en que entraron en una corriente helada. Sin decir nada precipitaron su marcha, azotados por esta sorpresa del mar.

Se vistieron y se marcharon sin haber pronunciado una palabra. Pero tenían el mismo ánimo y el mismo recuerdo dulce de esa noche. Rieux sabía que, como él, Tarrou pensaba que la enfermedad los había olvidado, que esto había sido magnífico y que ahora había que recomenzar.

Sí, había que recomenzar porque la peste no olvidaba a nadie mucho tiempo. Durante el mes de diciembre estuvo llameando en el pecho de nuestros conciudadanos, encendió el horno, pobló los campos de sombra con manos vacías. No cesó, en fin, de avanzar en su marcha paciente e irregular. Las autoridades habían contado con que los días fríos detendrían su avance, y, sin embargo, pasó sin decaer a través de los primeros rigores de la estación; había que esperar todavía. Pero a fuerza de esperar se acaba por no esperar nada, y nuestra ciudad entera llegó a vivir sin porvenir.

En cuanto al doctor, el fugitivo instante de paz y de amistad que le había sido dado no podía tener un mañana. Abrieron un hospital más y Rieux quedó cara a cara únicamente con los enfermos. Notó, al mismo tiempo, que en esta fase de la enfermedad, cuando la peste tomaba cada vez más la forma pulmonar, los enfermos parecían querer, en cierto modo, ayudar al médico. En vez de abandonarse a la postración, a las locuras del principio, parecía que se hacían una idea más justa de sus intereses y pedían ellos mismos lo que podía serles más favorable. Pedían de beber continuamente y todos querían calor. Aunque el cansancio fuera el mismo para el doctor, se sentía menos solo en estas ocasiones.

Hacia fines de diciembre, Rieux recibió del señor Othon, que se encontraba todavía en su campo, una carta diciendo que el tiempo de la cuarentena ya había pasado, que en la administración no encontraban la fecha de su ingreso y que seguramente lo retenían en el campo de aislamiento por error. Su mujer, que había salido hacía tiempo, había ido a protestar a la prefectura, donde la recibieron de malos modos, diciéndole que no había nunca errores. Rieux hizo intervenir a Rambert y pocos días después vio llegar al señor Othon. Había habido, en efecto, un error y Rieux se indignó un poco. Pero el señor Othon, que había adelgazado mucho, levantó blandamente una mano y dijo, pesando sus palabras, que todo el mundo podía equivocarse. El doctor notó únicamente que algo había cambiado en él.

—¿Qué va usted a hacer ahora, señor juez? Lo esperan sus legajos —dijo Rieux.

—No —dijo el juez—, quisiera pedir una licencia.

—Efectivamente, necesita usted descansar.

—No, no es eso, quisiera volver al campo.

Rieux se extrañó.

—Pero, ¡si sale usted de allí!

—Me he explicado mal. Me han dicho que hay voluntarios en la administración en ese campo.

El juez revolvía un poco sus ojos redondos y trataba de asentar uno de sus tufos.

—Comprende usted, así tendría una ocupación. Y además, aunque es tonto decirlo, me sentiría menos separado de mi hijo.

Rieux lo miró. No era posible que en aquellos ojos duros y sin relieves brotase de pronto algo de dulzura. Pero se habían tornado como brumosos, habían perdido su pureza de metal.

—Muy exacto —dijo Rieux—, voy a ocuparme de ello ya que usted lo quiere.

El doctor se ocupó, en efecto, y la vida de la ciudad apestada siguió su curso hasta Navidad. Tarrou siguió llevando a todas partes su tranquilidad eficaz. Rambert confió al doctor que había logrado establecer, gracias a los muchachos que hacían la guardia, una correspondencia clandestina con su mujer. Recibía cartas de cuando en cuando. Propuso a Rieux que aprovechase su sistema y éste aceptó. Escribió por primera vez, después de muchos meses, pero con las mayores dificultades. Era un lenguaje que había perdido. La carta partió, la respuesta tardó en venir. Por su parte Cottard prosperaba y sus pequeñas especulaciones lo enriquecían. En cuanto a Grand, el período de las fiestas no debió darle resultado.

La Navidad de aquel año fue más bien la fiesta del Infierno que la del Evangelio. Los comercios vacíos y sin luz, los chocolates artificiales o las cajas vacías en los escaparates, los tranvías llenos de caras sombrías, no había nada que pudiera recordar las Navidades pasadas. En esta fiesta, en la que todo el mundo, rico o pobre, se regocijaba en otro tiempo, no había lugar más que para las escasas diversiones solitarias y vergonzosas que algunos privilegiados se procuraban a precio de oro en el fondo de alguna trastienda grasienta. Las iglesias estaban llenas de lamentaciones en vez de acciones de gracias. En la ciudad hosca y helada, algunos niños corrían de un lado para otro, ignorantes de lo que les amenazaba. Pero nadie se atrevía a hablarles del Dios de otros tiempos, cargado de ofrendas, antiguo como el dolor humano, pero nuevo como la joven esperanza. No había sitio en el corazón de nadie más que para una vieja y tibia esperanza, esa esperanza que impide a los hombres abandonarse a la muerte y que no es más que obstinación de vivir.

El día antes, Grand había faltado a su cita. Rieux, inquieto, había pasado por su casa a primera hora de la mañana, sin encontrarlo. Todo el mundo estaba alarmado. Hacia las once, Rambert vino al hospital a decir al doctor que había visto a Grand desde lejos, vagando por las calles, con la cara descompuesta, pero que lo había perdido de vista. El doctor y Tarrou se fueron en el coche en su busca.

A mediodía, helando, Rieux saltó del coche al ver de lejos a Grand, pegado a un escaparate lleno de juguetes toscamente tallados en madera. Por las mejillas del viejo funcionario corrían las lágrimas sin interrupción. Y esas lágrimas trastornaban a Rieux, porque las comprendía y las sentía él también en su garganta. Recordó los esponsales del desgraciado, ante un escaparate de Navidad, y creyó ver a Jeanne volviéndose hacia él para decirle que estaba contenta. Desde el fondo de aquellos años lejanos, en el corazón mismo de la locura actual, la voz fresca de Jeanne llegaba hasta Grand, era seguro. Rieux sabía lo que estaba pensando en aquel momento el pobre viejo que lloraba, y también como él pensaba que este mundo sin amor es un mundo muerto, y que al fin llega un momento en que se cansa uno de la prisión, del trabajo y del valor, y no exige más que el rostro de un ser y el hechizo de la ternura en el corazón.

Pero Grand lo vio en el cristal. Sin dejar de llorar se volvió y apoyó la espalda en el escaparate hasta que llegó junto a él.

—¡Ah!, doctor. ¡Ah!, doctor —le dijo.

Rieux movió la cabeza como afirmando, incapaz de hablar. Aquella angustia era la suya y lo que le oprimía el corazón en aquel momento era esa inmensa cólera que envuelve al hombre ante el dolor que todos los hombres comparten.

—Sí, Grand —dijo.

—Quisiera tener tiempo para escribirle una carta. Para que sepa... y para que pueda ser feliz sin remordimiento. —Con una especie de violencia, Rieux hizo avanzar a Grand. Él se dejó arrastrar, murmurando trozos de frases.— Hace ya demasiado tiempo que dura esto. Tiene uno ganas de no preocuparse más, es forzoso. ¡Ah!, doctor, soy hombre de aspecto tranquilo, pero siempre he necesitado hacer un gran esfuerzo para ser siquiera normal. Ahora, ya esto es demasiado.

Se paró, temblaba y tenía la mirada enloquecida.

Rieux le tomó la mano, abrasaba.

Pero Grand se escapó y echó a correr unos cuantos pasos, después se separó, abrió los brazos y empezó a oscilar de atrás adelante, dio media vuelta y cayó sobre la acera helada, con la cara mojada por las lágrimas que seguían corriéndole. Los que pasaban lo miraron de lejos deteniéndose bruscamente sin atreverse a avanzar. Rieux tuvo que llevarlo en sus brazos.

Ya en la cama, Grand se ahogaba: los pulmones estaban atacados. Rieux pensó que Grand no tenía familia, ¿para qué transportarlo? Se quedaría allí, con Tarrou para cuidarlo.

Grand estaba hundido en la almohada, la piel verdosa, los ojos apagados. Miraba fijamente un miserable fuego que Tarrou trataba de encender en la chimenea con los restos de un cajón. "Esto va mal", decía, y del fondo de sus pulmones en llamas salía un extraño crepitar que acompañaba sus palabras. Rieux le recomendó que se callase y le prometió volver. Grand se sonrió extrañamente y una especie de ternura le inundó la cara. Guiñó un ojo con esfuerzo, "Si salgo de ésta, ¡hay que quitarse el sombrero, doctor!" Pero en seguida cayó en una gran postración.

Unas horas después, Rieux y Tarrou encontraron al enfermo medio incorporado en la cama y Rieux vio con espanto en su cara los progresos del mal, que lo abrasaba. Pero él parecía más lúcido y en seguida, con voz extrañamente cavernosa, les rogó que le dieran el manuscrito que tenía metido en un cajón. Tarrou le dio las hojas que él apretó contra su pecho sin mirarlas y se las entregó al doctor, indicándole con el gesto que las leyese. Era un corto manuscrito, de unas cincuenta páginas. El doctor las hojeó y vio que todas aquellas páginas no contenían más que la misma frase indefinidamente copiada, retocada, enriquecida o empobrecida. Sin cesar, el mes de mayo, la amazona y las avenidas del Bosque se confrontaban y se disponían de maneras diversas. Pero al final de la última página una mano atenta había escrito con tinta que aún estaba fresca: "Mi muy querida Jeanne, hoy es Navidad..." Debajo, con esmerada caligrafía, figuraba la última versión de la frase. "Lea", dijo Grand, y Rieux leyó: "En una hermosa mañana de mayo, una esbelta amazona, montada en una suntuosa jaca alazana, recorría entre flores las avenidas del Bosque..."

—¿Está? —dijo el viejo con voz de fiebre.

Rieux no levantó los ojos.

—¡Ah! —dijo él, agitándose—, ya lo sé, "hermosa", "hermosa" no es la palabra exacta.

Rieux le tomó la mano.

—Déjelo usted, doctor. Ya no tendré tiempo...

Su pecho se hinchaba con esfuerzo y de pronto gritó:

—¡Quémelo!

El doctor dudó, pero Grand repitió la orden con un acento tan terrible y tal sufrimiento en la voz que Rieux echó los papeles en el fuego ya casi apagado. La habitación se iluminó rápidamente y una breve llamarada la caldeó un momento. Cuando el doctor fue hacia el enfermo, éste se había vuelto del otro lado y su cara tocaba casi la pared. Tarrou miraba por la ventana, como extraño a la escena. Después de haberle inyectado el suero, Rieux dijo a su amigo que Grand no pasaría de la noche, y Tarrou propuso quedarse con él. El doctor aceptó.

Toda la noche lo persiguió la idea de que Grand iba a morir. Pero a la mañana siguiente Rieux encontró a Grand sentado en la cama hablando con Tarrou. La fiebre había desaparecido. No le quedaban más que las huellas de un agotamiento general.

—¡Ah!, doctor —decía Grand—, hice mal. Pero lo volveré a empezar. Me acuerdo de todo, ya verá usted.

—Esperaremos —dijo Rieux a Tarrou.

Pero al mediodía no había cambiado nada. Por la noche, Grand podía considerarse como salvado. Rieux no podía comprender esta resurrección.

Poco más o menos en la misma época le llevaron una enferma que le pareció un caso desesperado y que hizo aislar desde su llegada al hospital. La muchacha estaba en pleno delirio y presentaba todos los síntomas de la fiebre pulmonar. Pero al día siguiente la fiebre había bajado. El doctor creyó reconocer, como en el caso de Grand, la tregua matinal, que la experiencia lo había acostumbrado a considerar como un mal síntoma. Al mediodía, sin embargo, la fiebre no había vuelto a subir. Por la tarde aumentó unas décimas solamente y al otro día había desaparecido. La muchacha, aunque débil, respiraba libremente en su cama. Rieux dijo a Tarrou que se había salvado contra todas las reglas. Pero durante la semana se presentaron cuatro casos semejantes en la asistencia del doctor.

A fines de la misma semana, el viejo asmático acogió al doctor y a Tarrou con muestras de una gran agitación.

—Ya está —decía—, vuelven a salir.

—¿Quién?

—¿Quién va a ser? ¡Las ratas!

Desde el mes de abril no se había vuelto a ver una rata muerta.

—¿Es que esto va a recomenzar? —dijo Tarrou a Rieux.

El viejo se frotaba las manos.

—¡Hay que ver cómo corren!, da gusto.

Había visto dos ratas vivas entrar por la puerta de calle. Algunos vecinos le habían contado que también en sus casas los bichos habían hecho su reaparición. En algunas tarimas se volvía a oír su trajinar, olvidado ya desde hacía meses. Rieux esperaba las estadísticas generales que salían al principio de cada semana. Revelaron un descenso de la enfermedad.

5

A pesar de este brusco e inesperado retroceso de la enfermedad, nuestros conciudadanos no se apresuraron a estar contentos. Los meses que acababan de pasar, aunque aumentaban su deseo de liberación, les habían enseñado a ser prudentes y los habían acostumbrado a contar cada vez menos con un próximo fin de la epidemia. Sin embargo, el nuevo hecho estaba en todas las bocas y en el fondo de todos los corazones se agitaba una esperanza inconfesada. Todo lo demás pasaba a segundo plano. Las nuevas víctimas de la peste tenían poco peso al lado de este hecho exorbitante: las estadísticas bajaban. Una de las nuevas muestras de que la era de la salud, sin ser abiertamente esperada, se aguardaba en secreto, sin embargo, fue que nuestros ciudadanos empezaron a hablar con gusto, aunque con aire de indiferencia, de la forma en que reorganizarían su vida después de la peste.

Todo el mundo estaba de acuerdo en creer que las comodidades de la vida pasada no se recobrarían en un momento y en que era más fácil destruir que reconstruir. Se imaginaban, en general, que el aprovisionamiento podría mejorarse un poco y que de este modo desaparecería la preocupación más apremiante. Pero, en realidad, bajo esas observaciones anodinas una esperanza insensata se desataba, de tal modo que nuestros conciudadanos no se daban a veces cuenta de ello y afirmaban con precipitación que, en todo caso, la liberación no sería para el día siguiente.

Y así fue; la peste no se detuvo al otro día, pero a las claras se empezó a debilitar más de prisa de lo que razonablemente se hubiera podido esperar. Durante los primeros días de enero, el frío se estabilizó con una persistencia inusitada y pareció cristalizarse sobre la ciudad. Sin embargo, nunca había estado tan azul el cielo. Durante días enteros su esplendor inmutable y helado inundó toda la ciudad con una luz ininterrumpida. En este aire purificado, la peste, en tres semanas, y mediante sucesivos descensos, pareció agotarse, alineando cadáveres cada día menos numerosos. Perdió en un corto espacio de tiempo la casi totalidad de las fuerzas que había tardado meses en acumular. Viendo cómo se le escapaban presas enteramente sentenciadas como Grand y la muchacha de Rieux, cómo se exacerbaba en ciertos barrios durante dos o tres días, mientras desaparecía totalmente en otros, cómo multiplicaba las víctimas el lunes, y el miércoles las dejaba escapar casi todas; viéndola desfallecer o precipitarse se hubiera dicho que estaba desorganizándose por enervamiento o cansancio y que perdía, al mismo tiempo que el dominio de sí misma la eficacia matemática y soberana que había sido su fuerza. El suero de Castel empezó a tener de pronto éxitos que hasta entonces le habían sido negados. Cada una de las medidas tomadas por los médicos, que antes no daban ningún resultado, parecieron inesperadamente dar en el clavo. Era como si a la peste le hubiera llegado la hora de ser acorralada y su debilidad súbita diese fuerza a las armas embotadas que se le habían opuesto. Sólo de cuando en cuando la enfermedad recrudecía y de un solo golpe se llevaba a tres o cuatro enfermos cuya curación se esperaba. Eran los desafortunados de la peste; los que mataba en plena esperanza. Éste fue el caso del juez Othon, al que hubo que evacuar del campo de cuarentena y del que Tarrou dijo que no había tenido suerte, sin que se pueda saber si pensaba en la muerte o en la vida del juez.

Pero, en conjunto, la infección retrocedía en toda la línea, y los comunicados de la prefectura, que primero habían hecho nacer tan tímida y secreta esperanza, acabaron por confirmar, en la mente de todos, la convicción de que la victoria estaba alcanzada y de que la enfermedad abandonaba sus posiciones. En verdad, era difícil saber si se trataba de una victoria. Únicamente estaba uno obligado a comprobar que la enfermedad parecía irse por donde había venido. La estrategia que se le había opuesto no había cambiado: ayer ineficaz, hoy aparentemente afortunada. Se tenía la impresión de que la enfermedad se había agotado por sí misma o de que acaso había alcanzado todos sus objetivos. Fuese lo que fuese, su papel había terminado.

Sin embargo, se hubiera podido creer que no había cambiado nada en la ciudad. Las calles, siempre silenciosas por el día, estaban invadidas de noche por una multitud en la que ahora predominaban los abrigos y las bufandas. Los cines y los cafés hacían los mismos negocios. Pero mirando detenidamente se podía ver que las caras estaban menos crispadas y que a veces hasta sonreían. Entonces se daba uno cuenta de que, hasta ese momento, nadie sonreía por la calle. En realidad, se había hecho un desgarrón en el velo opaco que rodeaba a la ciudad desde hacía meses y todos los lunes se comprobaba por las noticias de la radio que el desgarrón se iba agrandando y que al fin iba a ser posible respirar. No era más que un alivio negativo que todavía no tenía una expresión franca. Mientras que antes no se hubiera podido oír sin cierta incredulidad la noticia de que había salido un tren o llegado un vapor, o bien que se iba a autorizar la circulación de los autos, el anuncio de esos acontecimientos a mediados de febrero no provocó la menor sorpresa. Era poco, sin duda. Pero este ligero matiz delataba los enormes progresos alcanzados por nuestros conciudadanos en el camino de la esperanza. Se puede decir, por otra parte, que a partir del momento en que la más ínfima esperanza se hizo posible en el ánimo de nuestros conciudadanos, el reinado efectivo de la peste había terminado.

No hay que dejar de señalar que durante todo el mes de enero nuestros conciudadanos tuvieron reacciones contradictorias, pasaron por alternativas de excitación y depresión. Fue por esto por lo que hubo que registrar nuevas tentativas de evasión en el momento mismo en que las estadísticas eran más favorables. Esto sorprendió mucho a las autoridades y a los puestos de guardia porque la mayor parte de esos intentos tuvieron éxito. Pero en realidad las gentes se evadían obedeciendo a sentimientos naturales. En unos, la peste había hecho arraigar un escepticismo profundo del que ya no podían deshacerse. La esperanza no podía prender en ellos. Y aunque el tiempo de la peste había pasado, ellos continuaban viviendo según sus normas. Estaban atrasados con respecto a los acontecimientos. En otros, y éstos se contaban principalmente entre los que habían vivido separados de los seres que querían, después de tanto tiempo de reclusión y abatimiento, el viento de la esperanza que se levantaba había encendido una fiebre y una impaciencia que los privaban del dominio de sí mismos. Les entraba una especie de pánico al pensar que podían morir, ya tan cerca del final, sin ver al ser que querían y sin que su largo sufrimiento fuese recompensado. Así, aunque durante meses con una oscura tenacidad, a pesar de la prisión y el exilio, habían perseverado en la espera, la primera esperanza bastó para destruir lo que el miedo y la desesperación no habían podido atacar. Se precipitaron como locos pretendiendo adelantarse a la peste, incapaces de ir a su paso hasta el último momento.

Al mismo tiempo hubo también señales de optimismo, se registró una sensible baja en los precios. Desde el punto de vista de la economía pura, este movimiento no se podía explicar. Las dificultades seguían siendo las mismas, las formalidades de cuarentena habían sido mantenidas en las puertas y el aprovisionamiento estaba lejos de mejorar. Se asistía, pues, a un fenómeno puramente moral, como si el retroceso de la peste repercutiese por todas partes. Al mismo tiempo, el optimismo ganaba a los que antes vivían en grupos y que a causa de la enfermedad habían sido obligados a la separación. Los dos conventos de la ciudad empezaron a rehacerse y la vida en común recomenzó. Lo mismo fue para los militares, que volvieron a reunirse en los cuarteles ya libres, reanudando su vida normal de guarnición. Estos pequeños hechos eran grandes síntomas.

La población vivió en esta agitación secreta hasta el

veinticinco de enero. En esa semana las estadísticas bajaron tanto que, después de una consulta con la comisión médica la prefectura anunció que la epidemia podía considerarse contenida. El comunicado añadía que por un espíritu de prudencia, que no dejaría de ser aprobado por la población, las puertas de la ciudad seguirían aún cerradas durante dos semanas y las medidas profilácticas mantenidas durante un mes. En este período, a la menor señal de que el peligro podía recomenzar, "el *statu quo* sería mantenido y las medidas llevadas al extremo". Todo el mundo estaba de acuerdo en considerar a estas cláusulas como de mero estilo y una gozosa agitación henchía la ciudad en la noche del veinticinco de enero. Para asociarse a la alegría general, el prefecto dio orden de restituir el alumbrado, como en el tiempo de la salud. Nuestros conciudadanos se desparramaron por las calles iluminadas, bajo un cielo frío y puro, en grupos ruidosos y pequeños.

Es cierto que en algunas casas las persianas siguieron cerradas y las familias pasaron en silencio esta velada que otros llenaron de gritos. Sin embargo, para muchos de esos seres enlutados, el alivio era también profundo, bien porque el miedo de ver a otros de los suyos arrebatados hubiera desaparecido, o bien porque la atención necesaria para su conservación personal pudiera dejar de estar alerta. Pero las familias que tenían que quedar más ajenas a la alegría general eran, sin discusión, las que en ese momento tenían un enfermo debatiéndose con la peste en un hospital, o las que en las residencias de cuarentena o en sus casas esperaban que la plaga terminase para ellas como había terminado para los otros. Éstas concebían también esperanzas, es cierto, pero hacían de ellas un depósito que dejaban en reserva y al que se proponían no tocar hasta tener verdaderamente derecho. Esta espera, esta vigilia silenciosa a mitad del camino entre la agonía y la alegría, les resultaba aun más cruel en medio del júbilo general.

Pero estas excepciones no mermaban nada a la satisfacción de los otros. Sin duda, la peste todavía no había terminado y aún tenía que probarlo. Sin embargo, en todos los ánimos, ya desde muchas semanas antes, los trenes partían silbando por vías sin fin y los barcos surcaban mares luminosos. Al día siguiente, los ánimos estarían más calmados y renacerían las dudas. Pero, por el momento, la ciudad entera se despabilaba, dejando los lugares cerrados, sombríos e inmóviles, donde había echado raíces de piedra, y se ponía al fin en marcha con su cargamento de supervivientes. Aquella noche Tarrou y Rieux, Rambert y los otros, iban entre la multitud y sentían ellos también que les faltaba el suelo bajo los pies. Mucho tiempo después de haber dejado los bulevares, Tarrou y Rieux sentían que esta alegría los perseguía cuando ya estaban en las callejuelas desiertas, pasando bajo las ventanas con persianas cerradas. Y, a causa de su mismo cansancio, no podían separar este sufrimiento, que continuaba detrás de las persianas, de la alegría que llenaba las calles, un poco más lejos. La liberación que se aproximaba tenía una cara en la que se mezclaban las lágrimas y la risa.

En un momento en que el ruido se había hecho más fuerte y más alegre, Tarrou se detuvo. Por el empedrado en sombra, una forma corría ligera; era un gato, el primero que se volvía a ver desde la primavera. Se quedó quieto un momento en medio de la calzada, titubeó, se lamió una pata y se atusó con ella la oreja derecha; rápidamente reanudó su carrera silenciosa y desapareció en la noche. Tarrou sonrió. El viejecito estaría también contento.

Pero en el preciso momento en que la peste parecía alejarse para volver al ignorado cubil de donde había salido, había alguien en la ciudad que estaba consternado de su partida: éste era Cottard, a creer los apuntes de Tarrou.

A decir verdad, esos apuntes se hicieron sumamente curiosos a partir del momento en que las estadísticas empezaron a bajar. Seguramente era el cansancio, pero el caso es que la escritura se hacía difícilmente legible y que pasaban con demasiada frecuencia de un tema a otro. Además, y por primera vez, a esos apuntes empieza a faltarles objetividad y se detienen en consideraciones personales. Así se encuentra, en medio de largos pasajes concernientes al caso de Cottard, una pequeña digresión sobre el viejo de los gatos. De creer a Tarrou, la peste no le había hecho perder nada de su consideración por este personaje, que le interesaba después de la epidemia como le había interesado antes, y que, desgraciadamente, no pudo seguir interesándole a pesar de su buena intención. Pues había procurado volver a verlo. Algunos días después de aquella noche del veinticinco de enero, había ido a la esquina de la callejuela. Los gatos estaban allí calentándose al sol, fieles a su cita, pero a la hora de costumbre las persianas habían seguido cerradas. Durante muchos días después, Tarrou siguió insistiendo, pero no volvió a verlas abiertas. Sacó la conclusión de que el viejecito estaba ofendido o muerto. Si estaba ofendido, es que creía tener razón y la peste se había portado mal con él, pero si estaba muerto habría que preguntarse, tanto de él como del viejo asmático, si había sido un santo. Tarrou no lo creía, pero consideraba que en el caso del viejo había un "indicio". "Acaso —señalaban los apuntes— no se pueda llegar más que a ciertas aproximaciones de santidad. En ese caso habría que contentarse con un santismo modesto y caritativo."

Siempre mezcladas con las notas sobre Cottard, se encuentran en los apuntes numerosas consideraciones frecuentemente dispersas; unas tratan de Grand, ya convaleciente y reintegrado al trabajo, como si nada hubiese sucedido, y otras evocan a la madre del doctor Rieux. Las pocas conversaciones a que la convivencia había dado lugar entre ella y Tarrou, las actitudes de la viejecita, su sonrisa, sus observaciones sobre la peste, están registradas escrupulosamente. Tarrou insiste, sobre todo, en el modo de permanecer como borrada de la señora Rieux; en su costumbre de expresarlo todo con frases muy simples; en la predilección particular que demostraba por una ventana que daba sobre la calle tranquila y detrás de la cual se sentaba por las tardes, más bien derecha, con las manos descansando en la falda, y la mirada atenta, hasta que el crepúsculo invadía la habitación, convirtiéndola en una sombra negra entre la luz gris que iba oscureciéndose hasta disolver la silueta inmóvil; en la ligereza con que iba de una habitación a otra; en la bondad de la que nunca había dado pruebas concretas delante de Tarrou, pero cuyo resplandor se podía reconocer en todo lo que hacía o decía; en el hecho, en fin, de que, según él, comprendía todo sin necesidad de reflexionar y de que, con tanto silencio y tanta sombra, podía tolerar ser mirada a cualquier luz, aunque fuese la de la peste. Aquí por lo demás, la escritura de Tarrou daba muestras curiosas de flaqueo. Las líneas que seguían eran casi ilegibles y como para dar una prueba más de aquel flaqueo las últimas frases eran las primeras que empezaron a ser personales: "Mi madre era así, yo adoraba en ella ese mismo apaciguamiento y siempre quise estar a su lado. Hace ocho años que no puedo decir que murió; solamente se borró un poco más que de costumbre, y cuando me volví a mirarla ya no estaba allí."

Pero volvamos a Cottard. Desde que las estadísticas estaban en baja, éste había hecho muchas visitas a Rieux, invocando diversos pretextos. Pero en realidad era para pedirle siempre pronósticos sobre la marcha de la epidemia. "¿Cree usted que esto puede cesar así, de golpe, sin avisar?" Él era escéptico sobre este punto o, por lo menos, así lo decía. Pero las repetidas preguntas que formulaba indicaban una convicción no tan firme. A mediados de enero Rieux le había respondido de un modo harto optimista. Y, siempre, esas respuestas, en vez de regocijarlo, producían en Cottard reacciones variables según los días, pero que fluctuaban entre el mal humor y el abatimiento. También había llegado el doctor a decirle que a pesar de las indicaciones favorables dadas por las estadísticas, era mejor no cantar victoria todavía.

—Dicho de otro modo —observó Cottard—, no se sabe nada; ¿podría recomenzar de un día para otro?

—Sí, como dicen, es posible que la marcha de la curación se acelere.

Esta incertidumbre, inquietante para todos, había tranquilizado a Cottard y delante de Tarrou había entablado conversaciones con los comerciantes de su barrio en las que trataba de propagar la opinión de Rieux. No le costaba trabajo hacerlo, es cierto. Pues una vez pasada la fiebre de las primeras victorias, en muchos ánimos había vuelto a renacer una duda que habría de sobrevivir a la excitación causada por la declaración de la prefectura. Cottard se tranquilizaba ante el espectáculo de esta inquietud. Otras veces se descorazonaba. "Sí —le decía a Tarrou—, terminarán por abrir las puertas y ya verá usted cómo me dejarán plantado."

Hasta el veinticinco de enero todo el mundo notó la inestabilidad de su carácter. Durante días enteros, después de haber procurado conquistar, por tanto tiempo, las relaciones de su barrio, de pronto rompía abiertamente con ellos. En apariencia, por lo menos, se retiraba del mundo y de la noche a la mañana se ponía a vivir a lo salvaje. No se lo veía en el restaurante, ni en el teatro, ni en los cafés que le gustaban. Y, sin embargo no parecía volver a la vida comedida y oscura que llevaba antes de la epidemia. Vivía completamente retirado en su departamento y hacía que le subiesen la comida de un restaurante vecino. Sólo por la noche hacía salidas furtivas, comprando lo que necesitaba, saliendo de los comercios para lanzarse por las calles solitarias. Si Tarrou lo encontraba, no conseguía sacar de él más que monosílabos. Después, sin transición, aparecía sociable otro día, hablando de la peste abundantemente, solicitando la opinión de todos y sumergiéndose con complacencia en la marea de la muchedumbre.

El día de la declaración de la prefectura, Cottard desapareció completamente de la circulación. Dos días después, Tarrou lo encontró vagando por las calles. Cottard le pidió que lo acompañase hasta el barrio. Tarrou se sentía extraordinariamente cansado, pero él insistió. Parecía muy agitado, gesticulaba de un modo desordenado y hablaba alto y ligero. Preguntó a su acompañante si creía que realmente la declaración de la prefectura ponía término a la peste. Naturalmente, Tarrou consideraba que una declaración administrativa no bastaba por sí misma para detener una plaga, pero se podía creer que la epidemia, salvo imprevistos, iba a terminar.

—Sí —dijo Cottard—, salvo imprevistos, y siempre hay algo imprevisto.

Tarrou le hizo notar que, desde luego, la prefectura había previsto en cierto modo lo imprevisto, instituyendo un plazo de dos semanas antes de abrir las puertas.

—Han hecho bien —dijo Cottard, siempre sombrío y agitado—, porque tal como van las cosas podría ser que hubiesen hablado en balde.

Tarrou no lo creía imposible, pero le parecía que era mejor afrontar la próxima apertura de la puerta y la vuelta a la vida normal.

—Admitámoslo —dijo Cottard—, admitámoslo, pero ¿a qué llama usted la vuelta a una vida normal?

—A nuevas películas en el cine —dijo Tarrou, sonriendo.

Pero Cottard no sonreía. Quería saber si podía esperar que la peste no cambiase nada en la ciudad y que todo recomenzase como antes, es decir, como si no hubiera pasado nada. Tarrou creía que la peste cambiaría y no cambiaría la ciudad, que sin duda, el más firme deseo de nuestros ciudadanos era y sería siempre el de hacer como si no hubiera cambiado nada, y que, por lo tanto, nada cambiaría en un sentido, pero, en otro, no todo se puede olvidar, ni aun teniendo la voluntad necesaria, y la peste dejaría huellas, por lo menos en los corazones. Cottard declaró abiertamente que a él no le interesaba el corazón, que el corazón era la última de sus preocupaciones. Lo que le interesaba era saber si la organización misma sería transformada, si, por ejemplo, todos los servicios funcionarían como en el pasado. Y Tarrou tuvo que reconocer que no lo sabía. Según él era cosa de pensar que a todos esos servicios perturbados durante la epidemia les costaría un poco de trabajo volver a levar anclas. Se podía suponer también que se plantearían muchos problemas nuevos, que harían necesaria una reorganización de los antiguos servicios.

—¡Ah! —dijo Cottard—, eso es posible, en efecto, todo el mundo tendrá que recomenzar todo.

Los dos paseantes habían llegado cerca de la casa de Cottard. Éste se había animado mucho, esforzándose en el optimismo. Imaginaba la ciudad rehaciendo su vida, borrando su pasado hasta partir de cero.

—Bueno —dijo Tarrou—. Después de todo, puede que las cosas se arreglen para usted también. En cierto modo, es una vida nueva la que va a empezar.

Habían llegado a la puerta y se estrechaban la mano.

—Tiene usted razón —decía Cottard, cada vez más animado—, partir de cero, eso sería una gran cosa.

Pero de la sombra del pasillo surgieron dos hombres. Tarrou tuvo apenas tiempo de oír a su acompañante preguntar qué harían allí aquellos dos pájaros. Los dos pájaros, que tenían aire de funcionarios endomingados, preguntaron a Cottard si se llamaba Cottard, y éste, dejando escapar una especie de exclamación, dio media vuelta y se lanzó hacia lo oscuro, sin que Tarrou ni los otros tuvieran tiempo de hacer un movimiento. Cuando se les pasó la sorpresa, Tarrou preguntó a los dos hombres qué era lo que querían. Ellos adoptaron un aire reservado y amable para decir que se trataba de algunos informes, y se fueron pausadamente en la dirección que había tomado Cottard.

Cuando llegó a su casa, Tarrou anotó la escena y en seguida (la escritura lo demuestra) notó un gran cansancio. Añadió que tenía todavía mucho que hacer, pero que ésta no era razón para no estar dispuesto, y se preguntaba si lo estaba en realidad. Respondía, para terminar, y aquí acaban los apuntes de Tarrou, que había siempre una hora en el día en la que el hombre es cobarde y que él sólo tenía miedo a esa hora.

Dos días después, poco antes de la apertura de las puertas, el doctor Rieux, al volver a su casa al mediodía, se preguntaba si encontraría el telegrama que esperaba. Aunque sus tareas fuesen tan agotadoras como en el momento más grave de la peste, la esperanza de la liberación definitiva había disipado todo cansancio en él. Esperaba y se complacía en esperar. No se puede tener siempre la voluntad en tensión ni estar continuamente firme; es una gran felicidad poder deshacer, al fin, en la efusión, este haz de fuerzas trenzadas en la lucha. Si el telegrama esperado fuera también favorable, Rieux podría recomenzar. Y su opinión era que todo el mundo recomenzaría.

Pasó delante de la portería. El nuevo portero, pegado al cristal, le sonrió. Subiendo la escalera, Rieux veía su cara pálida por el cansancio y las privaciones.

Sí, recomenzaría cuando la abstracción hubiese terminado, y con un poco de suerte... Pero al abrir la puerta vio a su madre que le salía al encuentro anunciándole que el señor Tarrou no se sentía bien. Se había levantado por la mañana, pero no había podido salir y había vuelto a acostarse. La señora Rieux estaba inquieta.

—Probablemente no es nada grave —dijo su hijo.

Tarrou estaba tendido en la cama, su pesada cabeza se hundía en el almohadón, el pecho fuerte se dibujaba bajo el espesor de las mantas. Tenía fiebre, le dolía la cabeza. Dijo a Rieux que creía tener síntomas vagos que podían ser los de la peste.

—No, no hay nada claro todavía —dijo Rieux, después de haberlo reconocido.

Pero Tarrou estaba devorado por la sed. En el pasillo Rieux le dijo a su madre que podría ser el principio de la peste.

—¡Ah! —dijo ella—, eso no es posible ¡ahora!

Y después:

—Dejémoslo aquí, Bernard.

Rieux reflexionó.

—No tengo derecho —dijo—. Pero van a abrirse las puertas. Yo creo que si tú no estuvieras aquí, sería el primer derecho que me tomaría.

—Bernard —dijo ella—, podemos estar los dos. Ya sabes que yo he sido vacunada otra vez.

El doctor dijo que Tarrou también lo estaba, pero que, acaso por el cansancio, había dejado de ponerse la última inyección de enero u olvidado algunas precauciones.

Rieux fue a su despacho. Cuando volvió a la alcoba, Tarrou vio que traía las enormes ampollas de suero.

—¡Ah!, es eso —dijo.

—No, pero por precaución.

Tarrou por toda respuesta tendió el brazo y soportó la interminable inyección que él mismo había puesto a tantos otros.

—Veremos esta noche —dijo Rieux y miró a Tarrou cara a cara.

—¿Y el aislamiento, Rieux?

—No es enteramente seguro que tenga usted la peste.

Tarrou sonrió con esfuerzo.

—Es la primera vez que veo inyectar el suero sin ordenar al mismo tiempo el aislamiento.

Rieux se volvió de espaldas.

—Mi madre y yo lo cuidaremos. Estará usted mejor.

Tarrou siguió callado y el doctor, que estaba arreglando en la caja las ampollas, esperaba que hablase para volver a mirar. Al fin, fue hacia la cama. El enfermo lo miró. Su cara estaba cansada, pero sus ojos grises seguían tranquilos. Rieux le sonrió.

—Duerma usted si puede. Yo volveré dentro de un rato.

Al llegar a la puerta oyó que Tarrou lo llamaba. Volvió atrás.

Pero Tarrou parecía debatirse con la expresión misma de la idea que quería expresar.

—Rieux —dijo al fin—, tiene usted que decirme todo; lo necesito.

—Se lo prometo.

Tarrou torció un poco su cara recia en una sonrisa.

—Gracias. No tengo ganas de morir, así que lucharé. Pero si el juego está perdido, quiero tener un buen final.

Rieux se inclinó y le apretó un poco el hombro.

—No —dijo—. Para llegar a ser un santo hay que vivir. Luche usted.

A lo largo del día, el frío que había sido intenso disminuyó un poco para ceder el lugar por la tarde a chaparrones violentos de lluvia y de granizo. Al crepúsculo el cielo se descubrió un poco y el frío se hizo otra vez penetrante. Rieux volvió a su casa por la tarde; sin quitarse el abrigo fue al cuarto de su amigo. Su madre estaba allí, haciendo punto de aguja. Tarrou parecía que no se había movido, pero sus labios, blanquecinos por la fiebre, delataban la lucha que estaba sosteniendo.

—¿Qué hay? —dijo el doctor.

Tarrou alzó un poco entre las mantas sus anchos hombros.

—Hay —dijo— que pierdo la partida.

El doctor se inclinó sobre él. Bajo la piel ardiendo los ganglios empezaban a endurecerse y dentro de su pecho retumbaba el ruido de una fragua subterránea. Tarrou presentaba extrañamente las dos series de síntomas. Rieux dijo, enderezándose, que el suero no había tenido tiempo todavía de hacer efecto. Una onda de fiebre que subió a su garganta sofocó las palabras que Tarrou iba a pronunciar.

Después de cenar, Rieux y su madre vinieron a instalarse junto al enfermo. La noche comenzaba para él en la lucha declarada, y Rieux sabía que ese duro combate con el ángel de la peste tenía que durar hasta la madrugada. Los anchos hombros y el gran pecho de Tarrou no eran sus mejores armas, sino más bien aquella sangre que Rieux había hecho brotar con la aguja y en esa sangre algo que era más interior que el alma y que ninguna ciencia sería capaz de traer a la luz. Y él no podía hacer más que ver luchar a su amigo. Todo lo que se disponía a llevar a cabo, los abscesos que ayudaría a madurar, los tónicos que iba a inocularle, era de limitada eficacia, como se lo habían enseñado tantos meses de fracasos continuos. Lo único que le quedaba, en realidad, era dar ocasión al azar que muchas veces no actúa si no se lo provoca. Y era preciso que el azar actuase, pues Rieux se encontraba ante un aspecto de la peste que lo desconcertaba. Una vez más, la peste se esmeraba en despistar todas las estrategias dirigidas contra ella, apareciendo allí donde no se la esperaba y desapareciendo de donde se la creía afincada. Una vez más se esforzaba la peste en sorprender.

Tarrou luchaba, inmóvil. Ni una sola vez, en toda la noche, se entregó a la agitación al combatir los asaltos del mal: solamente empleaba para luchar su reciedumbre y su silencio. Pero tampoco pronunció ni una sola vez una palabra, confesando así que la distracción no le era posible. Rieux seguía solamente las fases de la lucha en los ojos de su amigo, unas veces abiertos, otras cerrados; unas veces los párpados apretados contra el globo del ojo, otras por el contrario, laxos, la mirada fija en un objeto o vuelta hacia el doctor y su madre. Cada vez que el doctor encontraba su mirada, Tarrou sonreía con esfuerzo.

En cierto momento se oyeron pasos precipitados por la calle, que parecían huir ante un murmullo lejano que iba acercándose poco a poco y que terminó por llenar la calle con su barboteo: la lluvia recomenzaba, mezclada al poco tiempo con un granizo que rebotaba en las aceras. Los toldos y cortinas ondearon ante las ventanas. En la sombra del cuarto, Rieux, que se había dejado distraer por la lluvia, volvió a contemplar a Tarrou iluminado por la lámpara de cabecera. Su madre hacía punto, levantando de cuando en cuando la cabeza para mirar atentamente al enfermo. El doctor había hecho ya todo lo que podía hacer. Después de la lluvia el silencio se hizo más denso en la habitación, llena solamente del tumulto de una guerra invisible. Excitado por el insomnio, el doctor creía oír en los confines del silencio el silbido suave y regular que lo había acompañado durante toda la epidemia. Indicó a su madre, con el gesto, que debía acostarse. Ella movió la cabeza negativamente y, con más animación en los ojos, se puso a buscar con cuidado con la aguja un punto del que no estaba muy segura. Rieux se levantó para dar de beber al enfermo, y luego volvió a sentarse.

Algunos transeúntes, aprovechando la calma, pasaban rápidamente por la acera. Sus pasos decrecían y se alejaban. El doctor reconoció que, por primera vez, aquella noche llena de paseantes trasnochadores y limpia de timbres de ambulancia, era semejante a la de otros tiempos. Era ya una noche liberada de la peste y parecía que la enfermedad espantada por el frío, las luces y la multitud, se hubiera escapado de las profundidades de la ciudad y se hubiera refugiado en esta habitación, caldeada, para dar su último asalto al cuerpo inerte de Tarrou. El flagelo ya no azotaba el cielo de la ciudad. Pero silbaba en el aire pesado del cuarto. Eso era lo que Rieux escuchaba desde hacía horas. Había que esperar que allí también se detuviese, que allí también la peste se declarase vencida.

Poco antes de amanecer, Rieux se acercó a su madre.

—Deberías acostarte para poder relevarme a las ocho. No olvides las instalaciones antes de acostarte.

La señora Rieux se levantó, recogió su labor y se acercó a la cama. Tarrou hacía ya tiempo que tenía los ojos cerrados. El sudor ensortijaba su pelo sobre la frente. La señora Rieux suspiró y el enfermo abrió los ojos, vio la dulce mirada sobre él y bajo las móviles ondas de la fiebre reapareció su sonrisa tenaz. Pero en seguida cerró los ojos. Cuando se quedó solo, Rieux se acomodó en el sillón que había dejado su madre. La calle estaba muda y el silencio era completo. El frío de la madrugada empezaba a hacerse sentir en la habitación.

El doctor se adormeció, pero el primer coche del amanecer lo sacó de su somnolencia. Pasó un escalofrío por la espalda, miró a Tarrou y vio que había logrado un poco de descanso y dormía también. Las ruedas de madera y las pisadas del caballo de un carro sonaban ya lejos. En la ventana, el espacio estaba todavía oscuro. Cuando el doctor se acercó a la cama, Tarrou lo miró con los ojos inexpresivos como si estuviese todavía en las regiones del sueño.

—Ha dormido usted, ¿no? —preguntó Rieux.

—Sí.

—¿Respira usted mejor?

—Un poco, ¿eso quiere decir algo?

Rieux se calló un momento, después dijo:

—No, Tarrou, eso no quiere decir nada. Usted conoce tan bien como yo la tregua matinal.

Tarrou asintió.

—Gracias —dijo—, respóndame siempre así, exactamente.

Rieux se sentó a los pies de la cama. Sentía junto a él las piernas del enfermo, largas y duras como miembros de una estatua yacente. Tarrou empezó a respirar más fuerte.

—La fiebre va a recomenzar, ¿no es cierto, Rieux? —dijo con voz ahogada.

—Sí, pero al mediodía ya podremos ver.

Tarrou cerró los ojos, parecía concentrar sus fuerzas. Una expresión de cansancio se leía en sus rasgos, esperaba la subida de la fiebre que se revolvía ya en algún sitio de su propio fondo. Cuando abrió los ojos su mirada estaba empañada y sólo se aclaró cuando vio a Rieux inclinado hacia él.

—Beba —le decía.

Tarrou bebió y dejó caer la cabeza.

—Qué largo es esto —murmuró.

Rieux lo tomó del brazo, pero Tarrou, con la cabeza vuelta para otro sitio, no reaccionó. Y de pronto la fiebre afluyó visiblemente hasta su frente, como si hubiese roto algún dique interior. Cuando la mirada de Tarrou se volvió hacia el doctor, éste procuró darle valor con la suya. La sonrisa que Tarrou intentó esbozar no pudo pasar de las mandíbulas apretadas ni de los labios pegados por una espuma blancuzca. Pero bajo su frente obstinada los ojos brillaron todavía con el resplandor del valor.

A las siete, la señora Rieux volvió a la habitación. El doctor fue a su despacho para telefonear al hospital haciéndose sustituir. Decidió también dejar sus consultas aquel día, se echó un momento en el diván de su gabinete, pero se levantó en seguida y volvió al cuarto.

237

Tarrou tenía la cabeza vuelta hacia la señora Rieux, miraba aquella menuda sombra recogida junto a él en una silla, con las manos juntas sobre la falda. Y la contemplaba con tanta intensidad que la señora Rieux se puso un dedo sobre los labios y se levantó para apagar la lámpara de la cabecera. Pero a través de las cortinas la luz se filtraba rápidamente y poco a poco, cuando los rasgos del enfermo emergieron de la oscuridad, la señora Rieux pudo ver que seguía mirándola. Se inclinó hacia él, le arregló la almohada y puso un momento la mano en su pecho mojado. Entonces oyó, como viniendo de lejos, una voz sorda que le daba las gracias y le decía que todo estaba muy bien. Cuando volvió a sentarse, Tarrou cerró los ojos y su expresión agotada, a pesar de tener la boca cerrada, parecía volver a sonreír.

Al mediodía la fiebre había llegado a la cúspide. Una especie de tos visceral sacudía el cuerpo del enfermo, que empezó a escupir sangre. Los ganglios habían dejado de crecer, pero seguían duros como clavos, atornillados en los huecos de las articulaciones y Rieux consideró imposible abrirlos. En los intervalos de la fiebre y de la tos, Tarrou miraba de cuando en cuando a sus amigos. Pero pronto sus ojos se abrieron cada vez menos frecuentemente y la luz que iluminaba su cara devastada fue haciéndose más débil. La tempestad que sacudía su cuerpo, con estremecimientos convulsivos hacía cada vez más frecuentes sus relámpagos y Tarrou iba derivando hacia el fondo. Rieux no tenía delante más que una máscara inerte en la que la sonrisa había desaparecido. Esta forma humana que le había sido tan próxima, acribillada ahora por el venablo, abrasada por el mal sobrehumano, doblegada por todos los vientos iracundos del cielo, se sumergía a sus ojos en las ondas de la peste y él no podía hacer nada para evitar su naufragio. Tenía que quedarse en la orilla con los brazos cruzados y el corazón oprimido, sin armas y sin recursos, una vez más, frente al fracaso. Y al fin las lágrimas de la impotencia le impidieron ver cómo Tarrou se volvía bruscamente hacia la pared y con un quejido profundo expiraba, como si en alguna parte de su ser una cuerda esencial se hubiese roto.

La noche que siguió no fue de lucha, sino de silencio. En este cuarto separado del mundo, sobre este cuerpo muerto, ahora vestido, Rieux sentía planear la calma sorprendente que muchas noches antes, sobre las terrazas, por encima de la peste, había seguido al ataque de las puertas. Ya en aquella época había pensado en ese silencio que se cierne sobre los lechos donde mueren los hombres. En todas partes la misma pausa, el mismo intervalo solemne, siempre el mismo aplacamiento que sigue a los combates: era el silencio de la derrota. Pero aquel silencio que envolvía a su amigo era tan compacto, estaba tan estrechamente acorde con el silencio de las calles de la ciudad liberada de la peste, que Rieux sentía que esta vez se trataba de la derrota definitiva, la que pone fin a las guerras y hace de la paz un sufrimiento incurable. El doctor no sabía si al fin Tarrou habría encontrado la paz, pero en ese momento, por lo menos, creía saber que para él ya no habría paz posible, como no hay armisticio para la madre amputada de su hijo, ni para el hombre que entierra a su amigo.

Fuera quedaba la misma noche fría, las estrellas congeladas en un cielo claro y glacial. En la semioscuridad del cuarto se sentía contra los cristales la respiración pálida de una noche polar. Junto a la cama, la señora Rieux estaba sentada en su postura habitual, el lado derecho iluminado por la lámpara de cabecera. En medio de la habitación, lejos de la luz, Rieux esperaba en su butaca. El recuerdo de su mujer pasó alguna vez por su cabeza, pero lo rechazó.

Las pisadas de los transeúntes habían sonado, claras, en la noche fría.

—¿Te has ocupado de todo? —había dicho la señora Rieux.

—Sí, ya he telefoneado.

Habían seguido velando en silencio. La señora Rieux miraba de cuando en cuando a su hijo. Cuando él sorprendía una de sus miradas, le sonreía. Los ruidos familiares de la noche se sucedían fuera. Aunque la autorización todavía no había sido dada, muchos coches circulaban de nuevo. Lamían rápidamente el pavimento, desaparecían y volvían a aparecer. Voces, llamadas, un nuevo silencio, los pasos de un caballo, el chirriar de algún tranvía en una curva, ruidos imprecisos, y de nuevo la respiración de la noche.

—Bernard.

—¿Qué, mamá?

—¿No estás cansado?

—No.

Sentía que su madre lo quería y pensaba en él en ese momento. Pero sabía también que querer a alguien no es gran cosa o, más bien, que el amor no es nunca lo suficientemente fuerte para encontrar su propia expresión. Así, su madre y él se querían siempre en silencio. Y ella llegaría a morir —o él— sin que durante toda su vida hubiera podido avanzar en la confesión de su ternura. Del mismo modo que había vivido al lado de Tarrou y estaba allí, muerto, aquella noche, sin que su amistad hubiera tenido tiempo de ser verdaderamente vivida. Tarrou había perdido la partida, como él decía, pero él, Rieux, ¿qué había ganado? Él había ganado únicamente el haber conocido la peste y acordarse de ella, haber conocido la amistad y acordarse de ella, conocer la ternura y tener que acordarse de ella algún día. Todo lo que el hombre puede ganar al juego de la peste y de la vida es el conocimiento y el recuerdo. ¡Es posible que fuera a eso a lo que Tarrou le llamaba ganar la partida!

Volvió a pasar un auto y la señora Rieux cambió un poco de postura en su silla. Rieux le sonrió. Ella le dijo que no estaba cansada y poco después:

—Tendrías que ir a descansar un poco a la montaña.

—Sí, mamá.

¿Por qué no? Iría a reposar un poco. Ése sería un buen pretexto para la memoria. Pero si esto era ganar la partida, qué duro debía ser vivir únicamente con lo que se sabe y con lo que se recuerda, privado de lo que se espera. Así era, sin duda, como había vivido Tarrou y con la conciencia de lo estéril que es una vida sin ilusiones. No puede haber paz sin esperanza y Tarrou, que había negado a los hombres el derecho de condenar, que sabía, sin embargo, que nadie puede pasarse sin condenar, y que incluso las víctimas son a veces verdugos, Tarrou había vivido en el desgarramiento y la contradicción y no había conocido la esperanza. ¿Sería por eso por lo que había buscado la santidad y la paz en el servicio de los hombres? En verdad, Rieux no sabía nada y todo esto importaba poco. Las únicas imágenes de Tarrou que conservaría serían las de un hombre que tomaba con ánimo el volante de su coche para conducirlo todos los días y la del aquel cuerpo recio, tendido ahora sin movimiento. Un calor de vida y una imagen de muerte: esto era el conocimiento.

Por eso fue, sin duda, por lo que el doctor Rieux a la mañana siguiente recibió con calma la noticia de la muerte de su mujer. Estaba en su despacho y su madre vino casi corriendo a traerle un telegrama, en seguida fue a dar una propina al repartidor y cuando volvió, Rieux tenía el telegrama abierto en la mano. Ella lo miró, pero Rieux miraba obstinadamente, por la ventana, la mañana magnífica que se levantaba sobre el puerto.

—Bernard —dijo la señora Rieux.

El doctor la miró con aire distraído.

—¿El telegrama? —preguntó.

—Sí, es eso —dijo el doctor—. Hace ocho días.

La señora Rieux se volvió hacia la ventana. El doctor siguió callado. Después dijo a su madre que no llorase, que él ya se lo esperaba, pero que, sin embargo, era difícil de soportar. Al decir eso sabía, simplemente, que en su sufrimiento no había sorpresa. Desde hacía meses y desde hacía dos días era el mismo dolor el que continuaba.

Las puertas de la ciudad se abrieron por fin al amanecer de una hermosa mañana de febrero, saludadas por el pueblo, los periódicos, la radio y los comunicados de la prefectura. Le queda aún al cronista por relatar las horas de alegría que siguieron a la apertura de las puertas, aunque él fuese de los que no podían mezclarse enteramente a ella.

Se habían organizado grandes festejos para el día y para la noche. Al mismo tiempo, los trenes empezaron a humear en la estación, los barcos ponían ya la proa a nuestro puerto, demostrando así que ese día era, para los que gemían por la separación, el día del gran encuentro.

Se imaginará fácilmente lo que pudo llegar a ser el sentimiento de la separación que había dominado a tantos de nuestros conciudadanos. Los trenes que entraron en la ciudad durante el día no venían menos cargados que los que salieron. Cada uno había reservado su asiento para ese día en el transcurso del plazo de las dos semanas, temiendo que en el último momento la decisión de la prefectura fuese anulada. Algunos de los viajeros que venían hacia la ciudad no estaban enteramente libres de aprensión, pues sabían en general el estado de las personas que les eran próximas, pero no el de las otras ni el de la ciudad misma, a la que atribuían un rostro temible. Pero esto sólo contaba para aquellos a los que la pasión no había estado quemando durante todo este espacio de tiempo.

Los apasionados pudieron entregarse a su idea fija. Sólo una cosa había cambiado para ellos: el tiempo, que durante sus meses de exilio hubieran querido empujar para que se apresurase, que se encarnizaban verdaderamente en precipitar; ahora, que se encontraban ya cerca de nuestra ciudad deseaban que fuese más lento, querían tenerlo suspendido, cuando ya el tren empezaba a frenar antes de la parada. El sentimiento, al mismo tiempo vago y agudo en ellos, de todos esos meses de vida perdidos para su amor, les hacía exigir confusamente una especie de compensación que consistiese en ver correr el tiempo de la dicha dos veces más lento que el de la espera. Y los que los esperaban en una casa o en un andén, como Rambert, cuya mujer, que en cuanto había sido advertida de la posibilidad de entrada, había hecho todo lo necesario para venir, estaban dominados por la misma impaciencia y la misma confusión. Pues este amor o esta ternura que los meses de peste habían reducido a la abstracción, Rambert temblaba de confrontarlos con el ser de carne y hueso que los había sustentado.

Hubiera querido volver a ser aquel que al principio de la epidemia intentaba correr de un solo impulso fuera de la ciudad, lanzándose al encuentro de la que amaba. Pero sabía que esto ya no era posible. Había cambiado; la peste había puesto en él una distracción que procuraba negar con todas sus fuerzas y que, sin embargo, prevalecía en él como una angustia sorda. En cierto sentido, tenía la impresión de que la peste había terminado demasiado brutalmente y le faltaba presencia de ánimo ante este hecho. La felicidad llegaba a toda marcha, el acontecimiento iba más de prisa que el deseo. Rambert sabía que todo iba a serle devuelto de golpe y que la alegría es una quemadura que no se saborea.

Todos, más o menos conscientemente, estaban como él, y de todos estamos hablando. En aquel andén de la estación, donde iban a recomenzar sus vidas personales, sentían su comodidad y cambiaban entre ellos miradas y sonrisas. Su sentimiento de exilio, en cuanto vieron el humo del tren, se extinguió bruscamente bajo la avalancha de una alegría confusa y cegadora. Cuando el tren se detuvo, las interminables separaciones que habían tenido su comienzo en aquella estación tuvieron allí mismo su fin en el momento en que los brazos se enroscaban, con una avaricia exultante, sobre los cuerpos cuya forma viviente habían olvidado.

Rambert no tuvo tiempo de mirar esta forma que corría hacia él y que se arrojaba contra su pecho. Teniéndola entre sus brazos, apretando contra él una cabeza de la que no veía más que los rizos familiares, dejaba correr las lágrimas, sin saber si eran causadas por su felicidad presente o por el dolor tanto tiempo reprimido, y seguro, al menos, de que ellas le impedirían comprobar si aquella cara escondida en su hombro era con la que tanto había soñado o acaso la de una extraña. Por el momento, quería obrar como todos los que alrededor de él parecían creer que la peste puede llegar y marcharse sin que cambie el corazón de los hombres.

Apretados unos a otros, se fueron a sus casas, ciegos al resto de las cosas, triunfando en apariencia de la peste, olvidados de todas las miserias y de aquellos otros que, venidos en el mismo tren, no habían encontrado a nadie esperándolos, y se disponían a recibir la confirmación del temor que un largo silencio había hecho nacer en sus corazones. Para estos últimos, que ahora no tenían por compañía más que su dolor reciente, para todos los que se entregaban en ese momento al recuerdo de un ser desaparecido, las cosas eran muy de otro modo y el sentimiento de la separación alcanzaba su cúspide. Para ésos, madres, esposos, amantes que habían perdido toda dicha con el ser ahora confundido en una fosa anónima o deshecho en un montón de ceniza, para ésos continuaba por siempre la peste.

Pero, ¿quién pensaba en esas soledades? Al mediodía, el sol, triunfando de las ráfagas frías que pugnaban en el aire desde la mañana, vertía sobre la ciudad las ondas ininterrumpidas de una luz inmóvil. El día estaba en suspenso. Los cañones de los fuertes, en lo alto de las colinas, tronaban sin interrupción contra el cielo fijo. Toda la ciudad se echó a la calle para festejar ese minuto en el que el tiempo del sufrimiento tenía fin y el del olvido no había empezado.

Se bailaba en todas las plazas. De la noche a la mañana el tránsito había aumentado considerablemente y los automóviles, multiplicados de pronto, circulaban por las calles invadidas. Todas las campanas de la ciudad, echadas a vuelo, sonaron durante la tarde, llenando con sus vibraciones un cielo azul y dorado. En las iglesias había oficios en acción de gracias. Y al mismo tiempo, todos los lugares de placer estaban llenos hasta reventar, y los cafés, sin preocuparse del porvenir, distribuían el último alcohol. Ante sus mostradores se estrujaba una multitud de gentes, todas igualmente excitadas, y entre ellas numerosas parejas enlazadas que no temían ofrecerse en espectáculo. Todos gritaban o reían. Las provisiones de vida que habían hecho durante esos meses en que cada uno había tenido su alma en vela, las gastaban en este día que era como el día de su supervivencia. Al día siguiente empezaría la vida tal como es, con sus preocupaciones. Por el momento, las gentes de orígenes más diversos se codeaban y fraternizaban.

La igualdad que la presencia de la muerte no había realizado de hecho, la alegría de la liberación la establecía, al menos por unas horas.

Pero esta exuberancia superficial no era todo y los que llenaban las calles al final de la tarde, marchando al lado de Rambert, disfrazaban a veces bajo una actitud plácida dichas más delicadas. Eran muchas las parejas y las familias que sólo tenían el aspecto de pacíficos paseantes. En realidad, la mayor parte efectuaron peregrinaciones sentimentales a los sitios donde habían sufrido. Querían enseñar a los recién llegados las señales ostensibles o escondidas de la peste, los vestigios de su historia. Algunos se contentaban con jugar a los guías, representar el papel del que ha visto muchas cosas, del contemporáneo de la peste, hablando del peligro sin evocar el miedo. Estos placeres eran inofensivos. Pero en otros casos eran itinerarios más fervientes, en los que un amante abandonado a la dulce angustia del recuerdo podía decir: "En tal época, estuve en este sitio deseándote y tú no estabas aquí". Se podía reconocer a estos turistas de la pasión: formaban como islotes de cuchicheos y de confidencias en medio del tumulto donde marchaban. Más que las orquestas en las plazas eran ellos los que anunciaban la verdadera liberación. Pues esas parejas enajenadas, enlazadas y avaras de palabras afirmaban, en medio del tumulto, con el triunfo y la injusticia de la felicidad, que la peste había terminado y que el terror había cumplido su plazo. Negaban tranquilamente, contra toda evidencia, que hubiéramos conocido jamás aquel mundo insensato en el que el asesinato de un hombre era tan cotidiano como el de las moscas, aquel salvajismo bien definido, aquel delirio calculado, aquella esclavitud que llevaba consigo una horrible libertad respecto de todo lo que no era el presente, aquel olor de muerte que embrutecía a los que no mataba. Negaban, en fin, que hubiéramos sido aquel pueblo atontado del cual todos los días se evaporaba una parte en las fauces de un horno, mientras la otra, cargada con las cadenas de la impotencia, esperaba su turno.

Esto era, por lo menos, lo que saltaba a la vista para el doctor Rieux, que iba hacia los arrabales a pie y solo, al caer la tarde, entre las campanas y los cañonazos, las músicas y los gritos ensordecedores. Su oficio continuaba: no hay vacaciones para los enfermos. Entre la luz suave y límpida que descendía sobre la ciudad se elevaban los antiguos olores a carne asada y a anís. A su alrededor, caras radiantes se volvían hacia el cielo. Hombres y mujeres se estrechaban unos a otros, con el rostro encendido, con todo el arrebato y el grito del deseo. Sí, la peste y el terror habían terminado y aquellos brazos que se anudaban estaban demostrando que la peste había sido exilio y separación en el más profundo sentido de la palabra.

Por primera vez Rieux podía dar un nombre a este aire de familia que había notado durante meses en todas las caras de los transeúntes. Le bastaba mirar a su alrededor. Llegados al final de la peste, entre miseria y privaciones, todos esos hombres habían terminado por adoptar el traje del papel que desde hacía mucho tiempo representaban: el papel de emigrantes, cuya cara primero y ahora sus ropas hablaban de la ausencia y de la patria lejana. A partir del momento en que la peste había cerrado las puertas de la ciudad no habían vivido más que en la separación, habían sido amputados de ese calor humano que hace olvidarlo todo. En diversos grados, en todos los rincones de la ciudad, esos hombres y esas mujeres habían aspirado a una reunión que no era, para todos, de la misma naturaleza, pero que era, para todos, igualmente imposible. La mayor parte de ellos habían gritado con todas sus fuerzas hacia un ausente, el calor de un cuerpo, la ternura o la costumbre. Algunos, a veces sin saberlo, sufrían por haber quedado fuera de la amistad de los hombres, por no poder acercárseles por los medios ordinarios como son las cartas, los trenes y los barcos. Otros, menos frecuentes, como Tarrou acaso, habían deseado la reunión con algo que no podían definir, pero que para ellos era el único bien deseable. Y que, a falta de otro nombre, lo llamaban a veces la paz.

Rieux seguía hacia los barrios bajos. A medida que avanzaba, la multitud aumentaba a su alrededor, el barullo crecía y le parecía que los arrabales que quería alcanzar iban retrocediendo. Poco a poco fue confundiéndose con aquel gran cuerpo aullante, cuyo grito comprendía cada vez mejor, porque en parte era también el suyo. Sí, todos habían sufrido juntos, tanto en la carne como en el alma, de una ociosidad difícil, de un exilio sin remedio y de una sed jamás satisfecha. Entre los amontonamientos de cadáveres, los timbres de las ambulancias, las advertencias de eso que se ha dado en llamar destino, el pataleo inútil y obstinado del miedo y la rebeldía del corazón, un profundo rumor había recorrido a esos seres consternados, manteniéndolos alerta, persuadiéndolos de que tenían que encontrar su verdadera patria. Para todos ellos la verdadera patria se encontraba más allá de los muros de esta ciudad ahogada. Estaba en las malezas olorosas de las colinas, en el mar, en los países libres y en el peso vital del amor. Y hacia aquella patria, hacia la felicidad era hacia donde querían volver, apartándose con asco de todo lo demás.

En cuanto al sentido que pudiera tener este auxilio y este deseo de reunión, Rieux no sabía nada. Empujado o interpelado por unos y otros, fue llegando poco a poco a otras calles menos abarrotadas y pensó que no es lo más importante que esas cosas tengan o no tengan un sentido, sino saber qué es lo que se ha respondido a la esperanza de los hombres.

Rieux sabía bien lo que se había respondido y lo percibía mejor en las primeras calles de los arrabales casi desiertos. Aquellos que ateniéndose a lo que era no habían querido más que volver a la morada de su amor, habían sido a veces recompensados. Es cierto que algunos de ellos seguían vagando por la ciudad solitaria privados del ser que esperaban.

Dichosos aquellos que no habían sido doblemente separados como algunos que antes de la epidemia no habían podido construir, con el primer intento, su amor y que habían perseguido ciegamente durante años el difícil acorde que logra incrustar uno en otro de los amantes enemigos. Ésos, como el mismo Rieux, habían cometido la ligereza de creer que les sobraría tiempo: ésos estaban separados para siempre. Pero otros, como Rambert, a quien el doctor había dicho por la mañana al separarse de él: "Valor, ahora es cuando hay que tener razón", esos otros habían recobrado sin titubear al ausente que creyeron perdido. Ésos, al menos por algún tiempo, serían felices. Sabían, ahora, que hay una cosa que se desea siempre y se obtiene a veces: la ternura humana.

Para todos aquellos, por el contrario, que se habían dirigido pasando por encima del hombre hacia algo que ni siquiera imaginaban, no había habido respuesta. Tarrou parecía haber alcanzado esa paz difícil de que hablaba, pero sólo la había encontrado en la muerte, cuando ya no podía servirle de nada. Si otros, a los que Rieux veía en los umbrales de sus casas, al caer la luz, enlazados con todas sus fuerzas y mirándose con arrebato, habían obtenido lo que querían, es porque habían pedido lo único que dependía de ellos. Y Rieux al doblar la esquina de la calle de Grand y Cottard pensaba que era justo que, al menos de cuando en cuando, la dicha llegara a recompensar a los que les basta el hombre y su pobre y terrible amor.

Esta crónica toca a su fin. Es ya tiempo de que el doctor Bernard Rieux confiese que es su autor. Pero antes de señalar los últimos acontecimientos querría justificar su intervención y hacer comprender por qué ha tenido empeño en adoptar el tono de un testigo objetivo. Durante todo el tiempo de la peste, su profesión lo ha puesto en el trance de frecuentar a la mayor parte de sus conciudadanos y de recoger las manifestaciones de sus sentimientos. Estaba, pues, bien situado para relatar lo que había visto u oído, pero ha querido hacerlo con la discreción necesaria. En general, se ha esforzado en no relatar más que lo que ha visto, en no dar a sus compañeros de peste pensamientos que no estaban obligados a formular, y en utilizar únicamente los textos que el azar o la desgracia pusieron en sus manos.

Habiendo sido una vez llevado a declarar en un crimen, guardó una cierta reserva, como conviene a un testigo de buena voluntad. Pero al mismo tiempo, según la ley de un corazón honrado, tomó deliberadamente el partido de la víctima y procuró reunir a los hombres, sus conciudadanos, en torno a las únicas certidumbres que pueden tener en común y que son el amor, el sufrimiento y el exilio. Así, no ha habido una sola entre las mil angustias de sus conciudadanos que no haya compartido, no ha habido una situación que no haya sido la suya.

Para ser un testigo fiel tenía que relatar los hechos, los documentos y los humores. Pero lo que él, personalmente, tenía que decir, su espera y todas sus pruebas, eso tenía que callarlo. Si se sirvió de ella fue solamente por comprender o hacer comprender a sus conciudadanos, y por dar una forma lo más precisa a lo que sentía confusamente. A decir verdad, este esfuerzo de la razón no le costó nada. Cuando se sentía tentado de mezclar directamente sus confidencias a las mil voces de los apestados, se detenía ante la idea de que no había uno solo de sus sufrimientos que no fuera al mismo tiempo el de los otros, y que en un mundo en que el dolor es tan frecuentemente solitario esto es una ventaja. Decididamente tenía que hablar por todos.

Pero hay uno entre todos, por el cual el doctor Rieux no podía hablar y del cual Tarrou había dicho un día: "Su único crimen verdadero es haber aprobado en su corazón lo que hace morir a los niños y a los hombres. En lo demás lo comprendo, pero en eso tengo que perdonarlo." Es justo que esta crónica se termine con él, que tenía un corazón ignorante, es decir, solitario.

Cuando salió de las grandes calles ruidosas, al doblar por la de Grand y Cottard, el doctor Rieux fue detenido por un grupo de agentes, que no se esperaba. El rumor lejano de la fiesta hacía que el barrio pareciese silencioso y él lo había imaginado tan desierto como mudo. Sacó su carnet.

—Imposible, doctor —dijo el policía—. Hay un loco que está tirando sobre la gente. Pero quédese ahí que puede usted ser útil.

En ese momento Rieux vio venir a Grand, que tampoco sabía lo que ocurría. Le habían impedido pasar diciéndole que los tiros salían de su casa. Se veía desde lejos la fachada, dorada por la luz última de un sol frío. Alrededor de ella se recortaba un gran espacio vacío que llegaba hasta la acera de enfrente. En medio de la calzada se podía distinguir un sombrero y un trapo sucio. Rieux y Grand vieron muy lejos, al otro lado de la calle, un cordón de guardias paralelo al que les impedía avanzar y detrás de él pasaban y repasaban los vecinos del barrio rápidamente. Después de mirar bien, descubrieron también que, parapetados en los huecos de las casas de enfrente, había agentes revólver en mano. Todas las persianas de la casa de Grand estaban cerradas: sólo en el segundo, una de ellas parecía medio desprendida. El silencio era completo; en la calle se oían solamente jirones de música que llegaban del centro de la ciudad.

De pronto, de uno de los inmuebles de enfrente de la casa, partieron dos tiros de revólver que hicieron saltar astillas de la persiana desencuadernada. Después se volvió a hacer el silencio. Desde lejos y después del tumulto de aquel día, a Rieux le pareció todo aquello un poco irreal.

—Es la ventana de Cottard —dijo de pronto Grand, todo agitado—. Pero Cottard hace ya días que ha desaparecido.

—¿Por qué tiran? —preguntó Rieux al agente.

—Están entreteniéndolo. Van a traer un camión con el material necesario, porque él tira a todos los que intentan entrar por la puerta de la casa. Hay ya un agente herido.

—Pero él, ¿por qué tira?

—No se sabe. Los agentes estaban en la calle divirtiéndose. Al primer tiro no comprendieron. Al segundo, hubo gritos, un herido, y la huida de todo el mundo. ¡Un loco!

En el silencio que había vuelto a hacerse los minutos se arrastraban lentamente. Por el otro lado de la calle apareció de pronto un perro, el primero que Rieux veía desde hacía mucho tiempo, un podenco muy sucio que sus dueños debían haber tenido escondido hasta entonces y que venía trotando junto a la pared. Cuando llegó a la puerta titubeó un poco, se sentó sobre sus patas traseras y se volvió a morderse las pulgas. Los agentes empezaron a silbarle, el perro levantó la cabeza y se decidió a cruzar la calle para ir a oler el sombrero. En el mismo momento un, tiro partió del piso segundo y el perro se dio vuelta como un panqueque, agitando violentamente las patas, hasta dejarse caer al fin, de lado, sacudido por largos estremecimientos. En respuesta, cinco o seis detonaciones partidas de los huecos de enfrente astillaron nuevamente la persiana. Volvió a hacerse el silencio. El sol había dado un poco de vuelta y la sombra iba aproximándose a la ventana de Cottard. En la calle, detrás del doctor, se oyó frenar un coche.

—Ahí están —dijo el agente.

Los policías bajaron del camión llevando cuerdas, una escala y dos paquetes alargados envueltos en tela encerada. Se metieron por una calle que rodeaba la manzana donde estaba situada la casa de Grand. Un momento después, se podía adivinar más que ver cierta agitación en las puertas de las casas de aquella manzana. Después hubo una espera. El perro ya no se movía, estaba tendido en medio de un charco oscuro.

De pronto, desde las ventanas de las casas ocupadas por los agentes, se desencadenó un tiroteo de ametralladora. La persiana que servía de blanco se deshojó literalmente y dejó al descubierto una superficie negra, en la que tanto Rieux como Grand no podían distinguir nada. Cuando pararon los tiros, una segunda ametralladora empezó a crepitar en la esquina de otra casa. Las balas entraban sin duda por el hueco de la ventana porque una de ellas hizo saltar una esquirla de ladrillo. En el mismo momento, tres agentes atravesaron corriendo la calzada y desaparecieron en el portal de la casa. Detrás de ellos se precipitaron otros tres y el tiroteo de la ametralladora cesó. Se oyeron dos detonaciones dentro de la casa. Después un rumor fue creciendo y se vio salir de la casa, llevado en vilo más que arrastrado, a un hombrecillo en mangas de camisa que gritaba sin parar. Como por un milagro, todas las persianas se abrieron y las ventanas se llenaron de curiosos, mientras que una multitud de personas salía de las casas, apiñándose en las barreras de cuerdas. En un momento se vio al hombrecillo en medio de la calzada con los pies al fin en el suelo y los brazos sujetos atrás por los agentes. Seguía gritando. Un agente se le acercó y le pegó con toda la fuerza de sus puños dos veces, pausadamente, con una especie de esmero.

—Es Cottard —balbuceó Grand—. Se ha vuelto loco.

Cottard había caído. Se vio todavía al agente tirar un puntapié al matón que yacía en el suelo. Después, un grupo confuso comenzó a agitarse y se dirigió hacia donde estaban el doctor y su viejo amigo.

—¡Circulen! —dijo el agente.

Rieux bajó los ojos cuando el grupo pasó delante de él.

Grand y el doctor se fueron: el crepúsculo terminaba. Como si el acontecimiento hubiera sacudido al barrio del sopor en que se adormecía, las calles se llenaron de nuevo del bordoneo de una muchedumbre alegre. Al pie de la casa, Grand dijo adiós al doctor: iba a trabajar. Pero antes de subir le dijo que había escrito a Jeanne y que ahora estaba contento. Además, había recomenzado su frase. "He suprimido —dijo— todos los adjetivos."

Y, con una sonrisa de picardía, se quitó el sombrero ceremoniosamente. Pero Rieux pensaba en Cottard y el ruido sordo de los puños aporreándole la cara lo persiguió mientras se dirigía a la casa del viejo asmático. Acaso era más duro pensar en un hombre culpable que en un hombre muerto.

Cuando Rieux llegó a casa de su viejo enfermo, la noche había ya devorado todo el cielo. Desde la habitación se podía oír el rumor lejano de la libertad y el viejo seguía siempre, con el mismo humor, trasvasando sus garbanzos.

—Hacen bien en divertirse —decía—, se necesita de todo para hacer un mundo. ¿Y su colega, doctor, qué es de él?

El ruido de unas detonaciones llegó hasta ellos, pero éstas eran pacíficas: algunos niños echaban petardos.

—Ha muerto —dijo el doctor, auscultando el pecho cavernoso.

—¡Ah! —dijo el viejo, un poco intimidado.

—De la peste —añadió Rieux.

—Sí —asintió el viejo después de un momento—, los mejores se van. Así es la vida. Pero era un hombre que no sabía lo que quería.

—¿Por qué lo dice usted? —dijo el doctor, guardando el estetoscopio.

—Por nada. No hablaba nunca si no era para decir algo. En fin, a mí me gustaba. Pero la cosa es así. Los otros dicen: "Es la peste, ha habido peste". Por poco piden que les den una condecoración. Pero, ¿qué quiere decir la peste? Es la vida y nada más.

—Haga usted las inhalaciones regularmente.

—¡Oh!, no tenga usted cuidado. Yo tengo para mucho tiempo, yo los veré morir a todos. Yo soy de los que saben vivir.

Lejanos gritos de alegría le respondieron a lo lejos.

El doctor se detuvo en medio de la habitación.

—¿Le importa a usted que suba un poco a la terraza?

—Nada de eso. ¿Quiere usted verlos desde allá arri-

253

ba, eh? Haga lo que quiera. Pero son siempre los mismos.

Rieux se dirigió hacia la escalera.

—Dígame, doctor, ¿es cierto que van a levantar un monumento a los muertos de la peste?

—Así dice el periódico. Una estela o una placa.

—Estaba seguro. Habrá discursos.

El viejo reía con una risa ahogada.

—Me parece estar oyéndolos: "Nuestros muertos...", y después atracarse.

Rieux subió la escalera. El ancho cielo frío centelleaba sobre las casas y junto a las colinas las estrellas destacaban su dureza pedernal. Esta noche no era muy diferente de aquella en que Tarrou y él habían subido a la terraza para olvidar la peste. Pero hoy el mar era más ruidoso al pie de los acantilados. El aire estaba inmóvil y era ligero, descargado del hálito salado que traía el viento tibio del otoño. El rumor de la ciudad llegaba al pie de las terrazas con un ruido de ola. Pero esta noche era la noche de la liberación y no de la rebelión. A lo lejos, una franja rojiza indicaba el sitio de los bulevares y de las plazas iluminadas. En la noche ahora liberada, el deseo bramaba sin frenos y era un rugido lo que llegaba hasta Rieux.

Del puerto oscuro subieron los primeros cohetes de los festejos oficiales. La ciudad los saludó con una sorda y larga exclamación. Cottard, Tarrou, aquéllos y aquella que Rieux había amado y perdido, todos, muertos o culpables, estaban olvidados. El viejo tenía razón, los hombres eran siempre los mismos. Pero ésa era su fuerza y su inocencia y era en eso en lo que, por encima de todo su dolor, Rieux sentía que se unía a ellos. En medio de los gritos que redoblaban su fuerza y su duración, que repercutían hasta el pie de la terraza, a medida que los ramilletes multicolores se elevaban en el cielo, el doctor Rieux decidió redactar la narración que aquí termina, por no ser de los que se callan, para testimoniar en favor de los apestados, para dejar por lo menos un recuerdo de la injusticia y de la violencia que les había sido hecha y para decir simplemente algo que se aprende en medio de las plagas: que hay en los hombres más cosas dignas de admiración que de desprecio.

Pero sabía que, sin embargo, esta crónica no puede ser el relato de la victoria definitiva. No puede ser más que el testimonio de lo que fue necesario hacer y que sin duda deberían seguir haciendo contra el terror y su arma infatigable, a pesar de sus desgarramientos personales, todos los hombres que, no pudiendo ser santos, se niegan a admitir las plagas y se esfuerzan, no obstante, en ser médicos.

Oyendo los gritos de alegría que subían de la ciudad, Rieux tenía presente que esta alegría está siempre amenazada. Pues él sabía que esta muchedumbre dichosa ignoraba lo que se puede leer en los libros, que el bacilo de la peste no muere ni desaparece jamás, que puede permanecer durante decenios dormido en los muebles, en la ropa, que espera pacientemente en las alcobas, en las bodegas, en las valijas, los pañuelos y los papeles, y que puede llegar un día en que la peste, para desgracia y enseñanza de los hombres, despierte a sus ratas y las mande a morir en una ciudad dichosa.